奇跡も語る者がいなければ

JN236445

IF NOBODY SPEAKS OF REMARKABLE THINGS

by

Jon McGregor

Copyright ©2002 by Jon McGregor

First Japanese edition published in 2004 by Shinchosha Company

Japanese translation rights arranged with

The Wylie Agency (UK), Ltd.

through The Sakai Agency, Inc., Tokyo.

Illustration by colobockle

Design by Shinchosha Book Design Division

アリスに

本書の舞台である、とある通り

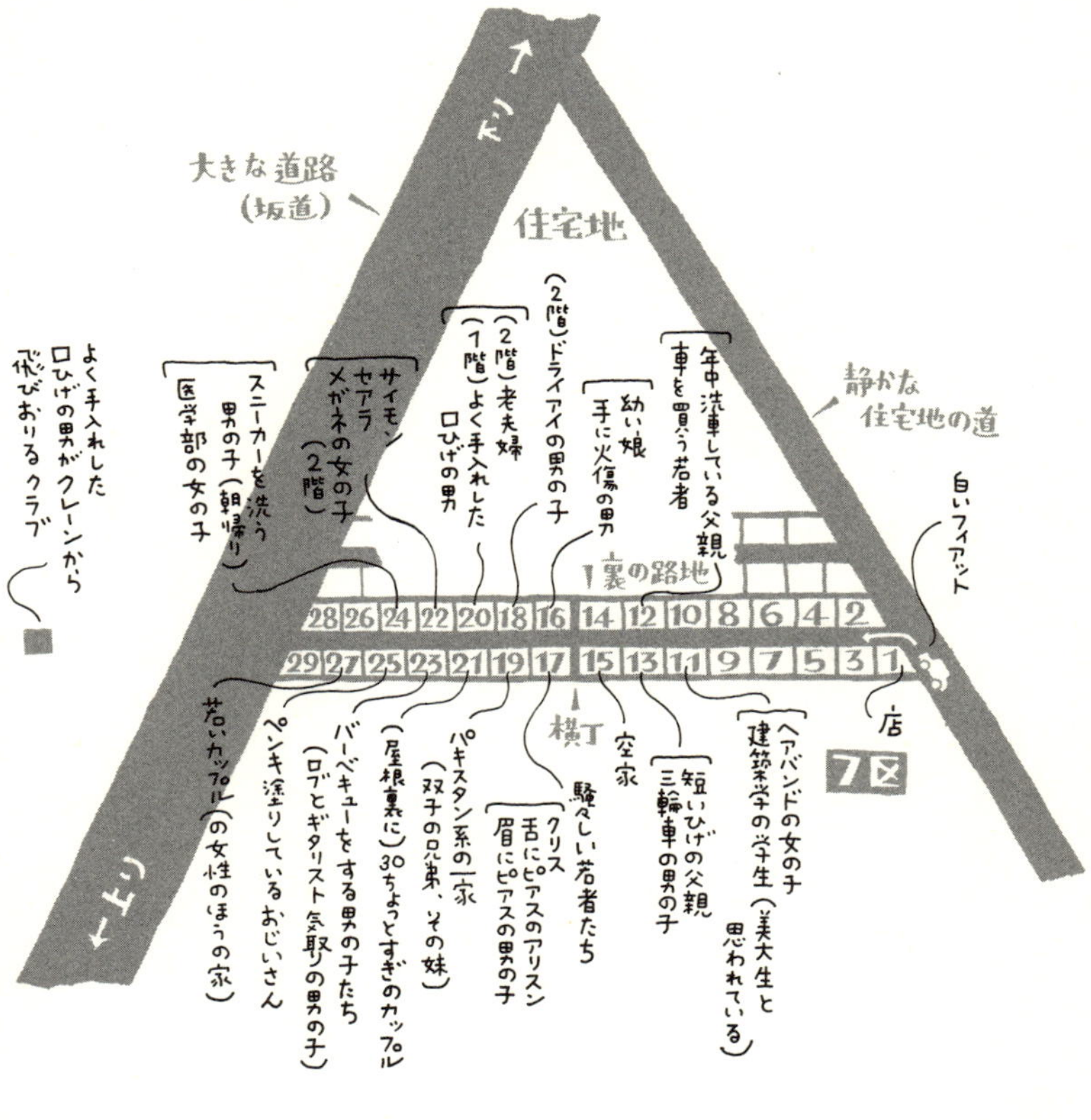

耳を澄ませば聞こえてくる。

街の声が、街の歌が。

庭の隅に、通りの真ん中に、家の屋根に、静かに立てば。

いちばん冴えるのは夜、音が物の表面を鋭く渡り、歌が人の体の奥に届く夜。

たいていそれは言葉のない歌だけれど、歌であることに変わりはなく、聞こえる者には、それが何を歌っているか、はっきりとわかる。

そして歌声がいちばん大きくなるのは、聞く者が音のひとつひとつを拾うとき。


心落ち着く低い唸りの冷房機が、熱気を、そして街じゅうの店やカフェ、事務所のにおいを吹きだして、強まっては弱まって、長い息の上に長い息を重ね、これは疲れた街路のための静かな子守唄。

立体交差をいまも忙しく行きかう自動車が、暗い時刻にも絶えず音を殺到させ、タイヤは舗装の上を転がって、エンジンは轟き、マンホールのふたと排水口の格子は揺れてかたかた、鋳鉄製のカスタネット。

道路工事する工事夫たちが、いちばん邪魔にならない時間を選び、ドリルにジャックハンマー、押し上げポンプで冷たい夜気を裂き、じーじーいう投光器の下で大発汗、リズムを叫ぶロックバンドのドラマーのように、大声でたがいを呼びあいながら、街の血管に新しい皮膚を貼る。

果てしない昼夜交代制をとる大小の工場で休まず働く機械が、回転したり上下したり蒸気を出したり火花を散らしたり、プレスしたりローラーかけたり織ったり印刷したり、がしゃん、かーん、かたんかたんの硬い音は、天井の高い、よく響く建物から立ちのぼり、夜の闇にしみこんで、これも紙や布、鋼、パン、詰められたものや綴じられたもの、加工されたものと並ぶ、検査をされない一製品。

後退するトラックが、弓状に連なる工業団地に沿って並び、あたかも街のトラックが一台残らず後退中であるかのよう、通用門を後ろ向きに入り、スロープをそろそろ這いあがり、自分の存在をけたたましく知らせ、まわりでは、フォークリフトがガスを吐き、体当たりして、積みあげ積みかさね詰めこんでいる。

そして、ありったけの警報器の、助けを求める叫び声が、どの地区、どのブロックでも、どの通り、どの団地でも、どっちを向いてもそっちのほうで、鳴りはじめ鳴りだし、鳴りだし鳴りはじめ、連打されるベルは雷鳴に似て、催眠性のある鐘の音に似て、間違った警報も本当の警報も音の大きさに変わりはなく、きてくれと夜の闇に向かって泣き叫び、まるで人手の足りない孤児院の、明かりを消した大部屋で、赤ん坊たちがわーわー泣いているかのよう。

歌うサイレンが街路を滑りながら、苦悩から苦悩へと青い光の筋をつけながら、ゆっくりとした悲鳴で暗い時刻のうちでもいちばん暗い時刻に緊急性を織りこみながら、嘆きの歌は舞いあがり、屋根より高く浮かびあがってやがてか細く、歌は舞いあがり、あっという間に通りすぎ、やがてか細く。

そしてこれらすべてのものが絶えず歌いつづけ、機械にサイレン、だしぬけにオイと声をあげながら、ごうごうつきすすむ車の群れ、警笛に叫び声、ざわめき、はじける音、それらがすべて一緒になり、聖歌隊のように湧きたって、風向き次第で静まったり高まったり、対声部のソロがあり、ほかの声が加わるのを待つ低いハーモニーがあり。


だから澄ますのだ、耳を。

澄ませばもっと聞こえてくる。

ごみ入れのふたが転がりおちて、からんからん。

毛を逆立てた猫が二匹、爪を立ててのひっかきあい。

突然、木枠に流しこまれる空きびんの、雷に負けない、がらがらがら。

車のドアのばたんばたん、ギアを変える音、のろのろと足を引きずり家へと向かう、こつん、こつん、こつん。

さざ波立てながら転がりおちてくる深夜カフェのシャッター、タクシーに通りの名を告げて飛びちる人の声、甲高い悲鳴が尾を引いて、やがてはじけて笑い声、古い車がバックファイアを起こしただけかもしれない爆発音、電話のかかってきた公衆電話、朝だと勘違いした鳥たちの群れる一本の木、口笛と叫びと割れるグラス、なでるような音楽と叩きつけるようなビート、吠える犬と怒鳴る者と歌う者と泣く者と、そしてゴウゴウとガシャンとバンとバタンの全部が高まってふくらんで、この街の歌の騒々しさと忙しなさとやむことのない不思議が聞こえるのだ、耳を澄ませば。

そして歌がやむ。

神聖で稀な死の時刻、遅寝組と早起き組にはさまれたその時刻、奇跡の静寂が訪れる。

何もかもがとまっている。

そして静寂が、夜の闇からこの街の上に、心拍と心拍のあいだのつまずきのような、瞬きと瞬きのあいだの闇のような、ほんのつかのまの静寂が、おりてくる。誰にも知られずに、しかし必ず、この瞬間が、予期せぬ小休止が、一日が後方に押しやられて新しい一日がはじまる前のためらいが、訪れる。
ガスタンクの肺がゆっくりとした呼気をはじめる前の、息の途切れ。
サーモスタットが冷房機のファンを停止したときの、耳鳴り。
こうした瞬間が必ずあるのだが、気づかれることはめったになく、何かが頭をよぎるほどの間も、続くことはめったにない。

われわれはいま、そんな瞬間にいて、静寂が広がり、街全体が動かずにいる。

スカイラインをでこぼこにして連なった、背の高い窓を並べる古い工場群も沈黙して、幽霊たちとさまざまな思いとを、外に出さずに秘めている。

地面に這いつくばって並ぶスモークガラスの事務所も動かず、夜のもやと輝きとを、無表情に反射している。やがて彼らも仕事を、グラスファイバーのネットワーク上での、1と0からなる内気なささやきを、再開することになるけれど、いまは、つかのま、静まりかえっている。

新しい一日のはじまりを待つ、バスターミナルのバスの群れも静まって、その金属ボディの各部は、熱と騒音の十八時間の後で、つまり街じゅうを織機の上の毛糸さながら縦横に走りまわった十八時間の後で、いまは力を抜き、縮んでもとの場所に収まって、落ち着きをとりもどし、冷めつつある。

街の中心部にある、いくつかのクラブもいまは空っぽで、ダンスフロアはべとついて、ひと晩じゅう踏みつけられた後で痛がって、照明だけはまだ回転し点滅し、集められた落としものの、靴と財布と鍵とが山をつくっている。

そして運河に並び、垂らした糸が風に鳴るのを手に感じている夜釣りの人たちも、おたがい数メートルと離れていないのに口もきかず、蛍光浮きが、びんに閉じこめられた蛍のように夜に漂うのを見つめ、ここでの時間に焦点を結んでくれるはずの当たりを待ち、ここにきた目的である静けさと落ち着きとを待っている。

この街の通りに散らばっている自動車、つまりタクシーや配達トラック、清掃作業員や交替勤務明けの人たちの車もまた、この瞬間にじっと閉じこめられ、それというのも信号機のシステムがひとめぐりして、古い日から新しい日へと切り替わるいま、どこでもいっせいに赤になって待たされているからで、何百もの足がアクセルペダルから浮き、何百組もの目が信号機に貼りつき、誰もが黄色になるのを、誰もが青になるのを、待っている。

街全体がとまっている。

そしてこれは味わうに値する小休止、なぜなら世界は、ほどなくふたたび複雑なものとなるからだ。

これはほんのつかのまの小休止で、この街が空に向かって投げかける光のすべてを見るために、体を三百六十度回すだけの間もなくて、これはひどく簡単に破られてしまう小休止。ばたんと閉まる一枚のドア、車のアラームのひと鳴り、一キロ先から流れてくる音楽の、かすかな調べひとつ、それだけでもう、街はまた一歩を踏みだして、明日はもうここにきている。

音楽はサッカー場近くのカレーハウスが源で、すこしでも客を集めようと店の前に置かれたスピーカーから飛びだしてくる。レストランはほとんど空っぽで、隅のほうにビンディ・マサラが一皿、反対の隅に特製コールマが一皿、駐車場もさびしくて、たがいの腰に両腕を回して立つ一組の若いカップルだけ。ふたりはカップルになってまだ長くなく、数日か、それとも一週間くらいだろうか、ふたりともまだ、欲望と可能性に胸をときめかせてもいるし、気をもんでもいる。ひとつには音楽にひかれ、ひとつには虚勢から、家に帰る途中で寄り道をして、ここまで踊りにきたのだが、ふたりはステップの踏みかたもよくは知らず、どうはじめたものか自信なく、いまはためらい、ばつの悪そうな顔をしている。

しかしふたりはなんとかはじめ、そしてちょうど、染みのような最初の光が、空を東から、つまり街の向こう側から、次第にこのあたりの通りへと、にじんでくるその中を、ふたりは胸を張り、背筋を伸ばし、音楽の滑走と旋回に合わせてステップを踏む。ふたりのダンスのスタイルは舞踏場にこそふさわしく、このボリウッド映画の音楽には似合わないが、それでもふたりは踊るのだ、尻を振り、腰をくっつけあい、目は目をじっと見て。ウエイターたちが窓のところに集まっていて、みんな声をあげて笑っていて、みんな、おやじさんおやじさんと言い、長い夜が終わってようやく洗いものをはじめたキッチンの男を呼んでいる。ふたりは踊り、キッチンの男は表に出て、両手をエプロンで拭き拭き、くたびれた指先をなめなめ、長いひげをしごきしごき、見物する。ふたりは踊り、男は微笑んで、うなずいて、家で眠っている妻のことを思い、自分たちがまだ若かった、まだこんなことをしかねなかったころを思い出す。

別の場所、街の反対側では、新しい一日のはじまりを、いってきますと駆けでる音、オフィス用掃除機の高速の唸り、トラックのドアがばたんと閉まってロックされる音、早朝勤務の人たちが急いで押すタイムカードの音が告げている。

しかしここでは、夏の最後の一日に夜明けが忍びよるいま、そして手の疲れた男が、自分のレストランの駐車場で若いカップルが踊るのを眺めているいま、あるのはただ、きらきら輝く目、とれかかった口紅、消えていく星の光、ざくざくと砂利を踏む音、笑い声、ゆっくりとした家への歩み、ただそれだけ。

✡

彼が、十八番地の男の子が、最初に動いた。

彼が腰をあげて通りに飛びだしたとき、まだ誰も瞬きひとつしていなくて、まだ誰も音ひとつ立てていなかった。

まるで、どうすればいいのかわかっていたみたい、まるでその機会を待っていたみたいだった。

彼は薬物を使っている短距離走者みたいに玄関前の段々を蹴り、誰だろうとわたしが首をよじって確かめたとき、もうその場に駆けつけていた。

彼は駆けつけ、そのときそれはもう終わっていて、それはあんまり急だったから、わたしは目の前でカメラのフラッシュが炸裂したみたいに感じた。

何もかもがぼうっと白くなり、色褪せてポツポツだらけの古いニュース映画のようになった。

そのとき何が起こっているのかわたしには理解できなくて、そのとき起こっていることがわたしには信じられなかった。

夏の最後の一日、暑い午後、わたしはそこに腰をおろしていて、自分が目にしているものが何なのかわからなかった。

わたしは彼が、十八番地の男の子が、通りに飛びだしていくのを眺め、わたしは理解しようと努めた。


わたしはそれを、その瞬間自体を、見た覚えはなくて、けれども奇妙な細部、周辺部の像、見ることのできない中心部から離れたところで起こった小さなことを覚えている。

となりにすわっていた女の子が、手から缶ビールを落とし、衝撃波でも受けたみたいに体を後ろに反らしたのを覚えている。

その缶が地面を打ち、重みで草をつぶしてめりこんだ様子、缶が片側に傾いて、でも立ったまま倒れずに、ちょうど嵐で倒れかかった電柱みたいだった様子が、いまでも目に浮かぶ。

ビールの缶がてっぺんから泡を出し、泡の渦が煙のように立ちあがり、光の中で一瞬そのままじっとして、それからつぶれて草の上に広がって、わたしのひざにしぶきをかけた、その映像がスローモーションで見える。

どこから湧いてくるのかわからない。

そんな細かいことを、いったいどうして見ることができたのか、わからない。

しゅーと泡立ったビールがはじけ、空中のきらめきとなったところ。

その液体が土にしみこんで、草の葉がしゃんと背を伸ばすところ、わたしのスカートの濡れた染みが、日差しの中で小さくなって薄くなって乾いていくところ。

その日差しのまばゆさ。

高いところの窓から身を乗りだして、毛布をばさばさ振っている女の人がいた。通りの向こうにはバーベキューをしている男の子たちがいて、肉にナイフを差し、火が通ったか確かめていた。

二十五番地には、はしごにのぼった長いあごひげのおじいさんがいて、窓枠のペンキ塗りをしていて、その日ずっとそこにいて、あと一息のようだった。

窓枠のひとつひとつが日差しの中で濡れて光っていて、それは明けそめた東の空の色、淡く美しい青色で、その人のゆっくりとした几帳面な仕事を眺めているのが気持ちよかった。

となりの庭には男の子がいて、洗剤を溶いた洗面器の水と爪ブラシとで、スニーカーの汚れを落としていた。

これらの瞬間、その後に起こった事件によって捉えられ、拡大された、これら小さな瞬間が、まるで石でつくられた情景のように、まるでポンペイ展の人形たちのように、いまでも目に浮かぶ。

毛布を持った女の人は、振っている途中で手が動かなくなり、注意を奪われ、毛布は勢いを失って、壁に触れては壁から離れ、おとなしく揺れている。

女の人は両腕を前につきだしたまま、大波となって襲いかかる埃を吸わないように、まだ口をすぼめている。

毛布は地面に向かってだらりと垂れ、手旗信号でもしているみたい。

なんてこったと誰かが言った。

赤い三輪車に乗った男の子が木につっこんだ。

ペダルを踏みはずした足が車輪の下にはさまって、体が引っぱられてサドルから転げ、地面へと落ちていった。

体が横ざまに倒れていくところ、片方の足がコンクリートの上を引きずられようとしていて、頭が木にぶつかろうとしていて、三輪車が傾いて二輪で立っていて、男の子の注意が車道のほうに釘づけになっているところが、目に浮かぶ。

倒れていきながら、頭はずっとよじったままで、とうとう地面まで落ちると、男の子にできるのは、そこに転んだまま、みんなと同じように、見つめることだけだった。

歳はやっと三つになったかそこいらで、わたしはその子のところまで駆けていって、目をおおってあげたかったけど、わたしは動くことができなくて、だから男の子は見つづけた。

車を洗っていた男の人が、両手を頭の上に持っていき、ぎゅっとふたつのこぶしを握った。

その人はまだスポンジを持っていて、それを握りつぶしたものだから水が出て、背中を伝っていたけれど、その人はそのまま動かなかった。

やめろやめろやめろと誰かが言った。


でもそれ以外は、この瞬間、完全に音がやんだ。

完全に動きがとまった。

もちろん実際はそんなふうであったはずがなく、まだ音楽は鳴っていたに違いなく、大きな道路では車も流れていて、それでもわたしはそんなふうに覚えていて、この重みをつけられた停止の一瞬、通り全体が凍りつき、ぽかんと開けた口が並ぶ活人画となった。

そして十八番地の男の子が、この固定された瞬間の中を神の恵みのように移動中で。

ほかには何も動いていないような気がした、というか、すくなくともいまでは、そんな気がする。

手と地面のあいだで宙づりになったビールの缶。

まだ壁にくっつききっていない毛布。

のけぞったぶんだけ、木までまだ距離のある三輪車の男の子。

指で押さえた風船の、先っぽにある空気のように、わたしののどにある飲んだ息。


そして、なんだかすべてが間違っているような、非現実的なような、それまでの一日とつながっていないような気がした。

それは何ごともない一日で、のんびりしていて暑くて静かで、みんな玄関前の段々にすわっておしゃべりしていて、子供たちが遊んでいて、音楽が聞こえていて、バーベキューをしていたのに。

その朝早く、空が明るくなりだしたころわたしが目を覚ましたのは、タクシーのドアのばたんばたんという音がしたからで、十七番地の知っている人たちが、ひと晩じゅう遊んで帰ってきて、通りをのろのろと歩いていた。

もう一度眠ることができなくて、わたしはベッドに横になったまま、日の光が部屋を明るくしていくのを眺め、子供たちが外に走りでていく音、あの男の子の三輪車の、がらがらいう聞き慣れた音に耳を澄ました。

しばらくしてから起きあがり、朝食をとり、荷づくりをはじめるかっこうだけして、玄関前の段々に腰をおろし、お茶を飲んで雑誌を読んだ。

わたしはお店にいくときに、十八番地の男の子とちょっと立ち話をして、だけど彼は人見知りでへどもどするばかりで、そんな彼があんなにぱっと腰をあげて走っていくことになるだなんて、どうにも解せなかった。

午後も夕方近くになって、急に土砂降りの雨が降ったけど、でもそれくらいで、ほかには何も、普通でないこと、思いがけないことのない一日だった。

そして緊張感の高まりとか、漠然とした不安とか、予感だか前兆だかヒントだか、そんなものがなかったのが、なんだか変な気がする。

それとも本当はあったのかな、わたしが注意していなかったから見おとしただけの何かがあったのかな、とも思う。

静けさは長くは続かなくて、みんな通りに飛びだしたり、叫んだり、窓やドアを勢いよく開けたりしはじめた。

大きな道路のほうから女の人がひとり、こっちに走ってきて、途中で立ちどまり、くるりと背を向け、両手を顔の前で震わせた。

はしごの上のおじいさんは携帯で電話をかけてからおりてきて、最後の窓枠は塗りかけのままになった。

顔を見たことがない人たちも家から出てきて、その場に集まった。

けれどもわたしともうひとりの女の子、セアラは、腰をおろしたまま、目を見はって、口を開けたままでいた。

もしふたりがもっと親しかったら、それとも幼かったら、手をぎゅっと握りあったかもしれないけれど、わたしたちはそうしなかった。

彼女はビールの缶を拾いあげてすこし飲んだんだと思うし、わたしも飲んだんだと思う。

でもよくは覚えていなくて、覚えているのはただ、通りにできた人の脚の壁を見つめていたこと、その隙間から中を見ようとしたこと。

その隙間から中を見ないようにしたこと。


数分経つと、騒々しかった通りがまた静かになったようだった。

通りにできた人の輪がゆるみ、みんな横を向きだした。

みんな大きな道路のほうを見て、腕時計を見て、待っていた。

通りに面した窓の五つ、六つから、まだ音楽が流れでているなと思ったこと、それから、その曲がひとつ、またひとつと消されていって、ちょうどテレビ番組「わが家は十一人」の最後に、明かりがひとつずつ消えていくのみたいだなと思ったことを覚えている。

ものが焦げるにおいがしたこと、そして向かいの男の子たちが肉を網にのせたままにしているのに気づいたことを覚えている。

煙が、よじれながら立ちのぼりはじめるのを見た。

窓、窓、窓につきだした顔、顔、顔を見た。

みんながちらと顔をあげ、たったひとつだけ、まだ閉まったままのドアに目をやるのを見た。

そのドアが開くのを待ち、でもひょっとして開かずにいてくれるのでは、と期待して。

いまはもう、三年が経ち、何百キロも離れているのに、なのになぜ、こんなに記憶がはっきりしているのかわからない。

わたしはあの日のことを考える、けれど、みんなの名前さえ覚えていない。

覚えているのはただ、あそこにすわっていたこと、待っていたあの時間、つぶやきと緊張のあの時間のこと。

何人かの人が通りの端まで大股に歩いていって、大きな道路の左右に目をやり、首を伸ばして角の先を見ようとする。

みんなのいるほうを振りかえって、だめだ、と両手をあげる。

二十五番地のおじいさんが、刷毛を手に持ったまま、ぽたぽた淡い青のペンキを垂らしながら、閉まったままのドアに向かって歩いていく。

ひげの生えたほほを手のひらでこすっている。

ノックしている。

車体を傾けてのサイレンが遠くに聞こえ、おじいさんがドアをノックしている。

一台のタクシーが通りの入口に滑りこみ、やかましいエンジンをがたがたいわせているうちにドアが開き、六、七人の若者がぴかぴかと歩道にこぼれでる。

払いをすませる間があってから、ドアがばたばた閉められて、タクシーは去って見えなくなる。そしてみんなでちょっとそこに立ったまま、目をしばたたいて、にやにやして、なんの当てもなさそうに佇んでいて、超ミニのスカートをはいて目もとにラメを散らした背の高いやせた女の子、ベージュのパンツをはいて眉にリングを刺した男の子、巨大なスニーカーにアーミーパンツ、髪をピンクに染めた女の子が、ゆっくりと、しあわせそうに通りを歩きだし、頭の中は音楽と光でいっぱいで、神経系はホルモンと化学物質とひと晩の刺激とで過度に高ぶっている。

身に着けているのはホットパンツとブラだけの、とても背の低い女の子もいて、足の爪も手の爪と同じ紫とピンクと緑に塗ってあり、彼女がぽんと手を叩き、紙やすりでペンキを落とした二十五番地の窓枠を見て、ほら見てよ、素っ裸になったみたいと彼女は言い、淡い青のペンキの缶がいくつか置いてあり、その青が缶の側面に垂れているのを彼女は見て、刷毛やスクレーパーのことも見て、素敵な色だね、きっと素敵になるねと言い、しかし誰も聞いていない。
ほとんど汚れていない白いシャツを着た男の子もいて、ゆるめたネクタイが首のまわりに輪をつくっていて、彼は十九番地の庭の塀に跳びのって、一本足でバランスをとり、しーっ、聞こえるかいと彼は言い、ほかの者たちも立ちどまり、何がと聞くと、何も音がしないのがさ、何も音がしないのが聞こえるかい、いいもんだねと彼は言い、ぐらりと塀から落ちながら、ベージュのパンツの、眉にピアスの男の子が受けとめてくれないかなと思っている。

通りの反対側、二十二番地二階の寝室で、女の子が目を覚まし、朝は静かだと誰かがしゃべっているのを耳にする。耳を澄ませばその大きな声には聞き覚えがあり、彼女はベッドの上で身を起こし、眼鏡をかけ、通りをいく人たちを見る。それは彼女の知っている人たちで、何人かは十七番地に住んでいて、あの人たち、どこにいってたんだろうと彼女は思いながら眼鏡を外し、ふたたび毛布の下にもぐりこむ。

二十番地一階のフラットで、髪の薄くなりつつある、よく手入れした口ひげの老人が横になったまま目を覚ましていて、外の物音に耳を澄ましている。目は開けていて、眉根にしわを寄せ、何か聞こえないかと集中している。缶を踏みつぶすときのパリパリ、びんを捨てたときのチリンチリン、そんなしっぽをつかんでやろうと聞き耳を立てている。目を右から左、左から右と大きく動かし、何も聞き逃すまいと集中している。しかしそんな音は聞こえなくて、人の声が弱まっていくと男はふたたび目を閉じ、ベッドの中でうつぶせになり、光から顔をそむけ、一日がはじまる前にもうすこし眠りたいものだと思っている。

表では、白いシャツの男の子が十七番地のドアを開け、仲間たちも後について入っていき、ゆっくり旋回しながらパック入りのフルーツジュースにびん詰めのコーラ、筒に入ったポテトチップに板チョコ、テープ、CD、クッション、掛けぶとん、煙草を巻く紙、紙巻煙草、ろうそくとバーナーとマッチとドラッグといった、これからの時間を無事に過ごすために必要な品を集めていく。そして奥の寝室にみんなで腰を落ち着けて、みんなでおしゃべりをはじめ、目のまわりにラメを散らした背の高いやせた女の子が、なに馬鹿なことしてんのよ、こぼれるじゃない、床だの脚だのにと言い、彼女はくすくす笑い、体をよじって飲みものに手を伸ばし、そして顔にろうそくの光が当たると肌がきらきら光り、砕けたガラスに日が当たったよう。

十九番地二階の、表通りに面した寝室で、女の人が突然目を覚ます。彼女は時計を見て、彼女は眠っている夫を見て、なぜ目が覚めたのだろうと彼女は思う。通りからは何の物音も聞こえず、子供たちも静かだ。急に膀胱がぱんぱんに張っているのに気がついて、彼女はそっとベッドを抜けだして立ちあがり、ドアをきしませないようにそっと開ける。バスルームにいく途中、子供たちの寝室を覗き、ひとりひとりを確かめるため、ふたつの低いベッドでは腰をかがめ、二段ベッドの上のときは背伸びをする。彼女は寝ぼけた愛をもって三人の子供を見つめ、三人の幼い体がふくらんでは縮むのを、やっと開けている目で眺め、子供たちの顔の近くに手を持っていき、温かな息の出入りを感じとる。彼女は子供たちのために短い祈りをつぶやき、静かにドアを閉め、柔らか歩きでトイレにいって、腰をおろして用を足しながら、鳩の影がバスルームの壁をばたばた飛びまわるのを眺めている。

となりの十七番地では、足の爪に色を塗った背の低い女の子が、けど見た？　バルコニーのあの男の人、よかったよね、あの人、よかったどころかスペシャルだったよねと言い、そのスペシャルという言葉を苺でも味わうように言って、ほら、バルコニーにいた人だよ、スピードやってて、ずうっと身を乗りだしたままで、落っこちそうなくらいでと彼女は言い、みんなも彼女が言っているのが誰のことなのかちゃんとわかっていて、その男はたいていの週、同じ場所にいて、板金工みたいにがんがんとリズムをとり、ふたつのこぶしを下に向かって激しくつきだし、磨いて光った頭から汗を飛びちらせている。

一度なんか、あたし見てたんだけど、あの人あんまり夢中になってバルコニーから足でぶらさがってってさ、足の先を手すりにひっかけてさ、と彼女は言い、そのとき男の顔が張りつめて、ひしゃげたOになっていて、さあ、いってみようと言っていたのを彼女は覚えていて、男はそれでもふたつのこぶしを虚空で振りまわし、なんだか宇宙空間に放りだされた宇宙飛行士みたいだったのを彼女は覚えている。

十一番地の奥の寝室で、女の子が眠っていて、髪は目に入らないようにヘアバンドで押しあげられていて、口はぽかんと開いていていて、部屋は暖かで明るくなりはじめている。鳥の影がいくつか、すばやく顔を横切るけれど、女の子は目を覚まさない。

二十一番地、屋根裏のフラットで、三十ちょっとくらいのカップルが眠っていて、ふたりの体は赤い薄っぺらな毛布一枚にゆったりと包まれていて、男はいびきをかいていて、女は反対側を向いていて、部屋の隅にはボリュームをさげたテレビがついていて、影が部屋を通っていくけれど、カップルは目を覚まさない。

十七番地の奥の寝室では、白シャツにネクタイの男の子が、あれは絶対に女の子だよ、のどぼとけが出てなかったからね、間違いないよ、絶対に女の子だよと言い、みんなが彼のことを笑い、彼は部屋を見まわして、みんなと一緒に笑いだし、誰かに長い紙巻煙草を渡される。

太いズボンの男の子は静かで、彼は横にいる女の子、細くはないけれども体の美しい、濃い茶色の巻毛が赤いベルベットのドレスの肩にかかった女の子を見ていて、彼は女の子の複雑な履きものの、紐とストラップとバックルとジッパーを見ていて、それから彼は目をあげて、女の子の顔を見て、ねえ、そのブーツ、脱ぐのにどれくらいかかる、と言う。唇がトウガラシの中の炎のように赤いその女の子は彼の顔を見て、ベッドの上にぴんと伸びた彼の体に目をやって、

わからない、自分で脱いだことないから

と言い、女の子は彼の吸いこむ息の鋭さに微笑み、彼の目が、自分の顔からちょろちょろと下りていき、その体の豊かな形態を転がりおちていくのを眺めている。

そしてほかのみんなは、何かにとりつかれたみたいにしゃべりつづけていて、人の頭越しにしゃ

べっていて、その夜聴いた曲のことや見た人のこと、そしてこの次はどこへいこうとか、しゃべっている。白シャツにネクタイの男の子は、あれは絶対に女の子だったと言いつづけ、それから彼はパイプに鮮やかな緑の葉をいっぱいに詰め、すると部屋全体が期待して静まって、みんなの口数が減り、みんなそれぞれ、自分の頭はあまりにのぼせている、自分の体はあまりに緊張していると、突然感じはじめ、そして彼らは甘い煙を回して吸い、この煙の枕を肺の中に抱き、目を閉じて黙りこむ。

そして彼らはつかのま、昼間の風景、たとえば丘の起伏とか、浜辺とか、サッカーのゲームとか、こんなときに考えるようになっていることを考え、そして彼らはゆっくりと呼吸して、つかのま、目を覚ましたままの一種の眠りへと入っていく。そしてもしこのときに窓から覗きこむ者がいたならば、つまり裏庭から入りこみ、顔を窓ガラスに押しつけて、両手を目のまわりに双眼鏡のように丸める者がいたならば、その人間の目には、部屋いっぱいに集まった人々が黙禱しているところと見え、その人間は、このような夜を徹しての祈りがいったい誰のために捧げられているのだろうと訝ったことだろう。

表では、タクシーが一台、この通りをゆっくりと走っていて、運転手はウィンドーから目を凝らし、家のドアに打たれた番地の数字を確かめている。タクシーは二十八番地までできて、するとその先はもう番地がない。タクシーは一瞬ためらってから走り去り、後に残ったエンジン音が次第にかすかになっていくのが、ちょうど舞いあげられた埃のよう。

そしていまはもうみんな静かになって、アーミーパンツの女の子は、映るチャンネルはないかとテレビをいじっていて、眉にピアスの男の子は、ポテトチップの筒のビニール製のふたを、下からライターであぶっていて、集中した表情を目に浮かべ、じっと、ビニールが軟らかくなるのを見まもっている。

ブーツの女の子が、うちに帰る、うちに帰りたくなったと言う。

一緒にこない、うちまで送ってくれない、と彼女は太いズボンの男の子に言い、そう言う彼女の声はか細くて疲れている。

シャツとネクタイの男の子は床に寝そべっていて、片腕を背の高い女の子の体の上に投げだしていて、女の子はまだガムをかみながら天井を見つめていて、ふたりの体の上、半分ほどのところまで、掛けぶとんを引っぱりあげる。

背の低い女の子はベッドの真ん中で体をボールのように丸めていて、アーミーパンツの女の子がきて体を温めてくれるのを待っている。

眉にピアスの男の子は、ポテトチップのふたを口もとに持っていって息を吹き、すると熱せられたビニールの風船が、部屋の真ん中まですっとんで、ぱっと、奇跡みたいに現れて、その飛行船のような長い形を何分の一秒か保ってから、ふうわり床へと落ちていく。

ブーツの女の子が太いズボンの男の子に向かって手を差しだして、男の子を引っぱりおこして立たせてから、男の子の額にキスをする。うちまで送ってって、と彼女は言い、ふたりはゆっくりと、漂うようにしてドアを出ていく。

アーミーパンツの女の子は目を閉じて、崩れるようにベッドに倒れこみ、そこにいた女の子の体の線に、自分の姿勢をゆっくり合わせ、木の実の殻みたいに相手を包みこむ。

十八番地二階のフラットでは、若い男がベッドの上で身を起こし、まだ早いのだが彼はもうすっかり目が覚めていて、散らかった部屋を見まわして、今日やりたい、というかやらなくてはならない、いろいろのことを考える。仕分けに荷づくり、掃除、各種の手配。彼は指先でドライアイの目をこすり、彼はベッドを出て窓のところにいく。道の真ん中にふたりの人がいて、女の子のほうは二十七番地の人だとわかるのだが、男の子のほうはわからなくて、誰なんだろうと彼は思う。彼はカメラを手にとって、通りのふたり、朝日、カーテンの引かれた向かいの窓と、この日の朝の写真を何枚か撮り、カメラを下に置き、小さな手帳にメモをとりはじめ、日付を書き、いま写真に撮ったもののことを細かく記す。

通りの若いカップルは踊っていて、腕をたがいの体に美しく巻きつけていて、レストランの駐車場でかかっていた音楽がまだ頭の中で鳴っていて、ふたりは女の子の家の中へと消えていき、玄関のドアは開けっぱなしで、通りは誰もいなくなって静かになる。

猫が一匹、一軒の家の玄関先で待っている。

鳩が数羽、家々の煙突に舞いおりる。

セアラに電話した日、わたしはずっとそのことを考えていて、セアラというのはあの日わたしのとなりにすわっていた女の子だけれど、しばらく話していなかったのを思い出し、たぶん今度はわたしから電話する番だったと思ったのだ。

元気？　ちょっとしゃべりたくなって、どうしてるかなと思って、とわたしは言い、彼女は、あら元気、すごいひさしぶりじゃない、と言った。

最近、わたしたちの会話はいつもこんなふうにはじまる気がする。

ひと月に一度か、もっとすくないかもしれないけれど、片一方が電話して、わたしたちは、あら元気、すごいひさしぶり、今度は会おうよと決まって言い、日と場所が決められて、結局キャンセルになって、そうでなければ最初から具体的な約束にはならなくて。

わたしたちのうちはそんなに離れているわけじゃなく、地下鉄で三十分くらいかもしれないのに、でももう何ヶ月も会っていなくて、それもひと月経つごとに、まあいいかって気がしてくる。

そういうわけで、その日の夜、わたしは自分の部屋で腰をおろし、新しい仕事や新しい仕事につく予定のこと、昔の共通の知り合いや、いまのそれぞれの知り合いのこと、デートやひょっとするとするかもしれないデートのこと、そんないつもと変わらないおしゃべりをしていた。

わたしは開いていた部屋の窓から外を見て、果てしなく広がる街の向こうを見て、彼女が彼女の部屋の窓の前にすわってこっちのほうを見ているところを想像して、電話はこのたくさんの通りをつっきる近道なんだと考えた。

彼女の部屋はどんなんだろう、部屋から何が見えるんだろうとわたしは思った。

ねえ、最近誰としゃべった、サイモンから何か言ってきた、と彼女は言い、もうずいぶん音沙汰なし、とわたしは言った。


わたしたち三人が一緒に過ごしたあれだけの時間のこと、あの家での最後の夏の長い日々のことをわたしは考え、おたがい連絡をとりあうことを、どうしてこんなにしなくなってしまったんだろうとわたしは思った。

わたしたち三人、わたしとセアラとサイモンが、おたがいにしたいろいろな約束を思い出し、そんな約束を守ることができると考えていたなんて、わたしたち純情だったのかなとわたしは思った。

あのころわたしたちがほんとに気楽にしゃべりあったこと、それもとめどなくしゃべりつづけ、あれこれと将来の計画を立て、一年後、二年後、三年後、自分たちはどこにいると決めたことをわたしは思い出したけど、そのことは電話では言わなかったと思う。

部屋のテーブルの上には予約カードがのっていて、結果の通知がのっていて、わたしがしたかったのは、その話を彼女にすること、彼女に相談にのってもらうこと、つまり前だったら当然したはずのことにすぎなかった。

なぜ、そのことで、わたしがこんなにこわがっているのか、なぜ、息づまるパニックが、どきんどきんと、のどのところまでのぼってきているのか、そんなことをわたしはしゃべりたかった。ねえ、セアラ、信じてもらえないだろうけど、とか、ねえ、セアラ、聞いてくれる、とか、わたしは言いたかった。

まあ、落ち着きなってば、と、昔わたしが提出期限だとか試験だとかであたふたしているときに言ってくれたみたいに、わたしは彼女に言ってほしかった。

人が死ぬってわけじゃないのよ、心臓切開手術を受けるって話じゃないの、ごく普通のこと、よくあることよ、と言ってほしかった。

バランス感覚を思い出させてくれるというか、ものごとをはっきり言って、そうすることで、特別なことじゃないんだって気にちょっとさせてくれるというか、そんなことをしてほしかった。

でも、わたしは何も言わず、わたしはただ、そういえばペルーから絵葉書もらったんだ、ロブとかいう人からなんだけど、誰だったか覚えてなくて、と言っただけだった。

覚えてるはずだけどな、それ、通りの反対側に住んでた人だよ、ほら、公園のあの丘、スケートボードで滑りおりようとしたじゃない、あの人だよ、覚えてないの、と彼女は言った。

わたしは微笑んで、ああ覚えてると言い、彼女は、覚えてる？　誰も助けにいかなかったの、わたしたちみんな笑いころげちゃっててさと言い、わたしは声をあげて笑ってから手を口に当て、というのは、スケートボードに腹ばいになり、バランスをとって両腕を広げたあの人が、大の字のままアスファルトの道を丘のふもとへとつっこんでいった様子をそんなにおかしがるのは、いまになってもひどいことのような気がしたからだ。

ねえ覚えてるかなあ、あの夏が終わるまで、あの人、腕に皮膚がなかったよね、あったのは長い灰色のかさぶただけで、とわたしは言った。

すると彼女は、覚えてる覚えてると言って、声をあげて笑って、信じられないなあ、あれを忘れちゃってた人がいたなんてと彼女は言い、わたしには、彼女が目を細くして笑っているところが見えるような気がした。

わたしたちはほかの人たちのことを話題にして、ねえ覚えてる、あのときさとか、あれ、すっごくおかしかったよねとか、あれ、どうなっただろうねとか言いあった。

おとなりだった医学部の女の子のことや、ロブと同じ家にいた、ギタリスト気取りだった男の子のこと、通りをすこしいったところに住んでいたスケッチブックを抱えたハンサムな男の子のことを話題にした。

十七番地の人たちのこと、舌にピアスをしたアリスン、それにクリス、それから眉にリングをしていた、けれどわたしたちふたりとも名前を思い出せない男の子のことを話題にした。

近所に自分のことを知っている人たちがそんなにたくさんいるということが、いったいどんな感じだったのか、思い出そうとわたしは努めた。

ところでロブはペルーで何やってるのと彼女は言い、さあ知らないけど、子供たちを救ったりしてるんじゃないかな、とわたしは言う。

　スケートボード持ってったかなあと彼女は言い、わたしは声をあげて笑い、あの人が、何か人の驚くことをやってみせようとするとき、目にかかった髪の毛をうるさそうに払いのけた、あの癖を思い出した。

　あの人のジーンズのすそが、いつもスニーカーのかかとに踏まれ、すり切れていたことを思い出した。

　あの人が何千キロも離れたところにいることをわたしは考え、絵葉書がここに届くまでに、どれだけの時間がかかったんだろうとわたしは思った。

　わたしは葉書を読みなおし、くるくると輪をつくる縦長の文字を眺め、だらだらと引きずるあの人のしゃべりかたを思い出そうとした。

　こっちはめちゃくちゃうまくいってます、最高に楽しんでます、と書いてあった。

　ホームシックというわけではありませんが、まともなお茶が飲めないのがつらいです、いつか手紙をください、と書いてあった。

　葉書の裏の、ペルーの写真のいろいろ、伝統的な衣装を着て微笑む女性たち、山並み、果樹にのぼったサルたちをわたしは見た。

　もしもし、そこにいる？　と彼女が言った。

　ねえ、考えることある、ほら、あの最後の日のこと、とわたしは言った。

　彼女は一瞬何も言わず、奥でテレビの音がしていて、わたしは、彼女どこで電話してるのかな、誰かと一緒なのかなと思った。

考えないようにしてる、だって変だよ、あのことわたしは忘れたいな、と彼女は言った。

もう、ずいぶん昔のことって気がするな、と彼女は言った。

そうだけど、どうしても頭から離れなくて、とわたしは言った。

最近よく思い出すんだ、なぜかわかんないけど、とわたしは言った。

彼女は黙っていて、わたしは彼女が何か言うのを待っていた。

わたしはテーブルにのった花びんの中の花を直し、枯れた葉をむしりとった。

窓から眺めていると、表の通りで信号が変わった。


わたしがいつも思い出すのはね、あのあと、世の中はお構いなしに動きつづけたってことかな、と彼女は言った。

大きな道路では相変わらずバスが走ってて、バスに乗ってる人だって、一瞬首をねじってこっちを見る人もいたけれど、気がつきもしない人だっていた、と彼女は言った。

何もかもがとまってほしい、たとえほんのちょっとのあいだでもいいからって、わたし思ったよ、と彼女は言った。

ニュースではひとことも触れられなくて、そりゃ出ないだろうなって思ってたけど、でもおかしいって気がした、と彼女は言った。

なんていうか、あのことはぽこっと起こって、過ぎてしまって、それからわたしたちもあそこを出て、あのことが本当に起こったんだって証明するものが何もなくなったっていうか、と彼女は言った。

あのね、わたしが忘れられないのは音なんだ、とわたしは言った。

いまでもときどきね、あのことの夢を見るんだ、とわたしは言った。

音が建物に反響してさ、それでその、それだけなんだけど、とわたしは言った。

そこまできてわたしたちは話すのをやめて、わたしには彼女の息づかいが聞こえていた。


あのさ、もう、なんか別のこと話さない、と彼女は言った。

そうだね、ごめん、ただ近ごろずっと考えてたもんだから、とわたしが言うと、でもずいぶん昔のことだよ、と彼女は言った。

で、いまつきあってる人いるの、と彼女が言い、わたしたちは最近の展望やら挫折やらについて話し、情報を交換した。

そして、あ、もう晩ごはんができる、そろそろ切らなくちゃ、と彼女が言った。

そうだったの、気がつかなくてごめん、遅い晩ごはんなんだね、とわたしは言い、そうなの最近、と彼女が言い、じゃあ、また近いうち電話するね、バイバイ、とおたがいに言った。

誰かと一緒に食べるの、ひとりで食べるの、とはわたしは聞かなかった。

受話器を置いたあと、わたしはそのまま、話題に出しそこなったテーブルの上の通知と予約カードを前にして、長いことすわっていた。

なぜそのことを彼女にひとことも言わなかったのかわからなくて、どうしてこわくなってしまい、あんなふうに自分を閉ざしてしまったのか、自分でも理解できない。

わたしはすわったまま、トラックが通りすぎるたびに花が震えるのを眺め、振動がこだましながら、わたしの背骨をひとつひとつ伝わっていくのを感じていた。

川に面した公園の上に、低く、白く、月が現れるのをわたしは見た。

わたしが思い出したのはあるときサイモンの部屋に呼び入れられて、窓の外を見てごらんと言われ、見ると暗い闇夜の左のほうに、月が明るく、くっきりと浮かんでいたこと、それが切りおとされた爪のように細い三日月だったこと。

すると、違うんだって、そっちじゃなくてあっちが面白いんだ、あっち見て、あっち、とサイモンが言った。

サイモンが指した右のほうには、ふたつめの月が、最初のに負けず明るく、くっきりと浮かんでいた。

わたしは彼の顔を見て、彼はくすくす笑って、ね、不思議だろ、と言った。

わたしはふたつの月を見て、月はそれぞれ、たがいに負けずに冴えていて、細くて新しくて、大きさも同じで、双子の兄弟みたいだった。

そして外に開いていた窓をわたしが手前に引いて閉めると、右のほうに映っていた月も一緒に窓枠に納まって、彼は、うん、そうだね、きっとそんなことだろうと思ってたけどね、と言った。

そのことをわたしは思い出し、あの人、この数年どうしているんだろうと思い、あれ以来ちゃんと会ってもいなければ話してもいないいろんな人たちは、どうしているんだろうと考えた。

最近届くEメールはどれもこれも、ごぶさたしています、大変忙しかったものですから、ではじまっていて、でも、わたしたちはそんなに忙しいくせに、おたがいに何も書くことがないなんて、どうしてなのかわたしには理解できない。

わたしは通知をもう一度読み、ほんとにじっとすわったままで、息をしているかいないかわからないくらいで、ブラインドから街灯の光が射しこんでいて、暗くなっていく部屋に縞模様をつけていた。

わたしはシャツとブラを脱ぎ、指で自分の皮膚をすごくゆっくり触りだし、輪郭をなぞり、盛りあがったところや筋のついているところを押していった。

まるで肌の上の傷が点字みたいに読めるかのように、あざや傷跡や染みのひとつひとつに指を這わせていった。

自分が何を探していたのか、わたしにもよくはわからない。

何か新しいもの、目に見えて変わったところ、指さして、ああ、これなんだ、ここからはじまっているんだと言えるようなものを見つけたかったんじゃないかと思う。

でも何も見つからなかった。

わたしは手のひらを胸に押しつけ、鼓動をかぞえようとした。

それは普通よりも速いような気がして、それに皮膚が熱くて、赤く輝いていて、なんだか息切れした血液が、空気を求めてどっと表皮へ向かっているような気がした。

わたしはそこに長いことすわっていて、椅子の上で眠りこみ、朝目を覚ますと仕事に遅刻する時間だった。

十九番地の裏庭で、女の人が洗濯物を干しながら歌を口ずさみ、日がまぶしそうに目を細めている。となりの家の、裏庭に面した部屋で、何人か人が眠っているのが見えていて、ああよかった、あの人たちがやっと静かになったから、子供たちはもうすこし眠っていられるかもしれないと彼女は思っている。

洗濯ばさみをひと握りつかもうとかがみこみ、彼女は頭のスカーフを手で直す。彼女はいろいろな大きさのサルワール・カミーズを干し、するとその薄い生地にプリントされた鮮やかな色が幾筋も伸び、それから彼女はシャツやズボン、じつにさまざまな形の下着を干す。そして仕事を終え、裏庭いっぱいに、何本もの紐に揺れる濡れた万国旗のような布が並ぶと、彼女は背筋を伸ばし、片手を腰に当て、頭を後ろに反らす。彼女は口ずさんでいた歌を中断し、くぐもった朝の騒音に耳を傾ける。彼女はゆっくり深く息をして、空気はしばらくのあいだ、清潔な洗濯物の新しい湿気に満たされて、清潔なにおいを漂わす。

十八番地の若い男、ドライアイのあの男は、まだ服は着ていないがもう起きていて忙しく、彼は床にうずくまり、各種の物体や紙切れからなるコレクションを整理している。

テレビガイドから破りとった一ページ。煙草の空箱。スーパーマーケットのレシートを何枚か日付順にホチキスでとめたもの。広告ちらしはバングラの終日公演とテクノの終夜公演。電車の切符。地元の新聞から切り抜いた訃報欄。まだ封を切っていないチューインガム。

彼はそのすべてを床に広げ、まず大小の順に並べ、次に新旧の順に並べなおし、ひっきりなしに瞬きをしている。彼は一歩下がって立って眺め、目の前にあるものの一覧表をつくる。

彼はテレビをつけてポラロイドカメラを拾いあげる。画面に映像が出たとたん、彼はその写真を撮り、まだ何も浮かびあがってこないフィルムの裏に、7am/31/08/97と、時刻と日付を書きつける。

彼はポラロイド写真を煙草の箱の横に置き、写ったものの形がだんだん濃くなって、色と光に定着するのを眺めている。彼は瞬きしながらテレビのほうに向きなおり、ロンドンの公園でゾーイ・ボールがポップミュージックの話をしていて、そこでは柔らかな朝の光が木の間にちらちらして、ゾーイの髪を輝かせているのを彼は眺め、さあ、派手にいくわよとゾーイが言い、そこで彼はテレビを消す。

となりの家、二十番地の寝室では、眠っている妻の横で老人が、身を横たえたまま目を覚ましていて、彼は何かをすくうように丸みをもたせた両手のひらを目の前に広げ、たったいま呟きこんで肺から出した小さな血液の点々を見つめている。彼は何とか妻を起こさずに呼吸を整えようと懸命で、化粧だんすの上に立ててある、甥や姪、甥や姪の息子や娘の写真を見つめている。彼は老いを感じ、彼は恐れを感じる。彼は規則的な妻の息づかいに耳を傾け、そして彼は、ふたりがはじめて一緒に過ごした夜のこと、六十年近くも前の、海辺のホテルでの密会のことを考える。彼は壁紙の模様のこと、熱棒が三本並ぶ贅沢な電気ヒーターのこと、窓からの丘の眺めのことを思い出す。彼はふたりの気後れを、ぎこちなく小さなベッドのすそに立ち、ひどくゆっくりと手を差しのばし、一度、二度とキスをして、ためらいながら距離を縮めて抱きあって、次第に好奇心のほうが優勢となるのにまかせたことを思い出す。彼は妻が、明かりは眠るまでつけておきましょう、服はきちんとたたみましょうと言って譲らなかったことを思い出す。そして何より、とうとう果たした睦み合いが、ふたりにとってこのうえなく素晴らしい驚きだったことを思い出す。

彼はじっと身を横たえたまま、妻の寝息に耳を傾け、朝の訪れを待っている。

十二番地の屋根裏部屋では、上半身裸の若い男が、窓から身を乗りだしている。彼は煙草を吸っていて、その煙草を窓の外の片側につきだして持ち、吐きだす煙がすこしでも、部屋に入らないように気をつけていて、そして彼は、これからはじまる一日のことを考えている。

彼は煙草を吸いおえて、それを通りへ落とし、それが落下していくのを、それが赤く輝きながら地面に向かって加速していくのを、それが火花を散らして下の歩道にぶつかるのを、じっと眺める。彼は部屋の中に引きかえし、ベッドの横の引き出しにあったチューインガムの包装をむき、枕の下から財布をとりだし、現金を残らず出してみる。彼はベッドにあぐらをかいて、広げた手のひらで額をなで、そして豊かな黒い髪をかきあげ、そわそわと腰を浮かし、踊りださんばかりの興奮で、二つ折りになった紙幣を見る。彼は念のため金をもう一度かぞえ、しわを伸ばし、十ポンド札と五ポンド札に分け、百ポンドずつの山を十、きれいにつくる。彼はにやつき、唇をかみ、よしよしとうなずいて、紙幣をふたたび財布の中に、財布をふたたび枕の下にぐいと押しこむ。いよいよ今日だ、いよいよだ、いよいよ、と彼は思い、彼はあおむけに寝ころがり、片手は頭の下に入れ、もう片方の手はこぶしを握り、こぶしに彼はキスをして、そのこぶしで宙を連打する。彼は目を閉じ、しかし彼は眠らない。

十八番地では、目が乾いて痛む男の子が、高い棚から靴の箱を引っぱりだし、なかのポラロイド写真を仕分けして、そこから数枚を選びだし、ポーカーで手札を公開するときみたいに、扇の形にして床に広げる。一枚は、ウズとシャーフの愛は永遠です9T7とか、イジーは最高と書いたわたしは誰でしょうとか、リーとあたしいちゃいちゃしちゃったとか、ショーンはすけべ女とか、まだまだたくさん、マジックで落書きだらけの街灯の写真で、これは雨でかすれたイニシャルや略語で記した街角の連ドラ。

一枚は、ビラを無断で貼られた車庫の扉で、ビラにビラが重なって、幾重もの日付と場所とDJとバンド名が、引きちぎられて縦に裂け、重みで上の隅がはがれかかり、地の金属が覗いている。

カレーハウスの前、一九五〇年代のスーパーマーケットの缶詰みたいに積みかさねられた、植物油の円い空き缶。

道路に白いライトが数珠つなぎに連なったのが、クリスマスの飾りのような、そしてカメラのレンズに雨滴のはねた、夜の交通渋滞。

パブの駐車場に滴りおちた黒い血痕。

彼はふたたびカメラを拾いあげ、それを持ってバスルームに入っていき、鏡に映った自分を撮る。

彼は目を、ぎゅっと、痛そうにつむり、カメラを置き、両手のひらを目に当てて、顔をしかめて頭を揺らす。


ポラロイド写真の色が目を覚まして光を帯び、彼のセルフポートレートが姿を現しつつあるそのあいだ、彼は目薬を探していて、目の見えない彼の手は、薬の棚をひっかきまわす中毒患者のように、シャンプーやデオドラント、かみそりを倒していく。

十七番地の奥の部屋では、目のまわりにラメの女の子が、身を横たえたまま目を覚ましていて、チューインガムをかみながら、眠った友だちを眺めている。自分はまだしばらく眠れないと彼女は知っていて、彼女の脳には粉状、タブレット状の各種の薬がたっぷり詰まっていて、ダンスフロアに立った彼女の脚の筋肉は、まだぴくぴくと痙攣している。ベッドの上の女の子ふたりの姿、ひとりがもうひとりを丸く包んで守っている様子に彼女は目をやって、ふたりの肩と胸とが、持ちあがってはまた沈み、ゆっくりと収まるべきところに収まっていくのを彼女は見まもって、背の低い女の子の、舌のピアスのことを彼女は思い出し、噂は本当かなと考える。ステレオはまだかかっていて、とても静かにかかっていて、小さな緑のランプの点々が、音楽に合わせてぷつぷつと、上がったり下がったりするのを彼女は眺め、歌い手がドゥーワー・ドゥーワー、アイ・ラヴ・ユー・ソウ、ウーワーとやっているのに彼女は聴きいる。彼女は白シャツの男の子のずっしりとした腕の重みを胸の上に感じ、彼女は頭を浮かせてその腕にキスをする。音楽はドゥーワー・ドゥーワー、アイ・ラヴ・ユー・ソウとやっていて、彼女は自分たちふたりのことを考える。ふたりはまだそのことについて話しておらず、ここを出たらどうしようか、一緒にくる？　ふたりでなんとかやってみようよ、とは言っておらず、ということは、自分たちはすぐ、あっさりふわふわ離れていって、ほかの人たちの生活の中へ、これと似たような部屋の中の、ほかの人たちの腕の中へ入っていくということだと彼女は知っている。それでも悲しくないことに彼女は驚いている。音楽に彼女は聴きいって、みんなが眠りに落ちたとき、または部屋を出ていったとき、落としたいろいろなものを彼女は見まわして、男の子の腕に彼女はもう一度キスをして、一種の甘い郷愁だけを彼女は感じる。まだ過去になってもいないのに、郷愁を覚えるなんてことがあるのかなと彼女は思い、ひょっとしてわたしの語彙がすくなすぎるのかな、それとも化学物質の摂取の過多が、わたしの語彙を蝕んだのかなと彼女は思い、音楽はドゥーワー・ドゥーワーとやっている。

十八番地のバスルームでは、ポラロイド写真の中からひとつの顔が、目を見ひらいた、落ち着いた顔が、こちらを見ている。二十ちょっとの若い男で、つるりとした丸顔に、筋の通った鼻、肉厚の唇、額の両隅が薄くなりかかった淡い色の髪、たるんでしわをつくった両目の下の皮膚。これはよく撮れた写真で、じきに彼は日付を書きこんで、寝室の床の上に集めたほかのもの、つまり雑誌の記事や、やりかけのクロスワードパズル、二枚刃のかみそりのわきに置くことになる。

だがいまは、頭をのけぞらせて天井を仰ぎ、キャップ一杯の溶液に、乾いた目を洗わせて、片手で洗面台をつかんで痛みのひくのを待っている。

彼の目に痛みを覚えさせるのは、主として光、まぶしい、あるいは突然の光、それから空中の埃。そのざらざらちくちくする感じは、まるで目の膜に紙やすりを押しつけられたようで、そんな乾いた状態を、彼はたいていは忙しく瞬きして、つまり表面に潤いを押しだすことで緩和する。

都会にいると埃や砂が多いのでひどくなり、ことに夏は、日が長くて明るいのでひどくなるのだけれど、普通は我慢できないほどではなく、普通は彼も気づきもせず、ただ瞬きすることで、そのごろごろした感じを追い払う。そして、どうしようもなくなったときには、つまりいまのようなときには、彼はバスルームにやってきて目を洗い、すると砂漠で泉が湧いているのを見つけたみたいにほっとする。

目薬を、もとのキャビネットにしまって彼は手の甲をかき、カメラとセルフポートレートを拾いあげて寝室に戻り、このコレクションに、あと何を加えて隠そうかと考える。そして二十二番地の女の子のことを考える。

通りでは、十三番地の玄関ドアがゆっくりと開きつつあり、ドアノブにようやく手の届く幼い男の子が隙間から顔だけ覗かせて、その髪の毛はつったたっていて、彼はまだパジャマのままだ。門に続く小道で待っていた真っ赤な三輪車に彼はまたがり、全体重をかけて彼はペダルをこぎ、きしる門扉を開けて前庭から表の歩道へと出る。彼は開きっぱなしの玄関ドアを振りかえり、前方の大きな道路を見つめ、頭をさげてペダルをこぎ、最初はのろのろ、敷石のゆるくなったのにハンドルをとられてぐらついて、それでも次第にスピードをあげていく。

路面清掃車がひゅーんと唸りながら通りすぎ、ブラシは回転して舗装路を滑っていき、砂やガラスや紙が跳ねあがって清掃車の腹の中に入っていく。運転手は眠たそうに前方を凝視して、サングラスが顔をぴったりと巻いていて、唇は、アイル・ビー・ゼア・フォー・ユー、ホエン・ザ・レイン・スターツ・トゥ・フォールと、ラジオでかかっている曲の歌詞を口ずさんでいる。十九番地の前を通りかかるとき、庭の塀に腰かけた女の子、赤いベルベットのドレスを着て、とても長いブーツをはいた女の子のほうを運転手はちらりと見て、女の子は弓なりになって顔を空に向けていて、そのぴんと張ったのどのカーブに、幅広のズボンをはいた男の子がそっとキスをしている。路面清掃車はひゅーんと角を曲がって姿を消し、女の子は男の子の手をとってその小指をかむ。男の子は声を、小さな声をあげ、男の子の目は閉じていて、まるで胃が、車で太鼓橋を渡っていて、てっぺんまできて下りはじめるときみたいな感じがして、いこうか、と女の子は言い、ふたりとも立ちあがる。

ふたりはそのとき声を聞き、それは二十一番地屋根裏のフラットからの、下に叩きつけてくるような怒鳴り声で、女の声が怒鳴っていて、ちょっと聞きなさいってば、あたしの言うこと聞きなさいってば、構わなくなんかないじゃない、ろくでなし、あんたあたしのことなんか考えてなかったでしょ、あんたは黙って出かけてって、やりたいことやって、いつだって自分のしたいことしか頭にないんじゃない、しようもないわがまま男なんだ、あんたって人は、あたしはどうなんのよ、このあたしは、と彼女は金切り声をあげていて、となりの裏庭で洗濯物に囲まれた女の人は立ったまま、どうしてあの人たち、あんなにしょっちゅう怒鳴りあって、それでも手をつないで表を歩いたりできるんだろうと不思議に思う。黙れと男の声がして、黙らないか黙るんだ、黙れ黙れ、黙れったら黙れと男の声もどんどん大きくなって、女に負けないくらいになって、声が割れ、調子外れになる。

表の女の子と男の子、ふたりは顔を見あわせて、ふたりは急ぎ足でその場を離れ、そしてふたりが角を曲がると、通りは空っぽになり、また静かになる。

通りは空っぽで静かで動きがなく、光は輝きを増しつつあり、影は硬さを増しつつあり、夜明けのもやは焼き払われつつある。この日はやがて特別な輝きを、暑くて無気力な、そして張りつめた輝きを放って燃えることになる。あとになって雨が、強い突然の雨が、降ることになり、焼けた舗装路は湯気を立てて光り、水は路面に縞模様をつくって側溝に流れこむことになる。そして窓はあわてて閉められ、人々は玄関口に雨宿りして、驚いて黙りこむことになる。しかしいまは、一日がはじまったばかりのこのときは、雨は降っておらず、通りは温まりつつあり、そして人々は眠っているか、目を覚ましてベッドの中でもぞもぞしているか、愛しあってふたたび眠っているかである。

セアラに電話した翌日、わたしは母に話そうとした。

電話を部屋に持っていき、両ひざを胸まで引きあげて床にすわり、わたしは番号を押しはじめた。

壁に貼ってある写真の一枚、あの夏、あのことが起こる数日前に撮った写真に目をやった。

わたしたち六人、どこかの前庭で体をくっつけあって、灰皿やクッションが芝生の上に散らばっていて、庭に面した部屋の窓にスピーカーがのっていて、歩道ではビーンバッグチェアの詰めものがこぼれでている。

この写真のわたしたちは若く、わたしたちみんな、すごく若く見える。

みんな顔の肌が張って光っていて、ぎこちなくニッと笑って日の光に目を細めていて、誰かの腕が誰かの体に回されていて。

まるで作家の集まりみたいに缶ビールを振りまわしていて。

何もかも永遠にいまのままだと思っているみたいな顔をしていて。

わたしは母の電話が鳴りだす前に受話器を置き、わたしはほかの写真にも目をやった。

サイモンの写真も同じ日に撮ったはずだから、これはサイモンが出ていった日に違いない。彼はお父さんの車の助手席にすわっていて、ウィンドーはおりていて、彼は手を振っていて。お父さんは車の後ろにいて、トランクのふたに全体重をかけ、三年分の荷物を詰めたトランクをなんとか閉めようと苦労している。

詰まっているのは掛けぶとんに枕、ステレオ、テレビ、本と雑誌、ルーズリーフでふくらんだたくさんのファイル。

詰まっているのは皿にシチュー鍋、ナイフやフォーク、靴箱いっぱいの使いかけの調味料、付属部品のなくなったフードプロセッサー。

CDの箱にビデオの箱、写真と葉書と手紙でいっぱいの箱。

部屋に垢抜けた感じを出すために、彼が古道具屋で買ってきたフロアスタンドが、ごちゃごちゃした後部座席からつきだして、彼の肩の上に浮いている。

何もかもがお父さんの車に押しこまれ、彼はそこにすわって微笑んで、開いた手のひらを顔の横に持ちあげている。

背景には、三輪車に乗った男の子がいて、じっと見ている。

わたしともうひとり、アリスンという女の子が一緒に写っている写真があって、誰が撮ってくれたのか、もう思い出せない。

わたしは彼女の横に立っていて、指をさし、ぎょっとした顔をつくって笑っていて、いまのわたしにとって意外なのは、写真の自分があまりにもいまと同じ顔をしていることで、ほんと、短くしたブロンドの髪も同じなら、四角い小さな眼鏡も同じ。

アリスンはカメラに向かって顔を全開にして、スタッドを入れたばかりの舌をべろんと出して、指は猫の爪みたいに丸めていて。

そしてわたしは彼女の舌を指さしていて、まともにレンズを覗きこみ、写真の奥からこっちにいるわたしのことを、あれから数年たって片手に電話を持ち、番号を押せないでいるわたしのことをまともに見ている。

わたしがそこにすわったまま思い出したのは、彼女が舌にピアスをあけてもらった日のことで、彼女と同じ家に住む、眉にリングの男の子に説得されて、その気になった彼女だったけど、その日は午前中ずっと迷いつづけていた。

結局彼女は角を曲がった先の店、二階にあって、お子様お断り、見学お断りの札がドアにかかっている店に出かけていった。

彼女がもとどおりちゃんと話せるようになるのには一週間かかったけど、話せるようになると、スタッドを入れてぞくぞくするほど嬉しいと、彼女が言うのはそのことばかりだった。

彼女はパブにいくたびに、反応を見るのが面白くて、男の人たちに向かって舌をつきだしてばかりいた。

その夏の終わりには、就職するにはスタッドをとらなくちゃならないかもと言っていた。

あれは変な時期だった。

知っている人がつぎつぎと、まるで子供が人ごみに呑みこまれるみたいに、不意にすうっと街から出ていって、あとには仮住まいの住所と、連絡するという約束とだけが残されて。

わたしはどうすればいいのかわからなくて、もうすぐ時間ぎれになるような、勢いを失ったような、いろいろなチャンスをみすみす逃しているような感じがした。

あれは長くて暑い、いい夏で、むきだしの毎日がぱんと音を立てて現れて、でも、袋小路だという気分が強すぎて、あの夏を楽しむことは難しかった。

わたしたちは玄関前の段々で、楽観的な赤のフェルトペンで求人広告に丸をつけたり、将来の計画を立てようと、旅行することやロンドンに移ること、カフェを開くことなんかをしゃべったりして毎日を過ごし、そんな計画のひとつひとつが、もう決まったことのように翌朝までは思えたものだ。

誰ひとりとして、自分たちが立てている計画に、あのウェブサイトやらブティックやらドーナツショップやらに、自信があったわけじゃないとわたしは思う。

安易な確信の時期はすでに終わっていて、わたしたちのほとんどは怖気づいていた。

わたしたちは日が暮れたあともずっと、会話が途絶えがちになったあともずっと、いつもの玄関前の段々に腰をおろしたままでいて、とうとう絞りだされるようにして星が出てくると、めいめいの掛けぶとんを上の部屋から引きずってきて、空になったビールの缶のプルタブをはじき飛ばしたり、空になったワインのびんを吹き鳴らしたりしたものだ。

これからどうすればいいんだろうと思いながら。

わたしの持っている写真の大部分は、記録をとらなかった三年間の埋め合わせに、その最後の週に駆けずりまわって撮ったものだ。

建物を、わたしのベッドのある部屋を、番地の数字が描いてある玄関ドアを、部屋の窓から見た前の通りを、わたしは撮った。

でも写真の多くは当時の友だちを写したもので、キッチンでお茶を飲んでいるところや、誰かのベッドに重なりあっているところ、通りをはさんでフリスビーを投げているところ。

そしてどの写真でも、みんなカメラを真っすぐに見て、きまってニッと笑って手を振っている。

その晩わたしは部屋ですわったまま、手には電話を持ったまま、そんな写真を一枚一枚、まるではじめて見るみたいに丹念に見ていった。

みんなの顔に浮かんだ表情を確かめながら、何か隠されたディテールがないかと探しながら。

見ている写真が重要な書類みたいに、すごく大切なものに感じられ、ブルータックやピンで壁に留めておくのではなく、耐火性の金属の箱に入れておくべきだという気がしてくるのが妙だった。

わたしたちはあの夏、最初から最後まで何もしないで過ごしたのに、どういうわけか、わたしの人生でいちばん大きな意味を持つ時期のように、すくなくともいままでは感じてきた。

わたしはもう一度番号を押すが、電話は話し中だった。


どう言おうか自分でも決めていなかったと思う。

セアラより、母が相手のほうが言いやすいだろうなんて、なぜ思ったのか、いまではわからない。

すくなくとも、わたしが勇気を出して言いさえすれば、助けになってくれるのは母のほうだ、そう思ったんだろうといまは思う。

言葉を失って、泣いて、といった反応がまずあって、そのあと母は実際的な助けや分別のあるアドバイスを与えてくれる、そうわたしは期待していたんだろうといまは思う。

二、三日こっちに泊まりにいらっしゃいよ、一緒に話しあいましょう、あなたと母さんと父さんとで、ひょっとして母がそう言ってくれやしないかと。

家族らしく、ちゃんとした家族らしく。

そんなことなぜ思ったのか、何かが急に変わるだろうなんて、なぜ思ったのか、いまではわからない。

特殊な事態になったから、これまでとは違ってくるかもと思ったのかもしれない。

わたしはそこにすわったまま、通話中の音に耳を澄まし、言いかたを考えていた。

電話で母と会話するのは、いつでもなかなかやっかいだ。

話していることにいつも重りがついている感じで、口に出さないこと、正面切って言わないことがすくなくない人なのだ。

やんわりと、慎重にものを言い、言いたいことを全部は言わず、そっと引っこめておく人なのだ。

トランプのカードをぴったり胸にくっつけて持つみたいに。

いま就いている新しい仕事のことを話したとき、あら、とてもよさそうじゃない、で、ほかにはどんな仕事を検討したの、と母は言った。

大学でとった学位を十分活かしているようには思えないけどねえ、おまえ、みたいなことを母は言う。

持てる力を出しきっているようには思えないけどねえ、みたいなことを母は言う。

まったく、なんて仕事してんのよとか、あんた人生を無駄にしてんじゃないの、とは母は言わない。

はっきり言ってくれたほうがいいと、わたしは思っているのだろうか。


やっと電話がつながった。

父が出て、父は受話器をとりあげて、ため息をつき、はい、どなたでしょうと言った。

父はいつでもそんなふうに電話に出て、まるで、いったい誰が俺に話そうとしてるんだ、いったい相手は何を言うつもりなんだとこわがっているみたいだ。

こんばんは、お父さん、わたしよ、ママいるかな、とわたしは言い、いや、いないよ、今夜は出かけてるんだと父は言った。

そう聞いてがっかりしたのか、ほっとしたのか、自分でもはっきりしない。

聞こえてくる音でわかるのだが、父は受話器をきつく握りしめていて、いつもどおり、こいつが爆発する可能性だってないわけじゃないぞみたいに、顔からすこし離して持っていて、父には何も話さないだろうなと、わたしにはわかっていた。

もうしばらくは、自分ひとりの胸に秘密のましまっておくのだろうなと、わかっていた。

父はわたしに仕事のことを聞き、父はわたしにわたしがもう長いこと会っていない人たちのことを聞き、みんな元気よとわたしは言った。

わたしはサッカーのことをちょっと話題にして、それから父をテレビの前に帰してあげた。

わたしは電話を置き、母がいたら自分はどんなふうに言っただろう、ママ、話さなきゃいけないことがあるの、と言ったかな、それとも、ママ、相談したいことがあるの、かなと想像した。

ママ、どう言ったらいいかわからないんだけど。

いまになって思うと、あのときわたしは、自分がはっきり言わなくても、何かあったんだと母のほうが勘づいてくれるんじゃないか、わたしが新しく買った靴のことなんかしゃべっていても、母のほうが、それであなた、本当は何が言いたいのと言ってくれるんじゃないかと期待していたのだろう。

ブリティッシュテレコムの昔の広告に出てきたお母さんのように。

もう一枚の写真に目をやれば、それはあの年の初夏、まだほの暗い明け方に、通りでサイモンとロブとジェイミーが、選挙の結果をお祝いして、素っ裸で踊っているところ。

あの決定的に重大な夜、窓から外へコードをぐるりと回し、前庭にテレビを据え、その前にピザとマリファナと歴史的瞬間の興奮とを持って集まったことを思い出した。

真夜中、新たに調達してきたスナックを抱えて二十四時間のガソリンスタンドから戻ったとき、友人たちの顔がテレビという聖堂の光に照らされていたのを思い出した。

暗闇の中、ぴかぴか光っていて、青くて、ちらついていて。

なんだかもう、幽霊になってしまったみたいで。

十九番地の女の人は、洗濯物を干しおわり、今度はキッチンに戻って朝食のことを考える。もうじき子供たちが目を覚まし、すると家族全員が、つまり夫と夫の父と夫の母も、まごまごしながら今日という日に踏みだすことになる。彼女は腕を伸ばし、流しの上の戸棚から、シリアルの箱いくつかと、砂糖をまぶしたホールグレインやフレークスの袋を四つ下ろして胸に抱える。テーブルの上に置こうと振りむくと、幼い娘がドア枠に寄りかかっていて、その心配そうな大きな目で母親のことを眺めている。母親が何も言わないうちに、娘はナイフ、フォークの入った引き出しに急ぎ足で向かい、数をかぞえてスプーンを出し、食器戸棚のほうに向きなおり、今度は深皿と格闘する。娘はまだ寝間着を着ている。ちょっと、ちょっと、と母親は微笑みながら、着替えが先よ、顔を洗って着替えてらっしゃい、ね？　と言う。そして娘の細い二本の腕をつかみ、娘をキッチンから追い立てる。子供はひとことも口をきかず、母親は子供がゆっくりと階段をのぼっていく音に耳を傾け、その顔に一瞬、気づかわしげな色がよぎる。

彼女が朝の食卓の準備を終え、やかんを火にかけていると、双子の男の子たちが階段をがたがたおりてきて、武器か何かみたいにスプーンを握りしめ、食事にとりかかる。おまえたちは今日どうするつもり、おじいちゃんおばあちゃんと一緒におばさんのところにお茶にいくかいと、彼女は男の子たちに今日のことを話そうとするけれど、ふたりの口はぐしょぐしょのシリアルでいっぱいで、ふたりにできるのは、スプーンをシャベルのようにつっこむ合い間に息をすることだけだ。彼女は寛大になり、通りの端の店より先にいってはいけないよ、断りなしによその庭に入ってはいけないよ、とふたりに言う。

彼女はふたりの頭をなでて、それはふたりの一日のために、神の加護を祈るかのようで、いい子にしておいでと彼女は言って、そしてふたりが部屋を出ていくときに、娘がまたドアのところに立っていて、頭をドア枠にもたせていて、その大きな目で上のほうをぼんやり見ていることに彼女は気づく。娘は花柄の、縁どりが金のドレスに着替えていて、それはおばのつくってくれたドレスで、よく似合っていると彼女は思う。何にする、と彼女は言い、幼い女の子は何も言わず、さっきまで兄のすわっていた椅子の上に滑りこみ、深皿に自分でウィートフレークスを流しこむ。女の子の食べかたはゆっくりで、フレークスを小さなひと口ずつスプーンにのせ、窓の外を眺め、ひと口ひと口、何か考えるふうにかんでいく。

そして食べおわると、女の子は母親のほうを向き、ママ、漫画見てもいい、と本当にそれだけ、表情もなく聞き、なんだか安っぽい連ドラのエキストラの子役みたいで、愛情あふれる家族の中心ではないかのようで。いいわよと母親はうなずいて、娘がふらふらと部屋を出て、壁紙の上に手を滑らせながら、居間に向かうのを見まもっている。

秋からはじまる学校が不安なのかもしれない、そうでなければ風邪でも引いたのかもしれないと、心の中で彼女は思う。彼女は窓のほうを見て、手で顔に触れ、すでに彼女はこの日に疲れている。男の子たちが大きな足音を立てて階段をおりてきて、玄関から外に出る。まだ八時にもなっていない。彼女は子供たちの使った皿を洗おうと、蛇口をひねって水を出す。彼女は勢いよく流れる水の下でこぶしを握り、やがて水がお湯になり、けれども彼女の手は動きはじめない。

二十一番地、屋根裏のフラットに住む男は、となりの双子の男の子が通りで走りまわるのを眺めていて、彼は窓から身を乗りだして煙草を吸っていて、彼は後ろのベッドに身を横たえた女に見られている。ふたりとも素っ裸だ。もう出ていらあ、となりんちの子たちさ、もう出ているよ、いま何時だい、と彼は言う。たぶん、あなたのいびきで目が覚めちゃったんでしょ、と女は言い、ごろんと体を横向きにして床に腕を伸ばし、腕時計を拾いあげる。あいつら、ほんと、どうしようもない悪ガキだぜ、あのふたり、だって先週、通りの向こうの家の女の子たちにさ、その子たちが自分ちの庭にすわってただけなのにだぜ、石投げつけてんの見たからな、と男が言う。たぶん気を引きたかっただけよ、男の子ってそんなことするじゃない、と女が言う。まだ八時にもなってないと彼女は言って、もいちど寝るわと彼女は言って、しかし彼女は眠らずに、目覚めたまま、男の裸を見ながら横になっていて、男が窓から身を乗りだそうと伸びあがるとき、両足のかかとが床から浮き、緊張が両脚の筋肉を下から上へと伝わっていき、そして男が煙草を深く吸いこむとき、両肩の曲線が持ちあがり、とまり、また沈むのを、彼女は見る。男の肩甲骨の上の小さな竜の刺青を見る。男の体じゅうの皮膚に散らばった、長いピンクの線や小さな紫色のすれた跡、すなわちまず怒りに燃え、それから欲望に燃えたとき、彼女からプレゼントしたひっかき傷と打撲傷とを見る。

彼女は片ひじついて身を起こし、鏡に自分を映してみて、自分の体を眺め、その肌に傷や跡はほかにないのだが、ただひとつ、片腕のいちばん上に、親指大のあざがある。彼女は自分の髪を見て、それはヘナで染めたばかりの濃い赤で、彼女は長い髪の毛を一本つまんでひねくりまわす。男はまだ何も言わないのだが、彼女はいまでも満足している。染めた色が目の色とよく合っていて気に入っている。

あいつら、今度は人んちの窓を覗いてやがる、何やってんだ、あいつら、と男は言い、男のいらだちが煙のように、肩から上に逆三角形をつくって立ちのぼる。もうやめなさいよと女は言い、ベッドに戻ってらっしゃいよと言い、ごろんと彼女は転がって、男のために場所をつくる。糞ガキたちと男は言い、あいつら水鉄砲持ってやがると男は言い、男は部屋のほうに向きなおり、床を大股に歩いていって、吸っていた煙草を灰皿でもみ消す。なんて言った？　聞こえなかったんだと男は女に言う。ベッドに戻ってらっしゃいと言ったのよと女は言って、男のほうに手を差しのべて、そして男が彼女にキスすると、男の無精ひげから煙草と日差しのにおいがする。

通りでは、十九番地の双子の兄弟が、二十番地の家の、通りに面した窓を覗きこんでいて、わずかに先に生まれたほうの子は、よく見えるようにとレンガをふたつ重ねた上にのっていて、ふたりでカーテンの小さな隙間から中を見ている。ふたりの前の部屋の中では、髪の薄くなりつつある、よく手入れした口ひげの男がストレッチ体操の真っ最中で、生白い両腕を頭の上高くまで振りあげて、それを今度は床に向けて振りおろし、肉づきのよい腰に両手を置き、体を右に左に弓なりに曲げる。男は素っ裸で、双子たちは急に噴きだして口に手を当て、手入れの行き届いた口ひげの男は振りむいて、手で子供たちを追い払い、カーテンをぐいと引っぱって完全に閉める。

子供たちはどこかに消えて、いまは安全に守られた窓の横に男は立ち、両手のひらを握りしめてはまた開きして、すこし息づかいが荒くなっている。あれはいい子たちではないな、いやいい子などではちっともない、と彼は考えている。見かけたことのある子たちだな、噂も聞いているし、ポテトチップの袋やお菓子の包み紙を通りに投げ捨てるところも見たことがある。彼は両手を床へと伸ばし、ひざはほとんど曲げずにおいて、骨ばった指先は絨毯からほんの十五センチほどのところにある。彼は背筋をゆっくりと慎重に伸ばし、ガウンを着て、小さなキッチンに入り、やかんに手を伸ばし、ちらりと裏庭に目をやって、そのとき両手が突然、ぐんと宙に跳ねあがり、それはちょうどテーブルクロスを振っているみたいで、彼は下品な言葉をつぶやき、誰に言うでもなく、今度は何だ？　こんなにいろいろ、どこから湧いてくるんだと言い、彼はキッチンのブラインドをおろし、裏庭を見ないですむようにする。

同じ二十番地の二階のフラットでは、老人がやかんにお湯を沸かそうと、マッチを探している最中で、彼はテーブルのほうを向き、見るとそこに封筒が、表に彼の名前がちょこちょこと、震える筆跡で記された封筒がのっている。彼は微笑み、彼は振りむき食器戸棚の、ナイフ、フォークの引き出しを開け、妻の名前を記した封筒をとりだすが、彼の筆跡もまた、妻と同じく最近では頼りない。

彼はふたつのカードを並べて置いて、もらったほうを開けようかと一瞬考えて、結局開けないことにする。彼はマッチを探し、彼はあの日のことを考える。

華やかな結婚式ではなかった。あわただしく行われ、ふたりはひと晩だけ一緒に過ごし、翌日には彼は任地に、それも遠い任地に赴いた。片づけておくべきことがあったら片づけておけと言われたとき、それが何のことだか男たちにはよくわかり、だから彼も休暇の直前に、カタヅイテイナイカ、ヨイドレスカッテオケ、ユビワハヨウイスルと彼女に電報を打っておき、ふたりで役場に急行し、証人にはケーキ屋の女の人を無理やり引っぱっていった。

それでも結婚式は結婚式で、ふたりはたがいの目を見て型どおりの言葉を言い、ふたりは誓い、その誓いをふたりはこれまでの年月守ってきた。

彼女の手は彼の手の中にあり、なんじを愛し、なんじを慰め、と彼が言うのを見つめ、死がふたりを分かつまで、と彼が言うのを見つめ。

登記簿に署名している途中でふたりがキスをしたとき、ケーキ屋の女の人はきまり悪そうに顔をそむけた。

そしてふたりは結婚証明書をふたりの新居に持ち帰り、ベッドのすその整理だんすの上に立てかけて、寝るまでの時間ずっとそれを眺めて過ごし、ふたりとも、遊園地の乗り物からおりた瞬間のような気分で、ふたりともめまいと胸の高鳴りとを感じ、呼吸を整えようと懸命で、たったいま起こったことを残らず記憶しておこうと懸命だった。

ねえ、わたしたちのお話を聞かせてよ、いつかわたしたちの子供たちがせがんだとき、聞かせるみたいに聞かせてよ、と彼女は言った。

結婚して最初の数年、悲しい気分のときや体の調子が悪いとき、それから夜に眠れないとき、よく彼女はそう言った。頭を彼の胸にのせ、両手をあごの下にそっと寄せ、ねえ、わたしたちのお話を聞かせてよ、子供たちがいたら聞かせるみたいに聞かせてよ、と彼女は言った。

そして彼はいつもきまって、昔、昔、あるところに、軍服姿もりりしい若くてハンサムな兵士がおりまして、ある日、仲間とダンスパーティーに出かけていき、目もあげられずにおりました、とはじめ、するといつもきまって彼女はむっくり頭をもたげ、あきれた顔をしてみせて、目もあげられなくなんかなかったじゃない、あの晩ずっとわたしに色目を使ってたくせに、とんでもない嘘つきね、と言うのだった。

そして彼はいつもきまって二本の指を彼女の唇に当て、ですから若くてハンサムな兵士は、気づくと目の前に若くて素敵な女性が立っていて、しかも踊りませんかと誘ってくれるのですから驚きました、と続け、すると彼女は、それからどうなったの？　ふたりは踊ったの？　ふたりは上手に踊った？　と聞くのだった。

それはもう、もちろんふたりは踊り、ふたりはたいへん上手に踊り、その場でくるくるスピンをし、フロアに大きな円を描き、たがいの目を奥の奥まで覗きこみ、だからみんながふたりのことを、ひどくびっくりして見ていることも、当のふたりは知りませんでした、ときまって彼は言い、わかるね、まさにその瞬間、ふたりに何が起こったか、と彼は言い、当のふたりも知らないうちに、そう、ふたりは恋に落ちていた、と今度は彼女の合の手を待たずに続けるのだ。

それから？　それからどうなったの？　ふたりはキスした？　と彼女は聞き、すると彼は、いや、いや、まださ、その若者は紳士だったからね、つまりだ、兵士であると同時に紳士でもあったからね、だから若者は、彼女と二度目に会うときまでキスはしないんだ、と言い、すると彼女は、もっと細かく話してよとせがみ、それに応えて彼は、ふたりの最初のころのデート、どこにいったか、何をしたか、そしてブラックプールのホテルで過ごしたはじめての夜のことを話して聞かせ、すると彼女が、そこのところは子供たちに話しちゃいけないわ、と言い、彼も声をあげて笑いながら、そうだな、と言う。

そして彼がこのお話をはじめて話したとき、つまり結婚したその晩、ふたりはベッドに並んで横になっていて、服は着たままで、彼が話しおわるとふたりとも黙りこみ、結婚証明書をひたすらに、公式にタイプされた形式的文句をひたすらに、黒いインクで書きしるされた斜めに傾いたふたりの名前をひたすらに、見つめていた。

そして彼女が、いいお話じゃない？　とささやいて、彼のシャツのボタンを外し、彼の胸の上に指を広げ、それはまるでシーツのしわを伸ばしているみたいで、彼も、うん、そうだね、いい話だ、と言ったのだった。そしてその晩、彼女が最後に彼に言ったのは、つまり彼女が眠りに落ちる直前に、小声で、まるでもう彼が眠ったと思っているみたいに言ったのは、帰ってきてくれるでしょ、危ないことしないでね、きっと帰ってきてくれるわね、という言葉だった。

✡

予約した初回の診察から帰ってきたあと、一日半、雨が降りつづいた。

わたしは夜中に雨の音で目を覚まし、それは最初は静かな音で、屋根の上をさらさら流れ、木の葉のあいだをぱらぱら落ちて、だからしばらく身を横たえたまま、その音に耳を澄ましているのが気持ちよかった。

でも、もっとあと、朝になって起きたときには、もっと強く、速く降っていて、窓にだくだくと水の縞模様をつけ、外の歩道ではばちばちと跳ねをあげていた。

わたしは窓の前に立ち、通りをいく人たちが傘と格闘するのを眺めた。

勤め先に電話して、具合が悪いので休みますと言った。

こんなふうにさぼっているところ、母が見たら何て言うだろうとわたしは思い、子供だったころ、雨に降りこめられた週末などに母がよく言った言葉を思い出した。

ふてくされてたってはじまらないわよ、もう降ってしまっている以上、と母は言ったものだった。

何かゲームでもしたら、と母は言い、わたしの気分を変えようとするみたいにぽんと手を叩いたものだった。

するとわたしが、ひとりでできるゲーム、あるだけ言ってみてよと言い、母は舌打ちして部屋を出ていったものだった。

どうにかわたしが話せたとき、母はやっぱり言うのかな、もうそうなってしまった以上、ふてくされてたってはじまらないわよ、って言うのかな。

まったくあり得ないことではなさそうだ。

与えられたものを受け入れて最善を尽くす、ということを母からよく諭されたものだ。

母さんをごらん、あの父さんで、と母は手で父のことを指して言い、冗談なのか本気なのか、わたしにはいつもわからなかった。

でも母はそういう人で、ものごとが思いどおりにいかなくても、必ず次善の策を見つける人で、必ず何かを見つけて忙しくしている人だった。

雨降りで、洗濯物を外に干せない日には、母は浴槽の前にひざをつき、洗ったもの全部をひとつひとつ猛烈な力で絞り、とうとうたたんで片づけられるまでに水気をとってしまったものだった。

めったにあることではなかったけれど、お金に困ると、母は胸を張って職業案内センターまで歩いていき、恥ずかしくない、立派な夜の勤め口を世話してほしいと言ったものだった。

恥ずかしくない、立派な仕事、そう母は言い、そして掃除婦の仕事や精肉工場での夜勤の口を紹介されれば、その仕事をありがたく頂戴した。

これは母の口癖で、与えられたものはありがたく頂戴するものだといつも言っていた。

だから、雨に閉じこめられたその日、わたしは母を見習おうと思ってテーブルに向かい、医院で渡された資料をみんな読んだ。

食事についての注意や、生活習慣についての提案、考えられるさまざまな選択肢のプラス面とマイナス面など、パンフレットに書かれたアドバイスのすべてを吸収しようとわたしは努めた。

自分が理解しているかどうか確かめながら、役に立ちそうな電話番号のリストを自分でつくりながら、すべてを注意深くわたしは読んだ。

マーカーペンを持ちだして、とくに大事そうな箇所に色をつけはじめさえして、こうしているのを母が見たら、褒めてくれるかもしれないとわたしは思った。

けれどもわたしは窓の外に目をやってばかりいて、なんだか自分が雨の中に出しっぱなしにされたスポンジみたいな、水びたしになって使いものにならないような感じがして、書いてあることの多くを吸収するのは難しくて、それどころか書いてあることがちっとも頭に入ってこなかった。

のっている写真では、みんな晴れ晴れしたにこにこ顔で、おしゃれな服を着てリラックスしていて、わたしはそれが気になって仕方なかった。

自分がそんなふうでないことはわかっていて、リラックスしてもいなければ、にこにこしてもいないことはわかっていた。

自分の体が自分に対してやっていることを受け入れられる気がしなくて、その気持ちはいまでも変わらない。

なんだか裏切られたような気がして、その気持ちはいまでも変わらない。

そしてわたしは自分に向かって、落ち着け、落ち着けと言い聞かせつづけた。これは何も特別なことじゃないんだと、これは普通にあることなんだと。これは耐え難い悲劇なんかじゃなくて、勇気をもってやり遂げるべきことなんだ。これは普通にあることなんだ。

けれど、そんな言葉をわたしが信じられるためには、誰か別の人に言ってもらう必要があるというか、自分で自分に向かって言うと、言葉が不明瞭になって、声が小さくなってしまうというか、そんな気がする。

パンフレットのひとつが、まわりの人への打ち明けかたに触れていて、誰に言うかとか、いつになったら言うかとか。

なぜわたしはまだ誰にも言っていないんだろう、それは何を意味しているんだろう、とわたしは考えた。

人に言わないでおくとすこし本当じゃなくなるのかも、というかじつはまだ決まりじゃないのかも。

まわりの人たちの善意が雨みたいに、わたしの上にがんがん落ちてくる前に、まずこの事実に慣れる時間が必要なのかもしれない。

別のパンフレットには、身体上の諸変化についての一節があった。

疲れやすくなるかもしれません、めまいを覚えたり、不眠になったり、食べ物の好みが変わったりするかもしれません、と書いてあった。

その類のことの一覧表、つまりアルファベット順に並んだ不快と苦痛が六ページにもわたっていた。

わたしは長い時間をかけて、そのひとつひとつを想像し、このうちのどれとどれとにわたしはなるだろう、わたしにどれだけ我慢ができるかなと考えた。

腰痛や嘔吐感、消化不良、疲労感、こむらがえりや痔についてわたしは想像した。

夜中、あまりの痛みに叫び声をあげて目を覚まし、上掛けの端を、爪を立ててつかんでいるところを想像した。

その痛みを紛らわすため、両手を握りしめ、自分の頭をごんごんなぐっているところを想像した。

どこかの宗教の信者は、修行によって、燃える炭も踏んで歩けるようになるという話を思い出し、同じようにわたしも、自分の体を思いどおりに制御できるようになれるかなと考えた。

なれるとは思えなくて、わたしはこわくなり、パンフレットをひとまとめにして、はさみやセロテープや輪ゴムの入ったキッチンの引き出しにつっこんだ。

あんまり降ったものだから、その日の午後の半ばには、葉っぱや新聞紙の詰まった排水口から、雨水があふれだしていた。

水はどんどんたまっていって、やがて何枚かの大きな板のようになり、道路の上を滑っていて、風が吹くとさざ波を立て、車が通るとサッカー場の群集みたいに左右に分かれた。

暗い空から注ぎおちてくる水の、そのとてつもない量にわたしは呆然となった。ずっしりと重い水が地面に叩きこまれるのを眺めていると、自分がとても幼い子供のような、いったい何が起こっているのか理解できないような気がした。電波というものを理解しようとしているような、コンピューターがグラスファイバーのケーブルで連絡しあっているのを想像しようとしているような。

わたしは顔を窓に押しつけて、そこに雨はどうどう押しよせて、波打ちながら流れおち、わたしの視界をぼやけさせ、向かいの商店街は揺れて、消えて。

ほかのときならば、そんな光景にわくわくしたり、これは奇跡だと思いさえしたかもしれないけれど、その日のわたしは違っていた。

その日のわたしはその雨で、落ち着きを失い緊張して、打ちつける雨が窓と屋根とをばたばたいわせているうちは、どんなことにも集中できなかった。

わたしは何度もドアを開け、空に晴れ間を目で探し、また乱暴にドアを閉めるのだった。

そのあと、夕食時になったころ、わたしは出しぬけに、洗わずにたまっていた皿やマグカップをひとつ残らず、洗い物用のボウルに叩きこんで粉々にした。

何かがわたしの体を吹きぬけて、わたしの体から噴きだして、わたしの体を覆いつくし、それはとどめようのないもので、まるでこわれた蛇口から水がほとばしりでて、キッチンの床一面にあふれたみたいだった。

なぜそんなふうに感じたのか、なぜそんな行動に出たのか、自分でもよくはわからない。

これは普通にあることなんだ、わたしはそう言っていたかった。

けれどもわたしはその日、キッチンのドアを何度も何度もばたんばたんやりつづけ、とうとうドアの取っ手がぐらつきだした。

手で調理台をひっぱたき、足で戸棚の扉をけっとばし、皿を流しに投げこんでいた。

食いしばった歯のあいだから、くそっくそっくそっと言いつづけていた。

誰かわたしの姿を見てほしい、誰かここに飛びこんできて、両手でわたしの体を押さえつけ、ちょっと、ちょっと、何やってんの、いいかげんにしなよ、どうしたっていうの、と言ってほしい、そうわたしは思った。

けれどそこには誰もいなかったし、誰もこなかった。


ようやくわたしはおさまって、気づくと両手から血が出ていた。

皿の破片を拾いあげては、また流しの中に投げこんだから、そのとき切ったのに違いなかった。

しばらくわたしはじっと立ったまま、荒い息づかいで、両手の血が割れた皿の上に滴りおちるのを眺めていて、腰をおろしたかったけど動けなかった。

わたしは両手のひらに血がたまっていくのを眺めていた。

割れた皿とマグカップを見ていた。

あんなすさまじい高ぶりが、どこから湧いてきたんだろうとわたしは思い、その派手さ加減が、そしてあの数分間、まったく自分を制御できなかったことが、わたしはこわかった。

いま思いかえしても、あんな気分はあれがはじめてだったし、流しの前に立っていたときも、自分という人間が、自分でも手のつけられない仕方で変わりつつあるのではないかと思って心配になった。

わたしは両手をきれいに洗い、血と水を割れた食器の上にそのまま流し、紙のように薄い切り傷をかぞえてみると十ほどあった。

水がしみはじめたので、わたしは両手にキッチンタオルを巻いて、頭の上に持ちあげて、調理台に寄りかかり、血がしみでてくるのを眺めていた。


あとになって、出血もとまり、バスルームで見つけた絆創膏をパッチワークよろしく手にべたべたと貼りおわると、何か食べ物を用意しなければとわたしは考えた。

食べれば気分がよくなるだろうと思ったのだ。

最初は外にいって何か買ってくるつもりだったけど、結局その勇気が出せなくて、だから出かけるのはやめにして、見つけられるものだけわたしは食べた。

ピーナツバター、オイルサーディン、クリームクラッカー、マシュマロ。

それでお腹が痛くなったけれど、それがひどい一日の、無駄づかいされ傷つけられた一日の、締めくくりにふさわしい気がした。

そして雨は降りつづけ、いつまでもばらばらと地面にめりこみつづけ、通りにはたまりつづけ、V字形をつくって側溝や排水口に流れこんでいった。

通りが汚らしく、脂じみて見えた。

人々は歩道をちょこちょこと急いでいて、コートをぴったりと体に巻きつけ、頭はさげて、まるで何かを隠しているみたいだった。

そしてわたしはドアに鍵をかけるところで、わたしはカーテンを閉めるところで、わたしはたしかに何かを隠していた。

十八番地では、目の痛む男の子が床にうずくまり、彼が配列したいろいろなものに囲まれていて、彼はまだ、二十二番地の女の子、ブロンドの髪を短くした、四角いちっちゃな眼鏡の女の子のことを考えていて、あの人くらい素敵にやさしく微笑む人はいないよと思っている。

彼はいま、彼女と本式に会ったときのこと、つまり通りで見かけ、ときどきこんにちはと言うことならそれ以前にもあったけれど、その晩は近所でパーティーが開かれて、彼女がずいぶん長く立ち話をしてくれたこと、そして彼の瞬きと、手をひっかく癖に気づかない様子だったことを思い出し、あれは暗かったからなのかな、それとも彼女が、たいていの人と違って、この人は緊張しているぞという態度をとらなかったおかげで、緊張せずにすんだのかな、と考えている。ふたりはたくさんおしゃべりし、声をあげて笑い、たがいに飲み物を注ぎあい、彼は彼女といると落ち着けて、いい気分で、本物の自分になった気がして、彼女は一度か二度、彼の腕に手で触れて、何も言わずに彼の目を見て、ふたりはキスをしなかったけれど、きっと、そうすることもできたのだと彼はいま思っている。惜しいことをしたな、と彼は思う。そして彼女が、わたし疲れちゃって、ちょっと具合が悪いから、うちまで送ってくれない、と言い、だから彼は送っていって、彼女は足がふらつくので、彼の腕につかまって、ずいぶんぎゅっとつかまって、だって歩道が動いてて、ボートに乗ってるみたいなのと彼女は言い、ごめんなさいね、普通はわたし、こんなに酔わないのよ、ほんとに、と言い、声を立てて笑った。あの夜、彼女はたくさん笑った。そして彼女が家の中に入る直前に、彼はとても早口に、いつか一緒に出かけない？　飲みにいくとか、何でもいいんだけど、と聞いた。すると彼女は目を細めて大きくニッと笑い、いいわよ、水曜の夜にしましょ、水曜の夜、わたしがあなたのところに誘いにいくから、一緒にどこかに出かけましょと言い、そして彼女は中に入ってドアを閉め、そして彼は家に帰り、夜明けまでほとんど眠ることができなかった。

となりの家、十六番地の奥の寝室では、幼い女の子がひとりで遊んでいる。彼女が前にしている絵本には、くっつけたりはがしたりすることのできる人形がついていて、彼女はそれをはがしては置きなおしていて、家の屋根に頭で逆立ちさせたり、あひるの浮かぶ池を泳がせたり、高いところから落としてどこに着地するか試したりしている。彼女は父親が目覚めるのを待っていて、父親が目覚めれば朝食を食べられるし、着替えられる。

彼は充血した目をこすり、彼というのはとなりの二階の若い男で、彼は集めたものを積みかさね、コーヒーのびんに押しこんで、ふたのラベルに今日の日付と自分の名前を書きしるす。彼が思い出すのはあの水曜日の夜のことで、つまり家の中で待っていて、リラックスしようと努力して、呼び鈴の鳴るのを待っていて、ちゃんと鳴るか確かめて、音楽をかけたり消したりしていたこと。夜中の十二時に外ですわっていて、彼女はこないと悟ったこと。

彼は床の大きな敷物を片側に寄せ、床板のゆるくなったところを持ちあげる。その夜のことが言いたくてメールを送ると、彼の弟は、そりゃきっと、彼女、あんまり酔ってたものだから忘れただけだよ、それだけのことさ、訪ねていってもう一度話してみろよ、またうんと言ってくれるさと書いてきたけれど、彼にはそれほど自信がなくて、忘れたのかもしれないけれど、本当は気が変わったのかもしれないと心配だった。気が変わったとは、きまりが悪くて言えなかったのかもしれない。次に彼女と道で会ったときのことを彼は覚えていて、そのとき彼女は曖昧な顔をして彼のことを見て、こんにちはと言って顔をそむけた。彼女はなんと美しいことか、その歩く姿や、笑うときにあごを持ちあげるその様子が、なんと美しく自分の目に映ることか、彼は思い出す。なんと自然に、あの夜ふたりはおしゃべりしたことか、そして腕に置かれた彼女の手の感触。惜しいことをしたかもしれない、と彼は思う。

彼はびんを床下の横木と横木のあいだに置き、埃まみれの配線や配管がつくる巣の中に、まるで卵を置くみたいにそっと置き、これは未来に孵化するのを待つ記憶の束。明日になれば彼は荷物をまとめ、通り数本をへだてた別の家に移ることになっていて、彼は跡形もなく消えてしまいたくはない。彼はまた床板をはめ、上に敷物を広げ、ベッドをもとの位置に戻す。

今日ならば、と彼は思う。今日ならば訪ねていって話せるかも。すみません、こんなこと聞くの変かもしれませんけど、覚えてますか、あの晩のこと、あのパーティーのこと、と聞けるかも。すみませんけど、じつはあなたのことほんとに愛してます、と言えるかも。そんなこと、できっこないなと彼は微笑み、瞬きし、手の甲をかく。

彼はトースターにパンを入れ、彼は階段をおりて通りに出る。まだ外に人はほとんど出ておらず、いるのは十一番地の美大生と、三輪車にまたがって、頭をさげ、がらがらと歩道を突進中の男の子だけだ。彼は晴れた空を見あげ、両腕をあげて伸びをして、体をよじってちょっとのあいだ、二十二番地の閉まった玄関ドアを見る。彼はトースターがかちゃんというのを聞いて中に戻り、ドアは開いたままになる。


彼女は玄関ドアをほんのちょっとだけ、ぎりぎり通れるだけ開けて、そしてぴょんぴょん玄関前の段々をおり、彼女というのは十九番地の幼い女の子で、彼女は家の外に出られたこと、騒々しい兄たちから離れられたことを喜んでいる。どちらにしろテレビは退屈で変てこで、出ている人がしゃべるだけの番組で、彼女には理解できなかった。彼女は歩道で足をこつこつ踏み鳴らし、ぴかぴかの黒い靴の底が石とぶつかる音に耳を澄まし、それから歩道を大股に歩いていくのだが、腰に後ろ手を組んでいて、それは彼女の父親が、ほかの年とった男たちと一緒に歩くとき、そんなふうにしていたのを見たことがあったのだ。敷石から敷石へ跳ねていく自分の足を彼女は眺め、その弾むリズムを楽しんで、一歩ずつ歩数をかぞえていって、二十になったところで立ちどまり、それは二十までしか知らないからだ。

彼女は一本足になって上を見て、ぐるぐるその場で回転し、彼女の目に見えるのは、渦巻いてぼやけた砂色の家々と青い空、それから幾筋かの赤、青、黄色はみんなの家のカーテンで、それらすべての色がぐるぐる回り、そして急に彼女が動きをとめると、それでも一瞬だけすべてが回りつづけ、彼女はめまいを覚える。見ると男がひとり、その人の家の庭の塀に腰かけていて、それは若い男で、若い男は彼女のことをじっと見ていて、微笑んでいる。彼女はあわてて目をそらし、弾んで、弾んで、継ぎ目は踏まないようにして、二十歩をかぞえて家のほうに戻っていく。

住んでいる家の、つまり十一番地の、塀に腰かけた男は、通りの絵を描いているところだ。彼はペンだとか鉛筆だとか定規だとか消しゴムだとかコンパスだとか分度器だとかを持っていて、彼は向かいの家並みを非常に細密に描いていて、遠近や仰角を正確にとらえようと努めていて、建築の細部の特徴すべてを写しとろうと努めている。

それを、つまり建築の細部の特徴すべてを、彼は紙の上に再現したいと思っている。いまのところ直線が数本だけ、薄く引かれて消されてまた引かれているだけで、あとはそのまわりに、ぽつぽつと点が打たれ、数字や角度が記されている。今日はこれをうまくやりたいと彼は思っている。君はデッサンが弱い、いまのままではだめだと彼は言われていて、彼はクラスをやめさせられたくなくて、だから彼はとても一生懸命努力している。彼はそれぞれの家の幅をはかりはじめ、目を細め、いっぱいにつきだした腕に沿わせて視線を延ばし、正確な比率を割りだそうとする。もちろん、これらの家は彼の故郷の家屋とはずいぶん違う。色も、形も、ひとつの家からとなりの家へと連続しているところも、そして高さも、何から何まで彼の国の彼の村とは違っている。でも彼はこの通りが気に入っていて、というのはこの家々には、つまりこの家々の古びた様と壮麗さには、誇りというものを見てとれるからだ。百年以上も前に建てられたこと、織物工場の工場主たちの住まいとして建てられたこと、召使いたちには屋根裏や地下室をあてがっておけばすむくらい一戸一戸が大きな家で、それぞれの玄関ドアの上にはステンドグラスを、そして軒には彫像をあしらうほどに金持ちの家だったことを、彼は知っている。これらの家に最初に住んだ金持ちの紳士たち、彼らの美しく上品な妻たち、雇われていたコックに執事、下男といった人々について彼は思いをめぐらし、彼らの家のいまの状態、このあたりはいつの間にか街でも貧しい地区となり、家は細かく分けられてフラットやワンルームとなっていて、庭はたいていほったらかしで、ペンキはたいていはげかかっているところを、もしも彼らが見たならば、いったい何と言うだろうと彼は思う。

それでも、と彼は思い、たとえ昔とは違っていても、木陰をつくる多くの樹木があり、広い歩道があり、そして活気があり、ここは立派な通りであって、これはやっぱり立派な家々だ、と彼は思う。彼は角度を計算して、屋根の棟と軒のあいだの長さをはかり、そして通りの反対の端に目をやろうとしたときに気づくのだが、ぴょんぴょん跳びの女の子がすぐ後ろに立っていて、まだ骨格だけの彼の絵をじっと見ている。

彼は女の子の顔を見る。女の子はスケッチブックを見て、次に彼の顔を見て、またスケッチブックを見る。

この通りだよ、と彼は言い、向かいの家並みを手で指し示し、君たちのマーヴェラスな通りを絵に描いているんだ、と彼は言い、すると女の子はくすくす笑い、それは彼が訛っていて、素晴らしいという意味のマーヴェラスをテラスと韻を踏むように、ヴェのところを強く言うからだ。窓がないじゃない、と女の子はとても小さな静かな声で言い、女の子は指でスケッチブックをこする。

まだこれからなんだ、と彼は女の子に微笑んで、最初に壁と屋根を描いてね、それから窓やドアやいろんなものを描くんだよと彼は言う。女の子は彼の顔を見て、次にスケッチブックを見て、それから通りの反対側を見る。犬がいないじゃない、と女の子はさっきと同じ声で言い、紙の上で指を動かして、ここに犬がいるはずだと思うところで指をとめる。

わかったよ、そう言うなら犬を入れようと彼は言う。でも窓がすんでからだよ、と彼は言い、彼は女の子に微笑みかける。女の子は彼の顔を見て、女の子はくるりと向きを変え、スキップをして通りを渡る。

彼はしばらく女の子のことを眺めていて、それから彼は鉛筆をとり、はかって打っておいた点と点とを結びつつ、屋根、地面、軒の線を慎重に、ためらいながら引いていく。彼はスケッチブックと建物とを見比べて、彼はため息をつき、彼はこめかみの、つまめる皮膚を引っぱって、すごく難しいと考えている。


二十番地の二階では、老人が窓のそばに立ち、やかんのお湯が沸くのを待ちながら、双子の兄弟が十七番地の庭に忍びこむのを眺めていて、双子はつま先立って歩いていて、まるでクルーゾー警部がふたりいるみたいだ。

老人はふさふさとした白髪に片手をつっこみ、眺めている。

男の子たちは手に精巧な水鉄砲を持っていて、それは色鮮やかなプラスチック製で、青い回転弾倉にピンクの圧力ポンプ、銃身と引き金は緑色で、ふたりは移動し、開け放たれた居間の窓の両わきに立ち、ぴったり壁に貼りついたところは、まるでスイスの時計塔の仕掛け人形の番兵みたいだ。

老人の後ろのやかんはため息をつきつき沸騰へと向かっていて、老人は男の子たちのことを眺めていて、風にうねるレースのカーテンに男の子たちは頭と腕とをつっこみ、ふたりのか細く甲高い声が、反響しながら老人の窓までのぼってくる。

男の子たちはふたたび現れて、彼らはくるりと向きを変え、彼らは庭を走りでて、カウボーイとインディアンごっこみたいに鉄砲を振りまわし、彼らの顔は笑いと興奮と恐怖とで狂ったみたいに歪んでいる。髪の毛の濡れた若い男が窓に現れて、怒鳴りつけ、手のひらで顔を拭いている。

老人は静かに声を立てて笑う。彼はこの双子の兄弟を気に入っていて、あの子たちは面白い、あの子たちを見ていると、甥の息子を思い出す、元気でやんちゃでそっくりだ、と思っている。あもう一度笑い、すると呼吸で肺のてっぺんがひゅうと鳴り、そこが突然また痛くなり、まるで気管に綿の糸を通しておいて、それを乱暴に引っぱったみたいで、ひゅうひゅうは次第に大きくなり、熱くて赤い筋が何本か、彼の視界に割れ目をつくりはじめ、彼は調理台に寄りかかり、口は酸素を求めてぱくぱくし、あごはがくがく上下して、陸に上げられ空気の中で溺れ死にしそうな魚のよう。

やかんは悲鳴をあげて沸騰する。ふたが蒸気の圧力でかたかたする。


一階では、よく手入れした口ひげの男が、服を着ている最中だ。彼は鏡の前に立っていて、ぱりっとした白いシャツの、いちばん上のボタンをとめている。彼は薄くなった黒い髪をとかしていて、後ろは真っすぐ下へとかし、両わきも、てっぺんの真ん中に真っすぐつけた分け目から、左右それぞれ真っすぐ下へとかす。彼はくしをビニールケースに戻し、テーブルの上に広げた革のスーツケースから、蝶ネクタイをとりだすが、彼の服はすべて、このスーツケースに入っている。彼はネクタイを襟に回し、あごを上げて結び目をつくり、位置を直し、両角をひっぱって真っすぐにする。

二階では、老人がのどもとをわしづかみにして、頭を後ろに反らし、口をぽかんと開け、音もなく、天井を凝視していて、まるでシスティナ礼拝堂を訪れた観光客のよう。

✡

その夜、わたしはなかなか寝つけなかった。

雨はまだ、ぱらぱらと窓に当たっていて、こわれた樋から水が下のコンクリートに落ちる大きな音がしていた。

わたしは上掛けで耳をふさぎ、わたしはゆっくり深く息をして、わたしは百までかぞえ、わたしは五百までかぞえた。

最後にわたしはあきらめて、明かりをつけ、ベッドの上で上半身を起こして本を読んだ。

けれども集中できなくて、わたしはあの日のこと、あの瞬間のこと、あの午後のことばかり考えていた。

あの日、何が起こったのかということ、なぜこんなに多くの名前をわたしは思い出すことができないのかということ。

そうした名前をわたしはそもそも知っていたのかということ。

開いた本を読もうとするたび、あの日のちょっとした一瞬、一瞬が、くり返し頭の中で像を結び、なぜ自分が構わずにおけないのか、いまでも理解できない。

それは妙な感じで、ほとんどやましさと言ってもいいような感じで、自分に責任があるみたいな、ほとんどそんな感じなのだ。


あの朝、下でシャワーを浴び、朝食をひと口食べてから、二階にある自分の部屋に戻ったときのことを、ベッドのわたしは思い出した。

窓を外に押しだして開けたこと、そして大量のすがすがしい夏の空気がさあーっと流れこんできたこと、田園地帯から波のように打ち寄せたばかりの、まだ汚れていない風が甘かったこと。

通りの反対側に住んでいる男の人が、首を屋根裏の明かり取りからつきだして、その家の前庭にいたどこかの子供たちの頭の上に、バケツの水をひっくり返すのが見えたこと。

その人の名前をベッドのわたしは思い出そうとしたけれど、思い出せるのはその人が眉にリングを刺していたこと、片方の手のひらを、もう片方の手の甲でぴしゃりと打つ癖があったことだけだった。

荷づくりするのがどんなに難しかったか、そして箱や鞄を並べなおし、いろんなリストを書きなおしているうちに、お昼になってしまったことをわたしは思い出した。

これから先の自分に何が要るのか、何を捨てて、何を置いていくべきなのか、何を人に預けるべきなのか、あのときのわたしにはわからなかった。

自分の行き先さえ、まだ決まっていなかった。

家主に電話して、一週間延ばしてほしいと頼んだこと、翌日の夕方には次の人たちが入ることになっていると言われ、あわてふためいたことをわたしは思い出した。

ものであふれた自分の部屋を、そして並んだ空箱を眺めたこと、どこから手をつけていいかわからなかったことを思い出した。


サイモンの部屋までいって中に入り、天井に当たった日の光が明るくなったり弱まったりするのを、しばらく立って見ていたことを思い出した。

サイモンが前の週に出ていったときのことを考えながら、そして部屋がやけにがらんとしてしまったなと思いながら。

彼がポスターを貼っていたところは、そこだけ壁が四角く日に褪せずにいて。

シーツをはがされたマットレスが床に置いてあって、スプリングのだめになりかかった真ん中の部分がへこんでいて。

そしてお父さんの車に押しこんだいくつもの箱にも収まりきらず、彼が置いていったいくつかのもの。

ゆるくなった床板の上にわたしが立つと、洋服だんすのハンガーが、骸骨みたいにかたかた鳴って。

机には言葉を失ったコルクボードがのっていて、画びょうがにきびのように点々と刺さっていて。

彼が外しはしたけれど置いていくことになった電灯のかさは紙製で、床の上でつぶれているかっこうがたたんだアコーディオンみたいで。

彼が使っていたものがなくなった部屋にはある種の硬さ、ある種の空しさがあって、なんだかわたしはドアを閉めたいような、入室お断りの札を外にかけたいような、静かに埃を積もらせたいような気になった。

ごみ袋を買いに店に出かけたとき、十八番地の男の子にこんにちはと言ったことを思い出した。彼は十八番地の玄関前の段々にいて、本を読んでいて、そしておたがいに目が合って、彼がにっこりして、だからわたしはこんにちはと言った。

彼と口をきいたのは、後にも先にもあのときだけだったと思う。

調子はどう？　荷づくりは進んでる？　と彼は聞き、まるで冗談でも言ったみたいに小さな声を立てて笑った。

え？　とわたしは言い、うん、とわたしは言い、どうして荷づくりをしてるって知ってるんだろうとわたしは不思議だった。

ふたりとも黙りこみ、わたしたちは顔を見あわせて、彼がひどく瞬きしていることにわたしは気づき、緊張した顔をしているな、とわたしは思った。

夏の最後の日だからね、みんな荷づくりだよね、と彼は言い、さっきの小さな笑い声をまた立てて、わたしは、ほら、どんな楽しいことにもいつかは終わりがくるって言うじゃない、と言い、そうだねと彼も言った。

さあ、お店にいかなくっちゃ、またね、とわたしは言い、うん、と彼は言い、どうぞ、それじゃ、またねと彼は言った。

そして彼は片手をあげ、そのかっこうは半分だけ降参と言っているみたいで、わたしが店から帰ってきたときには、彼はもういなくなっていた。

自分の部屋に戻ってから、そこがサイモンの部屋みたいになったところを想像しようとしたのを思い出した。

わたしは壁からポスターをはがし、わたしがそこに住んでいたあいだに、どれだけ塗料が日の光で褪せたのか確かめた。

わたしは洋服だんすから服をみんな出し、ハンガーをかたかたいわせてみた。

サイモンの部屋がもうそうなっているみたいに、自分の部屋がすっかり変わって空っぽになったところを、わたしは想像できなかった。

次に入ってくる人にひとこと書き残したい、何か自分の痕跡を残したいとわたしは思い、何年かしてここを訪ねてきたときに、自分の名前の刻まれた記念の板が、壁にとりつけてあったらいいのにとわたしは思った。

そんなことをわたしは思い出し、ベッドに横になったまま、雨の音に耳を澄まし、いまわたしが寝ている部屋、別の街の別の部屋を見まわした。

この部屋をわたしの部屋にしているいろいろなもの、壁のカレンダーだとか、カーテンの色だとか、写真だとかをわたしは眺めた。

わたしより前にこの部屋で寝た人たちみんなのことをわたしは考え、どんな痕跡が残っているのだろうと考えた。

わたしはなかなか寝つけなかった。

そして朝になって目が覚めると部屋の様子がいつもと違い、幽霊が出てきそうで、だからわたしは急いでベッドを出なければならなかった。

雨はやっとという感じで降りやんでいて、でも前の通りはまだ濡れていて、路面に幾筋か汚れた水がたまっていて、ぐしょ濡れになった新聞の紙面がべったり歩道に貼りついたのが転写フィルムのようだった。

ひょっとして、言葉がそのまま石にしみこむんじゃないか、昨日のニュースが洞窟画のように、刺青のように、刻みつけられるんじゃないかとわたしは思った。

わたしは早い時刻に仕事に向かい、それは前日にあんな真似をしていたから、フラットにぐずぐずしていたくなかったのだ。

割れた皿を片づける気にも、あのパンフレット類をまた読む気にも、わたしはなれなかったのだ。わたしは服を着て、朝食はとらずにそっと玄関を出て、階段をおり、一階にある店の裏口の前を通った。

冷たい風が吹いていて、でもそれは乾いた風で肌に心地よく、その風をわたしは何回も大きく吸いこんで肺に送った。

縦縞の上っぱりを着た女の子が、店の裏口の近くに立っていて、煙草を吸っていて、わたしはこれまでも彼女をそこで見かけていた。

彼女はにっこりして、こんにちはと言って、わたしはびっくりして、だからわたしはうなずくことしかしなかったと思う。

わたしは大きい道路を歩いていき、風はわたしの顔に吹きつけて、車の流れは思い出したように動きだしてはわたしのことをゆっくりと追い越して、またとまる。

わたしは前の日よりましな気分で、それどころかずっといい気分で、わたしは自分のほほに血の気を、自分の目に輝きを感じることができた。

体の中で、ぎゅっと巻かれていたぜんまいが、ほどけていくようにわたしは感じた。

筋肉がほぐれていくきしみと歌声とを、なんだか古い革のソファーの上で子供が飛び跳ねているみたいな感じを、自分でも感じることができて、歩くのを速くすればするほど、気分がよくなった。

わたしは歩幅を広くして、腕を振り、バッグは背中にばんばん当たって、靴は歩道をこつこつこつと、とまらなくなったメトロノームみたいで。

そんな気分になったのは、つまりただ生きて戸外にいるということにあふれるほどの喜びを感じたのは、もう何週間ぶりかのことで、わたしは外に出たことによって、つまり体にどっと降り注いでくる騒音と光と風とによって、洗い清められた気持ちがした。

わたしは歌いたかった。

わたしは走りたかった。

けれどもわたしはどうにか自分を抑え、何でもない顔をして、だからわたしのことを見た人は、ああ仕事に遅刻しそうなんだなと、たぶん思ったことだろう。

早足で歩いて最後には息が切れた。

わたしは環状線沿いにある商店の前で立ちどまり、朝食になるものを買おうと中に入った。

店の主人がおはようと言い、わたしはにっこりうなずいた。

わたしはロールパンひとつと果物を買って表に出て、牛乳を運ぶプラスチックケースがひっくり返されていたのですわって食べた。

主人が外に出てきて、野菜の入った店の箱を並べはじめ、値札を真っすぐに直し、ついていた泥をぬぐいとった。

今日はましだね、とわたしに向かって主人は言い、ええ、ずっといいわ、とわたしは言った。

そうだね、と主人は言ってから、一歩下がって預言者のように空を見あげ、雨の降りすぎ、ハートに悪い、ってね、意味わかるかい？

わたしはにっこり、ええと言って立ちあがり、手には食べたバナナの皮を持っていて、どう始末したらいいのか、わからずにいた。

主人はバナナの皮を見て、ああそれね、ごみ箱ならあそこだよと言い、道路の反対側を指さした。


そうして着いた職場では、どうしたら人に打ち明けられるか、誰にだったら話すことができるか、わたしは一日じゅう悩んでいた。

人の名前だとか、切りだしかただとか、わたしはリストさえつくり、切りだしかたといったって、話は違うけどとか、じつはちょっと話したいことがとか、聞いてもらえるかなとか、そんなのばかりだけど。

会話がそっち方向にいくことなんてないかな、そうすればわたしはそのきっかけをつかまえて、わあ偶然だな、そんな話題になるなんて、というのはね、とはじめることができるのに、などとわたしは考えた。

そういうきっかけがあったところで、そのきっかけをつかまえることがわたしにできるかな、とも考えた。

わたしの手には絆創膏が貼ったままで、わたしは手を隠しておかなくてはならなくて、わたしは両手を握り、デスクの下に隠して絆創膏をはがした。

はがすと端っこにべとべとした跡が残り、なんだかそれが、犯行現場の歩道にチョークで引かれた輪郭線みたいで、それをこすってやると、べとべとは丸まって黒っぽい糸になり、皮膚の上でよじれていた。

デスクライトの下で両手をひっくり返しながら、わたしは傷を長いこと眺め、十以上もあるピンク色のほころびは、はやくも色が薄くなり、治りかかっていた。

跡はいまでも残っていて、一生残るかなとわたしは心配で、人が何と思うかなとわたしは心配で。もし人が見たら、もし人がわたしの手を見て気づいたら。

彼は知っている。彼はキッチンで椅子にすわり、呼吸は澄んだ音に戻っていて、彼というのは二十番地二階の老人で、耳の中を血液がざぶざぶ流れる音を彼は聞いている。彼は椅子にすわっていて、冷めていくやかんを眺めていて、そして彼は知っている。というのは医師が彼に話したからで、つまり、さまざまな検査をはさんだ数回の診察で、彼女は話せるだけのことを彼に話したのだ。

この肺の音が気になりますねえ、と彼女はまず言った。

聴診器という名の、氷のように冷たいサーチライトを彼の胸に押しつけて、どうも文句を言ってるように聞こえるんですよねえと彼女は言い、集中した表情を目に浮かべ、患者の体の内部に入りこんだ自分を、彼女は想像しようとしているみたいに見えた。

この音のこと、もうすこし調べたいと思いますと彼女は言い、いくつか検査をして、これがアントゥウォードなものじゃないってこと確かめましょうと彼女は言った。そう彼女が言ったので、やっかいなという意味でアントゥウォードと言ったので、こんな若い女性が妙に古めかしい言葉を使うなあと思ったのを彼は覚えている。

彼女が聴診器を入れていた長くて黒い箱は、留金が磨きあげられた真鍮で、おや、文字の刻まれた金属板が貼ってあるぞと気づいたことを彼は覚えている。どうやら人からのプレゼントらしく、妙なものを贈り物にするなあと彼は思い、この聴診器、使いはじめてどのくらいになるのだろう、この管を通して先生は、どれだけ多くの不平のつぶやきを聞いてきたのだろうと彼は思った。

そんなふうにして、肺の不平のつぶやきで、すべてははじまった。この音のこと、もうすこし調べたいと思いますと彼女は言った。彼女のしゃべりかたが彼は最初のうちは気に入らなくて、それはなんだか見くだされているような、冷たい感じがしたからだ。けれどもいまは、こんなふうになったいまは、彼女の態度をありがたく思っている。おかげで彼女の話を、いろいろと細かなことや今後についての予測を、聞きやすく感じる。だから彼は知っている。

しかし彼の妻はまだ知らない。彼女はまだ何も知らない。

その最初のとき、注射をした腕に親指大の絆創膏を貼って病院から帰ってくると、何でもなかったよ、何も心配することないってさ、ぴんぴんしてるってさと彼は言った。そう言っただけで終わらずに、彼女ばかりか彼自身もびっくりするような、そして彼女にぐっと若返った気分を味わわせるようなあるやりかたで、彼はそれが本当であることを証明した。彼が嘘をついたのは、彼女が心配するのをやめさせたい一心からで、また彼自身、何も心配することはないと思っていたからだ。次回、病院に呼ばれるときは、血液検査の結果について、自分にはわからないことを先生から説明され、それから、もうすこし運動するように、揚げ物は減らすようにと言われるだろう、と彼は思っていた。酒の量を減らすようにとも。そして妻は心配性だから、彼はこんなつまらないことで、彼女の気をもませたくなかったのだ。

となりの家では、充血した目の若い男が、荷づくりの手はじめに自分の研究を壁からはがす。彼はこの家を出る覚悟がもうできて、彼はこの家に自分のしるしを残したので、荷づくりして出ていく覚悟がもうできて、だから彼は、ブルータックやピンでとめてある紙きれや写真やいろいろなものを壁からはがす。

たいがいの紙きれは彼の研究に関係したもので、彼の論文を組み立てるのに役立てたメモや計画や引用で、燃えあがるバイキング船や先史時代の埋葬塚、インドで火葬に用いる井桁に組まれた薪などのスケッチもあり、真鍮の取っ手がついたマホガニーの棺や火葬場の煙突などの写真もある。彼はこれらの写真をすべてはがし、壁紙に残ったブルータックをこすり落とし、「先史時代から後史時代にいたる葬祭儀礼」と表紙に太い黒マジックで書かれた大きな赤いファイルの中に写真をしまう。詩や、宗教的著作や、履修した考古学のクラスのノートなどのコピーも壁からはがす。

そして彼は、こうしたたくさんの紙きれに囲まれた小さな棚から、日本の土仏を複製した素焼きの人形をおろし、それを何枚もの薄紙と古新聞一枚とで包む。彼はそれを箱に入れると横を向き、彼は窓の外に目をやって、すると三輪車の男の子が、双子の兄弟のあとにくっついて十七番地の前庭に入るところで、今度は上のほうに目をやると、バケツに水を入れて持った人が屋根裏の窓から身を乗りだしている。

キッチンで、老人はやかんに新しい水を汲みなおし、ふたたび火にかける。彼は妻のことを考え、

を彼は聞く。彼は妻の知らない事柄を考える。外で甲高い声があがり、笑い声がして、子供たちが走っているの

彼は二度目の診察を受けたことさえ妻に話しておらず、三度目、四度目も話していない。街をぶらついていたんだとか、ローンボウリングの試合を見ていたとか、買い物とか、旧い友人と鉢合わせしてとか、彼は話をでっちあげた。そしてそういうことをはじめてしまうと、やめるのがひどく難しく感じられた。話そうと思えば話せたかもしれないときも以前にはあって、たとえば受けさせられた検査のひとつは一日がかりで、体じゅうにジェルを塗られ、空港の荷物みたいにスキャンされる面倒な検査で、そのときは彼も、そろそろ潮時かな、何か言うべきかな、それとなくでもにおわせておくかな、わざと手がかりを残しておくかな、とも思ったのだ。洗濯物のかごに血のついたハンカチを入れておくとか、コルクボードに予約カードを貼っておくとか。

けれども彼は、そもそも嘘をついたことを認める羽目になるのが嫌で、それに自分のことで妻が心配したり動揺したりするのを考えるだけでも耐えられなくて、それも手の打ちようがないとわかったいまではなおさらだ。だから彼は知っていて、そして彼女は知らなくて、おかげですこし気が楽だし、おかげでかえってつらくもある。

最初の血液検査の結果について、彼に向かって説明したときに、医師が浮かべたあの表情、書類をがさがさいわせたり、微笑んだりして隠そうとしたあの表情の意味なら彼にはわかっている。さてと、と彼女は言い、百パーセント喜べる結果とは言えませんから、もうすこし検査を続けたいと思います。何の心配もありませんと申し上げたら嘘になりますが、と彼女は言い、どこがいけない

のかわかるのが早ければ早いほど、早く手を打てますから、ね？　それはじつにもっともな言い分だとそのときは思われたが、ひとつまたひとつと検査を受けるそのたびに、何らかの手を打つことができるという可能性は低くなっていくようだった。そして医師とは違って彼のほうは、何の心配もないという嘘をつくことが、すくなくとも妻に対しては、上手にできてしまうのだ。どうやらいまの俺にできるのは、妻を真実から守ってやることだけらしい。そう彼は考えている。

やかんは低くひゅーひゅー鳴りはじめ、もうじき甲高い悲鳴に変わるだろうから、やかんのところにいこうと彼は立ちあがり、そのとき、双子の兄弟の姿が見えなくなっているのに彼は気づく。彼はやかんを火からおろし、お湯をすこしだけ、ぐるっと回してポットに注ぐ。

彼は知っていて彼女は知らないのだが、ジェルを使ったあのスキャンのあと、彼は病院に呼ばれ、腰椎穿刺とかいうものを施され、彼は彼女に話していないのだが、背骨に針を刺しこまれると、骨の中にめりめりとこぶしを押しこまれた感じがして、弾丸を食らったらどんな感じだろうと、しばしば想像したその痛みによく似ていた。あざを隠すため、彼はひと月のあいだ夜も肌着をつけて寝て、あざは背中一面に、紫の花が花びらを開いたみたいに広がって、そして彼女に聞かれると、寒いからだと答えるほかなかった。もう歳だ、と言うしかなかった。冗談めかして言うしかなかった。

十七番地の屋根裏の寝室、目のまわりにラメを散らした背の高い女の子がふだん使っているこの部屋では、眉にピアスの男の子が、空になったバケツを床に置いて声にならない笑い声をあげ、うずくまった姿勢のまま、やったやったやったと三連発で叫び、やせこけた片手のひらを、もう片方の手の甲でぴしゃりと打つ。通りに逃げたふたりの子供の声が聞こえ、あれはひょっとして、片一方の子がすこし泣いているのかなと彼は思い、じっとりした短い髪に手を通し、もう一度笑う。彼は時計に目をやって、まだ早いけれども目はもうすっかり覚めていて、彼は部屋を見まわして、ちょっとのあいだ考える。女の子のベッドを彼は見て、それはきちんとベッドメーキングされていて、寝た跡はなく、炉棚にびっしりと置かれた化粧品を、壁にかかった額入りの写真を、ベッドの下につっこまれた教科書類を彼は見る。彼はバケツをもとあった場所、雨漏りで染みのついた天井の下、バケツが几帳面に並べてあるところに戻し、そして彼は部屋を出て、階段を二階分駆けおりてキッチンに入り、裏口を出て、ドアはがしゃんと乱暴に閉め、大股に裏庭をつっきって出た裏の路地を歩いていって、まるで何かの使命を帯びた男のようで、まだ顔は微笑みに包まれていて、まだ首筋を水が伝いおちていて。

彼の部屋では、つまり十八番地二階の部屋では、若い男が窓に背を向け、両手のひらでしばらく目を覆い、その痛む目をしばたたいている。彼は素焼きの人形を、入れた箱からまた出して、包みをはがし、じっと見て、その滑らかな線とざらざらした表面とに指をはわせる。

この小さな像こそが、あのようなテーマの論文に取り組みはじめたきっかけで、考古学と人類学の接点について、教師たちと議論をしたきっかけで、そしてこの小さな像こそが、大学を終えたらすぐ、日本にいってみたいと思っている理由であって、彼は本物を見てきたい、つまりこれまでくり返し想像してきたものを自分の目で見てきたいと思っている。

この像は、東京からすこし南に下ったあたり、幼い子供をなくしたとき、母親たちが訪れるところでつくられる。幼いといっても非常に幼い場合のことで、生まれもせずに、あるいは生まれてすぐになくなった場合、つまり流産や死産、人工妊娠中絶で死んだ子供たちのこと。母親たちはその樹木に覆われた丘の中腹にある仏教寺院を訪れて、霊となった子供のためのちっちゃな服をたずさえて、供え物を用意して、祈りを捧げる。その寺の境内の写真を彼は見たことがあり、そこにいったことのある講師、というのは彼にこの複製の土仏をくれた人なのだが、その講師から彼は話を聞いたことがあり、以来その土地と儀式とが彼の頭にこびりついている。彼はそういう人たちが、つまり母親たちが、階段をのぼっていくところを、そして天をつく竹の林と、整然とつくられたミニチュアの滝とを左右に見て、あるいは鯉がゆっくりと泳ぐ百合に囲まれた池を横に見て、進んでいくところを想像する。彼はゆっくりと歩く母親たちの姿を、そして玉砂利を敷いた小道に浅い足跡を残しながら、彼女たちのために特別に用意された場所までいき、両手のひらをぴったり合わせ、合わせた手に鼻をこすりつけんばかりにして、腕と手で空を指す三角形をつくり、息切れした熱い息で手と手のあいだの細い隙間を満たしている姿を想像する。

彼は赤いファイルをまた開き、その寺の絵葉書を引っぱりだし、人形の後ろに回して背景にして、これが何十回目になるのか絵葉書を眺める。写真の中で像が何列も何列も、まったく同じ形をした、わずか十五センチほどの仏が何十体、何百体も、並んでいるのを彼は見て、ドームのようなつるつるの頭が海岸の小石のようで、かぞえきれず、見分けがつかない。写真の奥のいくつかの像は、すこし雨風に打たれたように見えるけれども、たいていのものは新しく、汚れていない。どのひとつとして、この写真が撮られたときに、まだ一年と経ってはおらず、彼が自分の目で見にいくときには、一年と経たない新しい一群の像がまた立っていることだろう。

この写真を見るたびに思い出すことを今日も思い出そうと、彼は絵葉書を裏返し、はじめてこの写真を見たときに、彼自身が黒いインクで書きこんだ太い文字を彼は読み、仏像のすべてに名前がついているとそこには書いてあり、ひとつひとつに名前があると書いてある。

彼はもう一度裏返し、さらによく観察する。像の中には服を着ているものもいて、それは伝統的な毛の帽子とショールであることも、野球のユニフォームであることもあり、日よけにちっちゃな色つきの傘をさしているものもある。なかに一体、バグスバニーの絵のついた巨大な新品のよだれ掛けを首に結わえたものもいる。像たちの足もとには、捧げ物が、慰めが、供えてある。お菓子の袋。お金。ヨーヨー。

絵葉書を彼はファイルに戻し、プレスリーの旧宅グレースランドの写真を彼は壁からはがし、図表やくもの巣グラフがマジックで描いてある紙きれを彼は壁からはがし、さらに多くのブルータックを彼は壁からこすり落とすことに努める。

キッチンで、老人はお茶の葉の量をはかり、ポットに落とし、その上から煮えたったお湯をたっぷり注ぐ。彼はトレーを出し、カップふたつに受け皿ふたつ、小さなミルク入れ、小さな砂糖入れ、ティースプーン二本を並べる。高い戸棚に手を懸命に伸ばすとき、彼の呼吸は荒くなり、ばたばたと、かごに入れられた鳥のはばたきのようだ。

彼はもう何週間も知っていて、妻はまだ知らないのだが、医師が彼の目をじっと見て、片手を彼の腕に置き、話してくれたところでは、病院が何らかの治療を施すことができるとすれば、それはいずれも、緩和ケアの形をとることになるという。どういうことか、おわかりですね、と彼女は言って、瞬きひとつせず、おわかりになるでしょうね？　そして彼も彼女を真っすぐ見つめ、つまり彼女の職業的なアイコンタクトを受けとめて、はい、わかりますから先生、ご心配なく先生、と言った。そして彼は咳を、それも激しい咳をくり返しして、ハンカチの中に血痰を散らし、まるでどんなによく理解しているかを証明しようとするかのようだった。

はい、わかります先生、ご心配なく。

百パーセント喜べる結果とは言えません。

彼はポットに保温のカバーをするりとかぶせ、しばらくのあいだ窓の前に立つ。

若い男がひとり、十一番地の前庭の塀に腰かけているのが見え、どうやら外国からの留学生らしく、大きなスケッチブックを抱え、向かいの家々を睨んでいる。

犬が一匹、道の真ん中をちょこちょこ走っていくのが見え、片方の肩のあたりの毛が抜けていて、足もひきずっている。

建築現場のクレーンが一機、ずっと右のほう、通りを数本へだてた家並みの上に、頭をつきだしているのが見え、屋根より高いところで首を伸ばした様子は、アームの長いデスクランプのようだ。

彼はトレーを持ちあげて、キッチンを出て妻のところへと運んでいく。

というわけで今日、わたしはまた電話をかけている。

わたしは母のおしゃべりに耳を傾けていて、話をさえぎる頃合をうかがっている。

母に話さなくてはいけないとわたしにはわかっていて、タイミングを間違わず、使う言葉を間違わなければ、母になら話すことができるとわかっている。

使うべき言葉はもうわかっていて、というのもわたしは、何時間も電話の前にすわりこみ、言葉を選び、選んだ言葉を捨てることをくり返したのだ。

そしていまの自分が助けを必要としていることもわかっていて、もちろんいろいろあるけれど、母こそが助けを求めるべき相手なのだ。

いま、わたしはこわいのだけど、そういえば昔もこんなとき、つまり何かを言う機会を待ち、叱られるのを待っているようなときは、こわかった。

庭の塀から落ちると母は、だいたいあなた、あんなとこで何してたのと言いながら、すり傷を消毒して、上に包帯をきゅっと巻く。

夕食を床に落とすと母は、わたしのことを怒鳴りつけ、夕食抜きでベッドにいかせ、そしてあとからサンドイッチを持ってきて、それをわたしは窓から投げる。

そんなとき父は何も言わず、目をそらし、手を組みあわせている。


わたしがほんの幼いころ、母が具合を悪くしたときは、父が学校まで送ってくれたのを覚えている。

すごく大きな父の手がわたしの手を包み、それはがさがさしていて、硬くて、温かくて。

父は大股で、走らないとついていけなくて。

とても寒い日には、父が自分のマフラーをわたしの顔にぐるぐると巻き、目のすぐ下までマフラーがきて、息を吸いこむと口の中で父のにおいがして、湿気た煙草に靴墨、それとおやすみを言いにきたときと同じ父の髪の毛のにおいがして。

一度、父は勤め先にいく前にお店で買い物をしなくてはならなくて、だからわたしを早い時間に送ってくれて、わたしは校庭の隅っこの、ごみ箱が並んだ陰に隠れにいって、そのときは首から上を完全にマフラーで巻いていて、まるで覆面をしたみたいだったのを覚えている。

そんなふうにぐるぐる巻きになって、目も見えなくて、それがどんなに安心だったかわたしは覚えている。

学校まで一緒に歩いても、父は口をきかなかったけど、幼いわたしは父といくのを楽しみにしていて、だから母が朝食の席に現れないと、やましくは思いながらも、心ひそかに喜んで、早く家を出たくてうずうずした。

今度も父は何も言わないだろうかとわたしは思う。

父もテレビから目を離し、電話口までやってきて、何か言うだろうかとわたしは思う。


母のおしゃべりにわたしは耳を傾け、母が具合を悪くしたときのこと、ふだん忙しくしていた母の人生に、ぽつぽつ浮かぶ奇妙な染みのような時間のことをわたしは思い出す。

そんなとき、母のことはほとんど話題にされず、変わったことは何も起きていないみたいにしていたのを思い出す。

心配することは何もないみたいに。

おやすみなさいを言わなくてはならなくて、母の部屋にそっと入ると、はれぼったくて赤い母の顔が枕や毛布のあいだからわたしのほうを向いていて、カーテンは閉まっていて、ベッドの横の小さなテーブルから、卓上ランプが舞台照明のように母を照らしだしていたのを思い出す。

父さんはどうしてる、おまえはいい子にしていたか、皿洗いはしたかと母が聞くあいだ、息をとめていようとしたのを思い出す。

そして母の声がいつもと違い、しゃがれていて、ゆっくりで、なんだか閉まったドアの向こうからしゃべっているみたいな、厚い壁越しに聞いているみたいな気がしたこと。

わたしが息をとめたのは、においが嫌だったのか、病原菌をもらうのがこわかったのか、いまではっきりしないけれど、いつもわたしはくらくらしながらあの部屋を出て、出てから何回も肺いっぱいに息を吸いこんだ。

そして一度だってわたしが心配しなかったのは、母はきまって翌日にはよくなるみたいだったからで、ああ、ただの風邪だったんでしょ、ほら、ときどきみんな引く、と母は言い、ふだんの仕事に戻るのだった。

家じゅうを忙しく動きまわり、掃除して、整理して、スコーンを焼いて、部屋の模様替えをして。


母はまだしゃべっていて、わたしはまだ、うんとか、ううんとか、絶対よとか言っていて、だんだんわたしは母が何をしゃべっているのかわからなくなってきて、わたしは母にもう黙ってもらいたい。

携帯が鳴りだすのが聞こえ、それは電子音のエリーゼのためにで、わたしはてっきりテレビの中だと思いこむ。

あら、わたしの携帯だわ、ちょっといいかしらと母は言い、わたしが何も言わないうちに、母は自分の新しい電話のボタンを押し、はい、もしもし、ええ元気、ちょっと待っててねと言っている。

スーザンおばさんからよ、と母は言い、まだほかに話すことあったのかしら?

うん、そうなの、ほかに話したいことがあるの、あとでまた電話くれる？　とわたしは言い、母は、あら、そう、わかったわと言い、わたしの電話を切る前からスーおばさんとしゃべっているのが聞こえる。

母が携帯電話を持っているなんて知らなかった。

わたしはお茶を一杯淹れ、留守電を聞くとセアラからのメッセージが入っている。

こんにちはと彼女は言い、わたしよ、元気にやってる？　話したいことがあってさ、ある人と会ってね、そのこと話したくて、また電話してね、バイバイ。

電話が鳴って、わたしはまた母としゃべっている。


それであなた、ちゃんと食べてるのと母は言う。

ママ、わたしもう大人よ、そんなこと聞かないでよとわたしは言う。

そりゃそうだけど、と母は言う。

一瞬、間があいて、奥からテレビの音が聞こえる。

それで父さんは元気なのとわたしが聞き、わかってるでしょ、と母が言う。

相変わらずよ、と母は言う。

わたしがもう何ヶ月も会っていない友だちのことを母は聞き、わからないよ、会ってないんだから、とわたしは答える。

わたしもう別の街に住んでるんだもの、そんな簡単にみんなに会えないよ、とわたしは言う。

でも床屋にいったほうがよさそうね、と母が言う。


これは大事な会話になってもらう必要があるのだけれど、そうなっていない。

床屋にいったほうがいいって誰が、とわたしは聞き、父さんよと母は答え、耳の上が張りだしてきてててね。

知ってるでしょ、どんなふうになるか、と母は言う。

わたしは電話コードをくるんくるん指に巻き、らせんが関節をはさんでぴたりと吸いつく。

で、言ったの？　父さんには、とわたしは聞きながら、コードに締めつけられて爪の下の皮膚が赤くなっていくのをわたしは見ている。

まさか、と母は言い、父さんはそういうこと言われるの好きじゃないでしょ、わたしから。

わたしはいまそこにいる父さんが、テレビを見ていて、両足をテーブルにのっけていて、白いソックスの足の裏に黒ずんだ染みを浮かせている姿を想像する。

わたしは電話コードを指からほどく。

赤と白の縞模様がついている。


母はいま、父のお姉さんが遊びにくるとしゃべっている。

スーザンおばさんがね、と母は言い、それからお客さん用の部屋のこと、寝具のこと、ミルクを余計に買わなくてはいけないとしゃべっている。

ほら、あの人、際限なくお茶を飲みたがるでしょう、それもほんとミルクをいっぱい入れて飲むのが好きなんだから、と母は言う。

もう母さんのおしゃべりをやめさせなくては。

母さん、言いたいことがあるのと言わなくては。

ママお願い、話さなくちゃいけないことがあるの。

大事なことなのママ、わたしこわくて、ママの助けがいるの。

そういうことを言わなくては。

のどを締めつけられているような、つぶされたような、感じがする。

わたしは部屋にすこし空気を入れようと窓を開け、するとどっと騒音がなだれこんでくる。

車の流れ、そして叫び声、そして音楽。

そして鳥の鳴く声が、どこか上の屋根のほうからして、それはか細いさえずりで、ほかのすべての音とからみあい、もつれあう。

わたしは深く息をして、ため息をつかないように努力する。

わたしはまた別の指に電話コードを巻きつける。

ママ、とわたしは言う。

一階のお店の女の子が道路を渡っているのが見える。

彼女はちらりと見あげてわたしに気づき、彼女は手を振り、にっこりする。

わたしも振りかえそうと手をあげて、でも電話コードにひっかかってうまくあがらず、彼女はいってしまう。


ママ、とわたしはまた言って、ちょっといいかなと言うのだけれど、それが母には聞こえなくて、それとも母はわたしに話させないつもりなのかも。

それであなたはどうなのと母は言い、つぎはいつ帰ってくるつもりなの、もうずいぶんきてないんじゃない。

どうしようかな、とわたしは言う。

あのお客さん用の部屋で寝た回数、スーザンおばさんのほうが多いんじゃないかしらね、あなたより、と母は言う。

ママ、あそこ昔はわたしの部屋だったんだよ、生まれてからずっと寝てたんだよ、あそこでわたし、とわたしは言い、母は、そうだけど、あそこを改装したあとで、ってことよと言う。

あそこがお客さん用の部屋になったあとで、ってことよと母は言う。

ママ、どうしても話したいことがあったんだけど、ちょっといいかな、とわたしは言い、母は、あら、ごめんなさい、何だったの？　と言う。

わたしはためらい、コイル状の電話コードをわたしは握りしめてこぶしをつくる。

ママ、わたし妊娠しているの、とわたしは言う。

彼女はまた一本足で立っていて、彼女というのは双子の兄弟の妹で、そして彼女はいま、体を前に倒しつつあって、顔を地面に近づけつつあって、もう片方の足を後ろに持ちあげて、両腕はグライダーの翼みたいにつきだしている。とても短い髪の若い男が横を通りすぎ、その足どりはゆっくりで、歩道に足を引きずっていて、一度か二度、男はつまずく。彼女は男に気がつかず、男は十六番地のわきの横丁に姿を消す。

❦

二十番地の奥の寝室では、疲労した肺の老人の妻が、窓の前に立ってお茶を飲みながら、背中合わせになった家々の裏庭、つまり路地の向こう側に並ぶ裏庭を見おろしている。物置の屋根の上で、白い猫がごろんとあお向けになるのが見える。女の人が洗濯物を干していて、着ているブラウスの両肩に、空中ぶらんこ乗りの行列よろしく、洗濯ばさみがずらりとくっついているのが見える。とても短い髪の若い男が、二軒先の横丁から現れて、足をひきずりながら路地を、老夫婦の家の裏庭のほうに歩いてくるのが見える。この男のことを彼女は眺め、日のまぶしさに男がしかめっ面をしているること、足もとがふらつくので塀を伝っていることに彼女は気づき、相手に聞こえない舌打ちをして、息を深く吸いこむ。

ちょっと、見てちょうだい、あの人、と彼女は言う。

みっともない、まともに歩けないなんて、と彼女は言う。

朝帰りだわね、きっと、と彼女は言い、男がよろけながら一軒おいた先の裏庭に入り、咳をして、ズボンのひざ近くのポケットから、長い鎖につけた鍵をとりだすのを彼女は眺めている。

朝帰りなんて絶対しなかったわ、わたしたちが若いころは、と彼女は言いながら、男が入ったあとでドアが閉まるのを眺めていて、そんなこと考えられなかったじゃない、違う?

ああ、そうだったね、と夫はベッドの中から表情のない声でつぶやいて、たしかにそうだったね、と夫は言う。

それと下の庭、とんでもないことになってきたわね、と彼女は言う。

彼女は窓の外を見るのをやめ、反対側にある洋服だんすのところにいって、いい天気になりそうねと言い、ハンガーをかたかたいわせ、端から順に服を見ていく。夫はベッドから彼女を眺め、いやはや、まだまだ女か、と考えている。これだけの年月が経っても、女であることは昔と変わらないんだな、と彼は考え、微笑んでいる。彼女の裸を彼は眺め、そのすべてを、たるみやしわを、たんすの上にのせてある靴の箱に手を伸ばすとき、ふたつの肩甲骨が押しあう様子を、親指大の隆起の連なった背骨を、ずっしりと肉のついた尻を、片手に一着ずつ持って、日の当たるところに出てきた彼女の腹の曲線を味わう。

その尻の重み、彼のひざからももに押しつけられたその重みと形をはじめて知ったときのこと、すわった彼女が友だちとおしゃべりをはじめ、くすくす笑いながら彼の煙草を吸っているものだから、手のやり場に困ったときのことを彼は思い出す。彼女が行儀の悪いことをしていることはわかっていて、ふたりともがわかっていて、それでも、行儀作法というものが、なぜか度外視される場合があることもわかっていた。もちろん、あとになってからは、ふたりの出会いがそんなふうだったと言えば彼女は必ず否定したし、そして別のお話を、もっと上品で常識的なお話を彼女は仕立てあげたけれど、しかし彼はちゃんと覚えていて、ああ、そうそう、すわり心地をよくするために、彼女が体をくねくねさせたこと、それで軍服がひきつれて、肌がこすれたことも覚えている。

彼女はいま、彼の顔を見ながらそこに立っていて、着る服を決めかねていて、片手に一着ずつ持ったかっこうがちょうど天秤みたいで、ねえ、ちょっと、と彼女は言っていて、どっちがいいと思う?

一階では、よく手入れした口ひげの男が、お茶を飲みきった空のマグカップを手にキッチンのテーブルに向かっていて、ほほをふくらませ、首を振っている。彼は突然立ちあがり、ブラインドをあげ、電話に手を伸ばす。受付時間ではないのだけれども、彼は留守番電話にメッセージを残すつもりでいて、それはそのほうが、相手からさえぎられたり、反論されたり、発音がわからないふりをされたりすることがなく、しゃべりやすいからだ。よし、と彼は言い、もしもしと言ってから名前を言う。前にも電話しましたが、覚えてますか、うちの裏庭の粗大ごみの件ね、と彼は言う。彼は住所を言い、口調はゆっくりと正確を期し、唇はいらだちに震えている。うちの裏庭はごみの山、ほんとに山ね、でもひとつだってわたし出したものないです、と彼は言う。もう我慢の限界ね、と彼は言う。このこと前にも、五回、六回、いやもっとね、話したね、あなたがた毎回、近いうちきます、そう言うね、でもこないね、と彼は言う。だからもう一度あなたがたにお願いするね、そしてあなたがたきて、持っていくこと頼みます、と彼は言う。こわれた椅子と詰め物のなくなったマットレス、牛乳を運ぶケースにごみ袋に古雑誌、ピザの箱にフィッシュアンドチップスの包み、建築廃材の小山、と彼は裏庭にあるものをひとつひとつ挙げはじめる。いったいどこから湧いてくるのか彼には理解できない。いったい誰がわざわざ、あれだけのものを塀の高さまで持ちあげてまで庭に投げこむのか彼には理解できない。彼はようやく列挙を終わり、彼は言葉を切って息をつぎ、もうほんとにたくさんになったね、よくわからないけど、きっとごみがあるとみんなますます捨てたくなるね、わたしが廃品回収かなんかやってる思うかね、と言う。なぜといって今朝、と彼は言い、そして彼はため息をつき、彼は外に目をやって、今朝はこれよ、いちばん新しいのはこれよ、わたし外見ると、ショーウィンドーで使う人形が増えてるね、それが三つよ。持っていくことお願いするね、と彼は言う。ひとつだってわたしの捨てたごみないねと彼は言い、そして彼は受話器を置く。

彼は外のマネキンを見て、マネキンは素っ裸で、ごみの上に、たがいに折り重なって倒れていて、手足はもつれあっていて、彼は目をそむける。

通りでは、十一番地の低い庭の塀に腰かけて、スケッチブックを抱えた若い男が、幼い女の子の輪郭を鉛筆で描いていて、絵の中の女の子は、十六番地のわきの横丁の前で一本足で立っていて、横丁の奥を覗きこんでいる。この種の絵に人の姿を描きこむのはよいことだと彼は教わっていて、人間の存在が遠近感を与えてくれると彼の先生が言ったことがあり、だから彼は彼女を描きこんでいて、あとで大人たちも入れるつもりだ。そして彼女に約束したあの犬も。

十七番地の奥の寝室では、白いシャツの男の子が、寝ころがったまま目を覚ましていて、横の女の子のことを、その目を、そのアーチ状の細い眉を、その目のまわりにまき散らされたラメを、見ている。彼は前傾して顔を近づけ、押しだされてくる温かい彼女の息を額に感じ、彼は頭を引いて彼女の顔を見、片ひじをつき、長く伸びた彼女の全身を見る。昨夜、クラブで人が彼女に送った視線、昨夜に限らず、ふたりで出かけたときは毎回、人が彼女に送ってくる視線のことを彼は思い出し、それはいま彼が彼女に送っている視線と同じで、値踏みして、賞賛する、息を呑んだあこがれで、性的なものとはじつは違い、すくなくとも全面的に性的なものではなく、何か別のもの、何か高貴な、というか審美的といえばいいか、そんなものなのだ。いや、ほんと、ついてるよ、俺は、と小声で言っている自分に気づき、彼はあわてて顔をあげ、誰も起きていないことを確かめる。でもほんとのことだ、俺はついてると彼は思い、彼はふたたび寝ころがり、目を閉じて、これからの数週間、数ヶ月、いやひょっとすると数年の、甘美な未来を想像する。ふたりはまだ将来の計画を立てておらず、自分たちが何をすることになるのか、自分たちがどこにいくことになるのか不確かで、けれどもふたりがこれからの毎晩を、こんなふうにふたりで隔離された状態で過ごすことは間違いないと、それだけは当然のことと考えてよいと彼は思っている。話しあう必要をふたりが感じないということが、ふたりの将来をますます甘美なものにして、それがまるで既定の事実で、ちょうど起きぬけに一杯のお茶を飲むこと、あるいは一本の煙草をふたりで吸うことみたいに自然なことだと感じられる。彼はまだ目を閉じたまま、彼女の唇の端にキスをして、彼はふたたびふわふわと眠りの中に入っていく。

二十二番地の、空き部屋になった奥の寝室では、ブロンドの髪を短くした、四角い小さな眼鏡の女の子が、窓の前に立っていて、ちょうどトーストを食べおわるところだ。彼女は後頭部をひんやりした窓ガラスにくっつけて、部屋の中を見ていて、前の週に出ていった男の子のことを考えていて、シーツをむかれた、真ん中にくぼみができたマットレスを、何も貼ってないコルクボードを、床の上でぺしゃんこになっている電灯のかさを見ている。ポスターがはがされた跡の四角の中は、壁紙の模様がくっきりと鮮明で色も冴えている。彼女は自分の部屋のことを考えて、彼女の部屋は服や本やテープであふれていて、そのうえどこに置いてもちぐはぐだけど、かといって捨てる決心もつかないこまごましたものもたくさんあって、彼女はどこから手をつけたものだろうと思っている。

彼女は自分の部屋に入って壁のポスターをはがし、彼女は洋服だんすを開けて服をベッドに積みあげる。窓敷居に置いてあったものをみんなおろして靴箱に入れ、それから彼女は手を休め、入れたものをじっと見る。

彼女はお茶を淹れに一階にいく。

十八番地のバスルームでは、ドライアイの若い男が、洗面用具を袋に詰め、洗面台の縁にこびりついた石鹸の跡や髪の毛を拭きとっている。彼は鏡張りのキャビネットを開け、すこし前にひっくり返したままになっているびんや缶やチューブ、つまりシェービングクリームにシェービングフォーム、デオドラント、洗眼液、ヘアジェル、シャンプー、殺菌クリーム、絆創膏、アスピリン、かかとをすべすべにするペパーミント・フットスクラブといったものをとりだす。

彼はフットスクラブをじっと見て、中身のほとんど減っていないびんのふたをとり、においを嗅ぎ、それはいいにおいで、すーすーするにおい、鼻の通りをよくしてくれる蒸気のようなにおいで、彼は顔をそむけ、またふたをして、びんを袋に入れる。これを買ったのは、あの水曜の晩の前日だったと、すなわち玄関ドアを十回以上も開けたり閉めたりして確かめた、あの晩の前日だったと彼は思い出す。素敵だろうな、そのうちできるかな、明日という最初の晩がふたりにとって起点となり、それから何週間だか何ヶ月だか経ったころ、彼女が一日じゅう勉強したか何かで疲れたと言うかもしれなくて、そんなとき、こんなのどうかなと提案できるかもしれなくて、それは気持ちの表れというか、好意のしるしというか、とくに意味はなく、ただしてあげたいだけなんだって感じの提案で、とそんなふうに考えたことを思い出す。

こんなもの、いまの段階で買うなんて気が早すぎるかな、と思ったことを覚えているが、けれども偶然見かけたわけだし、構わないじゃないかと彼は思い、最初から家に置いてあったほうが大袈裟にならなくていいじゃないか、ほら、こんなのがすこし残ってるんだけどね、君も試してみる？みたいな感じになって、と彼は思ったのだ。

そして、かしこまった気持ちになったあの火曜の夜を彼は思い出し、あの夜はとっかえひっかえ服を着てみたり、部屋をきちんと片づけて、けれどもきちんとし過ぎないように気をつけて、そして彼は試してみようと決心し、どんなふうなのか確かめておこう、使いかたを知っておこうというわけで、そこで彼はお湯をボウルに一杯とタオルを一枚持ってきて、ズボンのすそをまくりあげ、ベッドの端に腰かけた。足は温かい水道水にぽちゃぽちゃ浸し、心はどきどき、今後の進展の空想に浸って。

手のひらにたっぷりと、ざらざらする冷たいクリームをすくいとり、両足の皮膚にすりこむのだが、土踏まずには円を描き、指のあいだは強く押し、なめられているような、くすぐられているような、冷たい感触を楽しみながら、皮膚を引っぱり、両手の親指を骨と骨のあいだの筋肉に沿って進ませて、加える圧力に変化をつけ、硬くなったかかとの皮膚にはこぶしを乱暴にねじりこむようにして、足首から指に向かう腱に沿っては指一本でささやくようにして。彼はあの晩のことを思い出し、あの晩は興奮と不安と、自分でも信じられない気持ちとでいっぱいで、両手で自分の足を持ったかっこうで、ベッドの端に腰かけて、ひょっとするとこの足が、もうじきほかの人の足になるかもしれないのだと考えて、ひょっとするとこのベッドの端に、もうじきほかの人が腰かけるかもしれないのだ、僕のとなりに腰かけるかもしれないのだと考えていた。

僕のとなりで横になる、僕のとなりで眠りこむ。

両足をお湯で洗い、濡れた足跡を床にそっとつけながらバスルームまでいき、濁ったお湯を洗面台に捨てると、ゆっくり渦巻いたことを彼は思い出す。

彼は固く目を閉じて、彼はこぶしの先で唇のあいだの隙間をなでる。

彼は彼女のことを考えて、彼女はいまこの瞬間、何枚かの薄い壁の向こうの彼女の家にいて、箱や鞄に彼女の人生を詰めているに違いなく、いったい彼女はどんな思い出を再発見しているのだろう、いったいどんな想念を、使わなかった教科書から舞いあがった埃のように、彼女は口の中に吸いこんでいるのだろうと彼は思う。彼女は何か彼女の痕跡を、床板の下に隠しただろうかと彼は思う。隠したとすれば、それはどんな痕跡なのだろうと彼は思う。そしてふたたび、なぜ僕はこんなに彼女のことを考えるのだろう、考えるにも、知っていることはあまりにすくないのに、と彼は思う。

✡

母は何も言わず、わたしは待ち、聞こえるのは母の息づかいだけだ。

奥でテレビの音がして、笑い声があがり、拍手が起こる。

聞こえなかったのかなとわたしは思い、それでもう一度言おうとする。

わたし
肝心の言葉がのどの奥につかえ、ここ数週間の何もかもが、いまという、びんの首みたいに狭くるしい一瞬に閉じこめられている。

この言葉を言うときのことについて考えた、いろいろなときを思い出す。

想像してきた、いろいろな反応を思い出す。

ママ、わたし妊娠しているの、とわたしは言う。

無言の間があって、母の顔が色を失っていくのがわたしには聞こえる。

こんなふうになるはずではなかった。

こんなこと言ってもしようがないと思うけど、わたしは別なふうに予定していたのだ、本当に。経済的にも安定し、精神的にも用意ができて、すっかり準備が整ってからのはずだった。

海の見える家に住んでいるはずだった。

誰か男の人としっかりとした、愛情に満ちた関係にあって、その人は何か創作的な仕事をひとりでしていて、たとえば陶芸家とか木工職人とか、手でものをつくる人のはずだった。

わたしはその人の手をよく想像したもので、その手は力づよくて、大きくて、力のいる仕事でできた切り傷やひっかき傷で覆われていて、屋外の空気と土と木のにおいがするはずだった。

わたしは風の吹きすさぶ海岸でする長時間の散歩をよく想像し、ふたりは手を握りあい、体は暖かな服にくるまれて、吸いこむ冷たい潮風を肺に感じ、蕾が開くように大きくなりつつある赤ちゃんをお腹に感じているはずだった。

いまより歳をとっているはずだった。

わたしの予定はだいたいそんなところで、いまより歳をとっているはずだったのだ。

おめでとう、それは嬉しいでしょうと母は言い、それもほとんど本気で言っているみたいに聞こえる。

母は言葉を失うだろうとわたしは予想していた。

それで予定日はいつなの、どっちかはもうわかってるの、スキャンはもうしてもらった、緑の野菜はたくさん食べてる、と母は聞く。

母は怒るか、そうでなければ落胆するだろうとわたしは予想していた。

ほら、父さんは前々から孫には男の子をほしがってたから、と母は言う。

こんなのは、いまみたいなことを言われるとは、こんな他人行儀、こんなよそよそしさは予想していなかった。

わたしは言い訳を並べる用意をして、言い争いだって辞さないつもりで、当然批判されるだろうけれど、それに押しつぶされないだけの心の準備をしてきたのだ。

もちろんお金のほうはだいじょうぶなのね、と母は言う。

どうかな、とわたしは言う。


それで名前はどうするの、名前はもう考えたの、と母は言う。

ううんまだ、ちょっと早すぎるような気がして、それにほかにいろいろあったし、というかあるし、とわたしは言う。

あら、いくら早くしても早すぎるってことはないのよ、名前を考えるのは、と母は言い、それから母はずらずらと名前を挙げてみせ、どれもこれもわたしなら思いつきもしなかったもので、どれもこれもわたしには気に入らない。

言葉を失い、うろたえ、愛想をつかす、といったこちらが覚悟していた反応はなく、そのかわりにわたしは、場合によってはわたしについていたかもしれないという名前を教えられている。

場合によっては、というのがどういう意味なのか、わたしは母にたずねない。

父さんには、母さんのしゃべっていることが聞こえるのかな、父さんは聞き耳を立てているのかな、いま何が起こっているのか父さんにはわかっているのかな、とわたしは思う。

あとで母さんから聞かされたら、父さんは何と言うだろう、とわたしは思う。

母は名前が種ぎれになり、すると息つぎの間も置かず、それであなたは布おむつを使うの、それとも紙？　と母は聞く。

十五のとき、わたしは刺青を入れ、なのになぜ外出禁止とかの罰を食らわないのか不思議に思った、あのときと同じ気分だ。


母は聞いてくるだろう、それで誰なのとか、それで考えてはみたのとかではじまって、結局尻切れとんぼに終わる質問をしてくるだろう、そうわたしは思っていた。

それで誰なの、ちちお
それで考えてはみたの、ちゅうぜ
けれども母は聞かないで、じつはね、スーザンおばさんにもう一度電話する約束の時間なのよ、さっきはあの人まだ電車の時刻を調べてなかったもんだから、と母は言い、じゃあまたとわたしが言うのを母は待っていて、でもわたしは言いたくない。

じゃあ、お父さんには言っといてくれる？　とわたしは言う。

ええ、言っとくわ、と母は言い、とっても喜ぶわ、と母は言う。

そしてわたしは、ママ、また電話くれる、明日、と言う。

時間があったらね、と母は言い、母が時計を見ているのがわたしにはわかる。

それじゃまた、もう切るね、お父さんによろしくとわたしは言い、わたしは受話器を置き、わたしは片手をお腹に当てる。

母が受話器を置き、スーおばさんちの番号を押そうとまたとりあげたところをわたしは想像する。母はためらっているだろうか、のどが狭くなったような、声が出ないような、そんな感じがしているだろうか、潤みはじめた目をしばたたいて涙をこらえ、仕方なくゆっくりと腰をおろし、泣きだすまいとして、親指の関節をかんでいるだろうか、とわたしは思う。

母はときどきそうすることがあり、かんでかんでかみつづけ、まるで重ねられた吸い取り紙についたインクみたいな、淡い色の小さなあざがふたつ残ることになる。

一度、一緒に映画を見にいったとき、母はそれをやったことがあり、どうしたのとわたしが聞くと、座席に親指をはさんだのだと母は答えた。

あっちで母はすわっているだろうか、父が顔をあげるのを、父が気づくのを待っているだろうかとわたしは思う。

父がテレビを消し、母に近づいていくところをわたしは想像する。

おまえ、どうしたんだ、何があったんだ、おまえ、と言いながら、そして手を差しのべながら。

そしてわたしはこっちですわっていて、そんなことは現実には起きていないとわかっている。

父がいまも足をテーブルにのせてテレビを見ていることはわかっているし、母がもう電話でしゃべっていること、たったいまわたしから聞いたことを母は話題にしないこともわかっている。

留守番電話に残されたセアラのメッセージをわたしは聞き、セアラに電話しようかなとわたしは考える。

セアラからの電話が、もうずいぶんたつからかけなくちゃというだけでなく、かけたい理由のあるものだったのが、とても嬉しいことにわたしは気づく。

ある人と会ったというのはどういうことなんだろう、それは誰なんだろう、なぜわたしに話したいんだろうとわたしは思う。

ひょっとしたら、情報の交換という形で、わたしのことを話せるかもしれないな、だってわたしはもうあの言葉を声に出して言ったわけで、あれでそのことはわたしの体の外に出てひとつの現実となったわけで、ひょっとしたら、あとは楽になる一方かもしれない。

会話の途中で何気なく口にできるかも、まるでわくわくする知らせみたいに、あのさ、いいこと教えてあげようか、わたし妊娠してるんだ、赤ちゃん産むんだよわたし、って感じで。

赤ちゃんの服のこととか、どんな名前がかわいいとか、そんなおしゃべりをふたりでしたり、どこかで落ちあってマザーケアにウィンドーショッピングにいったりして、変なことや恐ろしいことなんか何も起きてやしないんだってふりができるかも。

彼女は出産についてわたしをこわがらせるような話ができるかも、全身麻酔かなあ、局所麻酔かなあ、モルヒネ打ってーって叫ぶんだよみんな、なんて冗談めかして。

もっともそんな話をしようにも、彼女は出産のことなど何も知らなくて、本当には知らなくて、知っているのはせいぜいテレビで見た程度のこと、せいぜいわたしの知っている程度のこと。

でも母なら言うべきことを知っているとわたしは思ったわけで、そして母は言わなかったわけで、母は何にも言わなかった。

母はいつだってわたしに何にも言わなくて、大事なことは言わなくて、肝心なときには言わなくて。

わたしたちの会話はいつだって事務的な感じで、何かの段どりを手短に話しあうくらいのもので、あとはついでに健康状態をたずねあうくらい。

母は自分の生活についてわたしに話したためしがなく、職場がいまどんなふうだとか、買い物にいったら誰に会ったとか話さないし、子供時代のことや、父との出会い、南に移ってきたことについても話したことがない。

母のことについて、母の家族や生まれ育った土地について、こんなに何も知らなくて、しかもそれで当たり前だと思っていたことが、いまのわたしには驚きだ。

そして母もわたしにうるさく聞かなくて、昔も、どこに出かけるのとも、誰と出かけるのとも、何時に帰ってくるのとも聞かなくて、友だちにそのことを言うと、ついてるね、と友だちは言ったけど、どうかなと当時のわたしも思ったものだ。

学校の勉強がどんな具合かなんて、たとえ試験の真っ最中で、わたしがかっかしているときだって母は聞かなくて、娘は朝出かけていって、午後帰ってくる、そしてそれ以上のことがあるはずはないと決めこんでいるみたいだった。

わたしは母に一度聞いたことがあり、皮肉っぽく、意地悪く聞いたことがあり、ママはどうだったの、学校ではうまくいったの、試験の成績はどうだったの、ちゃんと試験勉強はしたの、ママのママは勉強見てくれたの、とわたしは言った。

すると父が、いい加減にしろ、もうやめなさい、と体をよじってわたしを見て言って、母の手をとろうと手を差しのべた。

父がそれだけ言えば十分で、父は時折そんなふうに言い、そうするとわたしは、自分がとんでもなく悪いことをしてしまったのだとわかり、それが部屋を出ていくべきときだった。


そしていま、わたしは母が発しなかった問いのことを考える。

それで誰なの、ちちお
わたしは母がちょうどそんなふうに、ためらいながら、肝心な言葉を口にできずに、最後まで言いきらずに、聞いてくるところを想像する。

もしも母に聞かれていたら、自分が何と答えていたかわたしにはわからなくて、それが誰なのか母に知ってもらいたいかどうかさえ、わたしにはわからない。

というか、ひょっとすると、このことへの彼の関与を認めるのが嫌だと言ったほうが当たっているかもしれなくて、彼に名前を与えることで、彼にひとつの役割を与えてしまうのが嫌なのかもしれない。

わたしは彼のことを考えて、そしてわたしは父親という言葉のことを考えて、そしてそれが、使うのに不適切な言葉だという感じがする。

彼はそのときそこにいて、そしてそのとき起こったことが、いま存在しているものになったわけだけど、彼といまのわたしのあいだには何もなく、彼といまわたしの中に存在しているものとのあいだには何もない。

彼はそのときそこにいて、そしてただそれだけで、それだけのことで彼に父親という立場を与えるべきだという気がわたしにはしない。

もし彼が知ったなら、どう思っただろうとわたしは思う。

二十番地二階のキッチンでは、老人が帽子を探していて、彼は肩越しに妻に向かって聞いていて、たしかに食器棚の上に置いたんだが、見なかったかいと彼は言って、妻の返事が聞こえないので彼は声を張りあげて、寝室だかバスルームだか別の部屋にいる妻を呼ぶ。

わたしがここに持ってますよと彼女は言い、それで彼が振りむくと、彼女が帽子を差しだしている。

怒鳴ることないわと彼女は言って、ふたりはたがいの目を見つめ、するとその言葉を、彼女がはじめて彼に言った日のことが、ふたりの頭にまた鮮やかに浮かんでくる。

彼が彼女のもとに、つまり夫が妻のもとに帰ってきた日は、今日は神様が洗濯しているのかと思うほど、空から雨が落ちてきた。雑嚢はびっしょり重く、軍服はべっとり皮膚をこすった。水は途切れなく髪を流れおち、どろりとしたグリースが首筋に滴って、煙草は煙を出さなくなって唇から垂れさがっていた。家までの道々、彼が考えていたのは快適な暖かさのこと、すなわち暖炉の前で飲むポットで淹れたお茶のこと、熱い風呂のこと、夜、シーツと毛布にはさまれて眠ることであったから、最後の角を曲がってこの通りに入ったとき、彼はただ立ちつくし見つめるばかりだった。

彼は家々を見つめ、その家々は、通りに面した窓のカーテンをすべて引き、玄関ドアをすべて閉ざしていた。彼は家々の庭を見つめ、その庭は、どこも小さな生垣をきれいに刈りこんでいて、どこも野菜やハーブの畝に沿って棒杭を支えに糸を張り、鳥がくるのを防いでいた。彼の家から通りをはさんだ真向かいの木、そのてっぺんのほうの枝に、色あせた万国旗がぐるぐる巻きになってひっかかっているのが見え、七番地の前に車が一台とめてあるのが見え、金属の柵がすべて切りとられ、根元だけになっているのが見えた。しかし、通りに人の姿はなかった。歓呼の声で彼を迎えようと待っているはずの子供の群、ユニオンジャックの小旗を振っているはずの、彼のまわりに押しよせて、彼が配るお菓子やストッキングやガムを受けとるはずの子供たちはいなかった。なるはずのようにはならなかった。人々は彼にお帰りなさいを言うために窓から身を乗りだしてはいなかった。威勢よくチューバを吹き鳴らす太った男一名を含むはずの、通りの真ん中を練り歩くブラスバンドさえいなかった。

そこにあったのは静けさ、閉ざされたドア、灰色の空、土砂降りの雨。

その日、彼はそこに立ちどまり、新妻の名を彼は呼んだ。雑嚢を路面に落とし、冷たく湿った空気を肺いっぱい吸いこんで、妻の名を大声で呼んだ。彼は通りで妻に迎えられたくて、配達の少年みたいにドアをノックするのは嫌で、彼は狂喜した妻が自分に向かって走ってくるところを見たかった。家々の窓にぽつぽつ顔が覗き、けれどもその中に妻の顔はなく、そこで彼は妻の名を雨の中に飛んでいけとばかりに絶叫した。いくつかのドアが開き、人々はそれぞれの玄関でうろうろして彼のことを見ていたが、二十番地のドアは閉まったままで、そこで彼は、口に両手を当てて彼女の名を、呼んで呼んで呼びつづけ、人がどう思おうがお構いなしに、その名の一音節一音節を味わって、その名を通りじゅうに響きわたらせた。

そして彼が長い息つぎに入ったとき、ようやくそのとき、彼女は買い物袋を下に置き、怒鳴ることないわ、すぐ後ろにいるんだからと言い、そして彼は振りむいて、そしてふたりは抱きあって、あんなにきつく、あんなに激しい抱擁は、後にも先にもふたりには経験がなく、ふたりとも息ができなくなり、ふたりとも真っすぐ立っていられなくなった。

いまでもときどき、ふたりはこの言葉を相手に向かって言い、おたがいを笑わせることがあり、怒鳴ることないわ、すぐ後ろにいるんだからと言って、そっと相手の後ろに回りこみ、二本の腕をするりと相手の腰に巻き、すぐ後ろにいるんだから、と言うことがある。

ふたりはふたたびベッドに身を沈ませて、ふたりというのは二十一番地屋根裏のフラットの男女のことで、ふたりはへとへとに満足した息づかいで、もうそれぞれが、手につかんだティッシュで体を拭きはじめている。男は下目づかいに自分の肩を見て、きれいについた愛咬の跡を確かめていて、それはそこに打ちこまれたばかりで、すこしひりひりしはじめていて、あんまり真っ赤なものだから、いまにも皮膚の下からぷくりと、きらきら光る血の玉が現れそうに見える。

彼はそこにそっと触り、昨夜はごめんよ、俺がいけなかったと彼は言い、早口にそう言って横を向いてしまうけれど、言うだけは言う。彼はベッドから出て、手にはまだティッシュの塊を持っていて、彼女は彼を見あげて、ごめんって、どのくらいのごめんなの？　と聞く。彼は鼻にしわを寄せ、彼女に顔をしかめて見せる。お茶一杯持ってくるくらいのごめんでいいか、と彼は言い、彼女は小首をかしげ、下から彼の顔をまじまじと見て、長くて白い指をほほに押しあてる。窓の外、下の通りでは、犬が吠え、ばたんとドアが閉まり、ひび割れた敷石の上を三輪車がかたかた進む。お茶一杯とトースト二枚持ってくるくらいのごめんじゃだめか、と彼は言い、すると彼女は微笑んで、ぽんと手を叩き、うん、お願い、なんて親切なの、そんなこと言ってくれるなんてと言う。彼は皮肉っぽく彼女に微笑み、ティッシュをくず入れに落とし、ジーンズをはき、部屋を出ていく。

彼女は床からリモコンを拾いあげ、ひょいとテレビをつけ、ベッドの上で上半身を起こし、テレビでは誰かがスクランブルエッグをかきまぜていて、ではアンシア、そちらに返します、と言っている。

カーテンが引かれたままの十九番地の居間では、テレビの中からアンシアが、背が低くて髪のない、真ん丸い腹をした男の眠そうな目を覗きこんでいる。男はソファーに浅く腰かけ、両手に丸みを持たせて腹に当て、その手はまるで温かいお茶の入ったカップを包みこんでいるみたいで、彼はテレビに目を注ぎ、彼は小声で歌をつぶやく。ふたりの息子、双子の息子たちの声が聞こえていて、ふたりはキッチンにいて、ふたりは母親をうるさがらせている。やれやれ、エネルギーがありあまってるな、あいつら、と彼は心の中で思い、なのに今日は夏の最後の日で、あいつらは何をして過ごせばいいかわからないんだ。長い夏だったなと彼は思い、また学校がはじまるのはいいことだ、あいつらにとってもいいことだ、あいつらもすこしは発散できるだろう、と彼は思う。

キッチンでは、ピンク色のココナッツキャンディーを型で抜いている彼の妻が、下のほうから伸びてきた双子の兄のほうの手をぴしゃりと叩く。だめ、だめっ、と彼女はきつく言い、そして母親の手から受けたつかのまの痛みのためというよりも、母親の言葉のために男の子はひるむ。彼女は首をよじり、退却する息子たちの背中めがけていらいらをぶつけ、もう邪魔をしないでよっ、と言い、それは大きな声で早口で、おいでって言うまでくるんじゃないよっ、と投げつけて、息子たちはきゃーきゃー言って居間に姿を消し、そのとたん彼女は、あんなにとげとげしく言うんじゃなかったと後悔する。自分の手の、息子の肌と接触したあたりを彼女はさすり、それはまるで、いまも息子が感じているかもしれない痛みを、和らげようとしているみたいだ。彼女はキャンディーのひとつをほかより大きくして、そのシュガーピンク味にキスをして、それから固めるために冷蔵庫に入れる。

どやどやと、男の子たちが居間に入ってきたとたん、父親は首を横に振りはじめ、だめだだめだここは、だめだよいまは、父さんは面白いものを見てるんだからと言い、男の子たちは父親のひざに手をつきぐいぐい押して、鼻を鳴らして退屈を訴え、なんとか父親のエンジンを始動させようと、ふたりで左右からはさんだかっこうは、ちょうどキツツキのブックエンドのようで、パパ、パパ、退屈だよう、何もやることないんだもん、やること何もないんだもんとやっている。

彼は重いため息をつき、そのため息は丸い腹の底のほうから、一陣の風がごうと吹いてきたようで、おまえたち、いまはだめだと言っただろう、頼むから、外にいって、何かやることを見つけてくれと彼は言う。世界は広いぞと彼は言い、この広い世界で退屈するなんてありえないぞと彼は言い、彼はひとりひとりの目をじっと見る。ふたりは彼から一歩引き、体を横にしてドアから出ていく。

クリケットがいい！　と出ていく息子たちの後ろから彼は大声で言い、クリケットをやればいい！　と彼は言い、そして彼はソファーにゆったり背をもたせ、テレビを見ればジェイミーが、よくまたきてくださいましたと次のゲストを迎えている。

彼の娘はまだ一本足で、通りの奥の端に立っていて、玄関から飛びだしてくる兄たちが見え、上のほうの兄はクリケットのバットを振りまわしていて、下のほうの兄は、二段階モーションのスピンボール投手みたいに腕を振っている。彼女は目をそらし、彼女のフラミンゴ的集中を続け、そして彼女は地面をじっと見て、そして彼女は翼のことを考える。

十六番地のバスルームでは、幼い娘のいる男が自分の手を見つめていて、彼は両手を洗面台の上の、宙に広げて見つめている。

手は前よりよくなっている。

皮膚が前ほどむけないし、色も次第に戻ってきている。それでもまだ、ひどい状態だ。傷跡は硬くて光っていて、まだ新しい感じで、手のひらに渦を巻いているのがガラスの下に閉じこめられた煙みたいで、傷ついた皮膚の上に傷ついた皮膚が重なっている。彼はそれを、つまりめちゃくちゃになった両手を、表にしたり裏にしたりして、手のひらも手の甲も、それぞれ明かりの下に持っていき、まるで木彫の工芸品にでもほれぼれと見入っているみたいだ。しかし彼はほれぼれしているのではない。彼は手の甲の、手首の近くに小さく残った無傷の皮膚を探し、彼はその部分を目に近づけて、しわや毛穴、そこから飛びだしている何本かの毛を見つめる。彼は両手のひらの、傷だらけの皮膚のよじれやひきつり、左の手のひらに斜めに走る深い裂け目を観察する。彼は一本一本順ぐりに、指の先に目をこらし、それらは大理石みたいになめらかで、丸い先端はどれも磨かれ、のっぺらぼうだ。

彼はドアに鍵をかけたバスルームに立ち、両手を洗面台の上の宙に広げて見つめている。お湯の蛇口が開いていて、お湯が洗面台に勢いよく流れこんでいて、ゆらゆら立ちのぼる湯気が彼の顔を包んでいて、そして彼は泣いてはいない。

ドアをノックする音がして、それは羽目板の下のほうを叩く静かな音で、そして娘の声がして、パパ、わたしお腹空いちゃった、何かちょうだい、パパ、と言っている。もうじきあげるから、いいね、と男は言い、その声は重くてゆっくりで、十分待ってよ、そしたら食べるもの用意するから、いいね、と言う。彼は待ち、彼には娘がまだそこにいるのが音でわかる。いい子だから、十分待ってよ、いいね、と彼は言い、そして娘がちょこちょこ歩いて自分の部屋に戻る音がして、そして彼はちょっと目を閉じて、しかし彼は泣きはしない。彼は蛇口を閉め、お湯が渦を巻き、静まるのを眺め、湯気が水面を滑っていくのを眺める。通りで男の子たちが遊んでいるのが聞こえ、どこかの母親が子供の名前を呼ぶのが聞こえる。彼は洗面台の上の開いているキャビネットからびんを一本とりだして、ヨードチンキを数滴、お湯に垂らし、するとヨードチンキのしずくは爆弾のように落ちて水面下にもぐりこみ、そのインクのような刺激物は広がってお湯を汚していき、それを見てから彼は息を詰め、軽く丸めた両手を下げていき、水の中につっこんで、その様子はなんだか、二艘の船が転覆して沈んでいくようにも見える。そしてその鋭い痛みに、彼は思わず歯を食いしばり、足の指を丸めこみ、鼻から息がふーっと漏れ、それは蒸気機関の吹き出し弁から間欠的に出る蒸気のようで、けれども彼は手を浸したままにする。彼が手を浸したままにしているうちに、動物の爪に裂かれるような痛みは治まり、ずきんずきんという脈動に変わり、彼はふたたび息ができるようになり、歯を食いしばっていたあごから力を抜くことができるようになり、左手の皮膚を右手の指で、右手の皮膚を左手の指で、なではじめることができるようになる。

表には、テニスボールが道を跳ねていく音、クリケットのバットが舗装された路面に激しくぶつかる音、男の子たちの叫び声、車とともに近づいてきて遠ざかる、心臓の鼓動に似たリズムを持つ音楽。

彼は傷跡ひとつひとつの輪郭をお湯の中でなぞり、軽く押すようにして、我慢できる程度の強さで押して、こわばった皮膚を柔らかくしようと努め、手の肉を揉んでもとの形に戻そうと努める。お湯の熱がしみこむにつれ色が変わるのを、そして指紋のない指に押されて赤みが差してはまた消えるのを、そして指の動きを追って血が流れようともがくのを、彼は眺める。

彼は両手をお湯から引きあげ、その手からインクのような水がお湯の上に滴りおち、こうして彼の手は清潔になったけれど、それは治ってはいない。まだめちゃくちゃで使いものにならない。彼はその手をタオルに押しあてて、そのとき、ざらざらした生地で皮膚をこすらないように気をつけて、宙で手を振って乾かして、腕を伸ばしてヨードチンキのびんをもとのキャビネットに戻す。キャビネットの扉を閉めると、鏡がくるりと目の前に現れて、見たくもない顔をちらりと彼に見せつけ、それはだらりと垂れたお面のような顔で、その見慣れたしわやひきつりが、自分の顔と思えないこの顔の特徴なのだ。そして彼は顔をそむけ、そして彼はバスルームのドアを開け、すると娘がそこに立っていて、彼のことを見つめている。

痛い、パパ？　と娘が聞く。

ああ、痛いことは痛いけど、でもだいじょうぶと彼は言い、そして彼は微笑んで、それは小さくて硬い、一瞬の微笑みで、彼の声は微笑んだのでかすれている。彼は娘の頭に触れて、用心して触れて、さあ何か食べようねと彼は言い、やったあ、と娘は言って、彼より先に階段をとんとんおりていく。

バスルームの洗面台には、お湯が流されずにたまっていて、冷めつつあって、さざ波が水面に輪を広げながら消えつつある。少量の水がちろちろと、かかったタオルをジグザグに伝い、それは不鮮明な青い手の跡から流れてきたもので、軟らかな音を立てて床に落ちる。

✡

それは祖母のお葬式でのことだった。

祖母は長いこと病気だったから、祖母が死んでもわたしはそんなに動転しないですんで、だから葬儀でスコットランドへいくことに、不安はなかった。

わたしは勤め先から休暇をもらい、黒いドレスを買い、アバディーン行きの列車に指定席をとった。北に向かう列車の中、わたしが考えていたのは祖母のことではなく、喪失の悲しみとかそんなことではぜんぜんなく、向こうではどんなことになるんだろう、どんな人たちがくるんだろう、わたしが出るはじめてのお葬式は、どんなふうになるんだろう、そんなことを思っていた。

これまで母が会わせてくれなかったいろんな人たちに会えるので、それにひょっとすると、母方のスコットランド系の親族について、いままで知らなかったことを知ることができるかもしれないと、楽しみだった。

なぜ母がこんなに遠くまで移ってくる決心をして、そのまま南にいつづけたのか、わかるかもしれないと思った。

列車に乗っている時間はとても長く、わたしは大部分の時間をじっと窓の外を見て過ごし、景色は北に進むにつれて変化して、建物や道路が減り、ヒースと羊ばかりのがらんとした土地が続くようになった。

エジンバラを抜けると雨が降りだし、風が海の水を巻きあげて列車の側面に叩きつけ、風景は灰色のベールに包まれた。

列車がアバディーン駅に入るころには、雨は小やみなく降っていて、わたしは傘を持ってこなかったことを悔やみはじめていた。


駅で父に迎えられ、父は両手でわたしの肩に触れ、やあと言い、そして父の運転で、スコットランドに大勢いるわたしが会ったことのない親戚、そのうちのひとりの家までいった。

母はそこにきていなくて、誰もそのことを話題にしたくない様子で、母は長旅に耐えられそうにないと言ったということで、それ以上の穿鑿は無用ということらしかった。

母が元気かどうか、人が父にたずねるのさえ耳にしなかった。

それは小さな家だったから、間もなく声の大きな親戚たちでぎゅう詰めになり、みんなではちきれそうになった居間が、ちょうどその日の男の人たちの、はちきれそうなダークスーツによく似ていた。

キルトをはいた男の人がひとりもいないのにはがっかりした。

わたしはソファーのひじかけにお尻をのせ、人に注いでもらった砂糖たっぷりのお茶をちびちび飲んで、みんなの会話がにぎやかになったり静かになったりするのを眺めていた。みんなまるでよその国の人みたいで、誰も彼もが鮮やかな青色の目で、ほほは真っ赤に紅潮していて、寒風に打たれた肌はつるつるで、自分がこの人たちと血がつながっているとはとても思えなかった。

それでじょっちゃま、じょっちゃまは何をしてるんだと聞く人がいて、わたしは勤めている会社のこと、そこでわたしがしている仕事のことを簡単に話す羽目になった。ちょっと会話が途切れ、すると銀髪の男の人が何かサッカーのことを急に話しだし、部屋はまた大きな声でいっぱいになった。

スコットランドでは、遺体は男の遺族が土の中におろす。わたしはそのことをはじめて知って、そんなことは予想していなくて、それを見て胸を打たれた。兄弟や従兄弟や息子のほか、家族の一員と見なされている友人や姻戚も含め、八人の男が選ばれる。

その日は父もそのうちのひとりとなり、そんなことになるとは父も予想していなかったと思う。父がズボンで手のひらを拭き、ネクタイをゆるめているのが見えた。

男の人が選ばれると、棺のまわりの位置を示す数字をひとつずつ言いわたされて、その数字を書いたカードを渡されて、式のあいだじゅう、男の人たちはポケットの中で、このカードを表にしたり裏にしたりして、時折とりだして確かめてはもとに戻し、緊張した額を二本の指で拭っている。選ばれていた男の人たちが葬儀屋さんに呼ばれ、ひとりずつ呼ばれ、男の人たちは連れ合いのわきを離れて墓穴の近くにいく。

その晩、わたしはそのことを彼に話し、彼というのがその男の子だけれど、すると彼は、あれはね、めぐりあわせで決まった持ち場に呼ばれるって感じなんだ、と言った。

わたしはそのとき、そのときというのは、めぐりあわせ、という言葉を彼が柔らかな声で押しだしたとき、わたしはこの人と寝ることになると思った。


その日、その男の人たちのことをわたしは見ていて、八人の男の人が墓穴のまわりに立って、脚をすこし開いて、顔をうつむき加減にして、磨いたばかりの靴を掘りおこしたばかりの土にめりこませていた。

かつぎ手たちによって棺がある高さまで持ちあげられ、そこでちょっとの間、動かさずにおかれた。口を開けた墓穴の上で静止して。

地上世界で宙づりになって。

それから男の人たちはおろしていき、ゆっくりとおろしていき、ひとりひとりが房飾りのついた綱を握り、棺がとまるまで手の中で綱を滑らせていった。

降る雨の、柔らかな、くぐもった音がしていて、あたりには息詰まる静けさが広がっていて、そしてその瞬間、わたしはまたあのことを考えはじめた。

夏の最後のあの日のこと、三年前の、あの家で過ごした最後の日のことを。

あの日の終わりの、あの子供のこと、そして不可避だったあの瞬間の衝撃。

八本の綱が墓穴に落とされ、そして男の人たちはもとの場所に戻り、そしてわたしは父の目を見ようとしたけれど、父はどうしてもわたしと目を合わせなかった。

あとでわたしが聞いたとき、紐をとる、っていうんだ、あれのこと、と彼は、つまりその男の子は言った。

本当に名誉なことなんだ、大役だよ、と彼は言い、そして続けて、でも衝撃を受けもする。

衝撃っていうのはね、なかに人の体を入れた棺はほら、重いじゃない、と彼は言った。

地面に掘ったあの穴のまわりにね、たとえ八人がかりで踏んばってもね、ただの形式って感じにならないようにだよ、おろす速さを調整するのには本当に力がいるんだ、と彼は言い、そしてわたしは耳を傾け、そして彼の声はきれいだった。

で、わかるかな、と彼は言い、わかるかな、すごく時間がかかるんだよ、棺が底に着くまでね、それで突然わかるんだ、すごい重さの土がこの棺の上に、いま自分がおろしているこの人の上に、のしかかるんだなって。

それでね、はっと気づくんだよ、この人、箱に入ってて、この人、いま埋められるところで、それでこの人、もういったきりになる、この分厚い湿った土にのしかかられて居心地がいいみたいにってね、と彼は言い、そしてわたしはうなずいて、気がついたときにはイエスの代わりにアイと言っていて、それで彼は声を立てて笑い、もう原住民に合わせるわけ？　と言った。

僕がじっちゃんを土の中におろした日、なんだか自分の一部を墓場に残してきたような、同時に墓場の一部をもらってきたような、そんな感じがしたな、と彼は言った。

土のにおいとか、手のひらに綱がこすれる焼けるような感じとか、いろんなこと言ってる牧師さんの声とか、と彼は言った。

ちょっと歩いてこない？　とわたしは言った。


わたしが彼と出会ったのは式のあと、地元のホテルのバーでしたお清めの席だった。彼はそこで働いていて、食べ物を出していて、わたしはしばらくしてから彼とおしゃべりするようになった。

わたしはひとりでテーブル席についていて、彼が灰皿を空けにやってきて、そして彼が、だいじょうぶ？　と言ってきた。

わたしはそれより前から彼に気づいていて、彼は髪がブロンドで、がっしりした肩をしていて、部屋の中を動きまわる、その動きまわりかたがとても静かだった。

わたしはそれより前から彼に微笑みかけていた。

彼は腰をおろして、君も親戚なんだ、と言い、孫なの、とわたしが言うと、彼は、そうだったの、ごめんねと言い、ううん、いいのよとわたしは言った。

働いてなくちゃいけないんじゃないとわたしが言うと、何も言われやしないよと彼は言い、わたしが煙草に火をつけてあげているあいだ、わたしの目をじっと見ていた。

わたしたちはそれぞれ自分のことについてしゃべったけれど、おたがい本当には聞いていなくて、わたしは彼にスコットランドまでの旅のことをしゃべったし、彼はわたしに、そこで働いていないとき何をしているかをしゃべっていた。

そうっと、誰も見ていないときに、わたしたちは一緒に外に出た。

彼の案内でわたしたちは、彼の街を歩いていった。

道はずうっと上り坂で、わたしたちはアバディーン駅の前、そしてサッカー場の前を通りすぎ、廃工場の前、そして灰色の石でつくられた家々の前を通りすぎ、最後には、街の明かりがつくのが見える、すわってしゃべれるところまでのぼった。

わたしは彼が欲しかった。

ほんとに単純明快で、自分にとっても衝撃で、恥ずかしくもあり、興奮しもした。

このことを母に話すことができるだろうか、話したところで母にとって説明になるだろうか、彼がそこにいてね、わたしは彼が欲しかった、ただそれだけなの、ママ、と言ったところで。

それだけで母が納得するかどうか、母に理解できるかどうか、あやしいと思う。

わたしたちは濡れたベンチにすわり、わたしたちは手を握っていなくて、わたしは彼の顔のざらざらをわたしの肌に感じたかった。

感情が大きく揺すぶられるということはなく、心と心が深いところで通じあうということはなく、わたしは彼のシャツを見ていて、そのボタンがばらばらと、一ペニー硬貨を落としたみたいに床に散るところを想像していた。

もう帰らなきゃいけないんじゃないと彼が言い、だいじょうぶ、言い訳なら考えつけるとわたしは言った。

そしてわたしたちは彼の家にいき、そしてわたしたちは彼のベッドにいき、そしてわたしたちは長い時間をかけていろいろなことをした。

彼はわたしのイングランド式発音をからかって、わたしは彼の胸の上に立ち、枕で彼をひっぱたいた。

彼はわたしの髪をよじり、頭の後ろでふたつに分けて束ねようとして、わたしは彼のシャツのボタンを外した。

彼はわたしの足首に、それからわたしのふくらはぎにキスをして、そして彼はわたしのドレスをたくしあげてわたしの腿にキスをして、そしてわたしは彼のズボンをおろした。

すると突然、それまでおふざけだったのが真剣になり、そしてわたしは、ほとんど知りもしなかった祖母を土の中に葬ったことを思い出し、夏の最後のあの日のことを思い出し、そしてほとんど間を置かず、わたしたちは愛しあっていた。

本気で、せっぱ詰まって、全面的に、愛しあっていた。

わたしはそれまで一度だって、あんなふうに、つまりゆっくりと、注意深く、容赦なく、体を動かす必要を、あれほど深いところに感じたことはなかった。

自分が原始的で、根をおろしていて、大地の土と星の光とにつながれているとわたしは感じ、わたしにそう感じさせるのは、世代から世代へと紡がれつづけ送られつづけてきた一本の糸だった。

わたしは欲望で妊婦のようにふくれあがり、欲しいというその気持ちはわたしの中を波となって洗っていき、わたしは新生児のように両手を握りしめ、シーツを、彼の皮膚を、空気を握りしめ、こぶしに関節の骨を白く浮かせ、もっとぴったり、もっときつく、もっと深く抱きあおうと必死に相手を引き寄せて、そしてわたしたちが終わったとき、シーツは裂け、マットレスは半分床にずり落ちていた。

そして帰るとき、それは夜中の十二時前だったけど、わたしはわたしの電話番号を置いていかず、わたしは彼の電話番号を教えてほしいと言わなかった。

このこともやはり、もしも母に聞かれるようなことがあり、もしも母に話したとしても、理解してもらえるとは思えない。

わたしは親戚の家に戻り、いったいどこにいってたのと聞かれたので、散歩にいって道に迷ったと答えると、みんな優しい目をしてわたしのことを見て、同情とスコーンを与えてくれた。

そして翌日、わたしはまた長いこと列車に乗って家に帰り、そしてわたしには、まばゆく輝く秘密ができて、わたしは勤め先で思い出し、静かに微笑むこともできた。

ただ、その秘密は成長する秘密で、そしてわたしの体の中には、その秘密にふさわしい場所があり、けれどわたしには心の準備ができていなかった。

母が知ったなら、あんた、そんな遊びかたをしたんなら、そりゃ自業自得だわねと言うのかもしれないし、あきれたわね、そういうときの注意、母さん教えなかったかしらと言うのかもしれない。

その男の人を探してらっしゃい、その人にも知る権利があるんだし、それにあなたを援助する義務があるんですからね、経済的に、と言うのかもしれない。

探してきたくないのだと言って、母を納得させられるだろうか、あれはいっぺんだけのこととして素晴らしく、あのまま、決着をつけずにおきたいのだ、宙づりになった時間として、と言って。

ひょっとすると、母に聞かれても、このことはいっさい話さないかもしれない。

きしみとため息が二階から聞こえてきて、続いて小さな話し声、そしてゆっくりとした足音。トイレを流す音。彼女は天井を見あげ、彼女というのは十九番地のキッチンにいる女の人で、つまり牛乳を運ぶケースを使い、外でクリケットをしている男の子たちの母親で、彼女は両手についたローティーの粉をきれいに拭う。あなた、と彼女は言い、向こうの部屋にいる夫を呼んで、あなた、おばあちゃんとおじいちゃんが起きましたよと言い、そして彼女はやかんを火にかけて、また朝食を並べだし、今度は夫の両親のために、蜂蜜で甘くしたヨーグルトの鉢や果物を薄く切ったもの、ジュースにお茶を用意する。あなたってば！　と彼女は言い、すこし強く、せきたてるように言い、するとテレビが消えるのが聞こえ、夫が廊下に出てくるのが見える。おはよう、お母さん、と彼は言い、彼の母親がゆっくりとおりてくるのを見あげていて、体の調子はいかがです？　よく眠れましたかと聞いている。おはよう、と母親は息子に言い、その声は階段を一段一段おりてくるのが体に負担で苦しそうで、そして息子の前までできた母親は、立ちどまって呼吸を整え、顔をつきだし、左右のほほに息子からキスをもらい、ああ、よく眠れたよ、ありがとう、調子もいいよと母親は言う。

夫の母親はキッチンの中を動いていき、かさばる体でぎこちなく動いていき、おはよう、と義理の娘に言い、キッチンにいた母親は、おはようございます、お母さん、朝の食事をいかがです、と言う。彼女はやかんからティーポットにお湯を注ぎ、ふたりの母親は腰をおろし、両手をひざに重ねて待つ。階段がきしむ音がして、歩くのが難儀な人に特有の、痛みをこらえて吐く息が聞こえる。息子が父親にあいさつするのが、そして父親が息子にあいさつするのが聞こえてきて、ふたりの男がふたりの女に合流してテーブルにつく。四人それぞれ小さな感謝の祈りをつぶやいて、朝食の最初のひと口がそれぞれの口に入るとき、一瞬の沈黙が訪れる。玄関ドアが開いて閉まり、四人はみんな振りむくが、そこには誰もいない。息子は大きな声で双子の名前を呼び、返事はないけれども足音がして、二階でドアの閉まるのが聞こえる。彼は妻の顔を見て、そして妻はスプーンを置き、心配ないか確かめにいき、すると声がして、幼い娘の寝室の閉じたドアの向こうから、幼い娘の声がして、とても静かに歌ったり、おしゃべりするのが聞こえてくる。

彼女は部屋の前にちょっと立ち、だいじょうぶねと聞こうかなと考えて、それから彼女は体の向きを変え、朝食の席に戻っていく。

女の子の寝室では、女の子が歌っていて、手に持つリボンを波打たせ、頭のまわりに大きくゆっくり円を描き、一本足で立っている。彼女は鏡の中の自分を見ていて、いろいろな表情をつくっていて、口に指をひっかけて、めいっぱい引っぱったり、ニッと笑ったり、しかめっ面をしたり、小首をかしげて耳に手を当てたりしている。

表の二十五番地では、長いあごひげのおじいさんが、淡い青のペンキの缶のふたをこじあけて、細い刷毛の抜けかかった毛を引きぬいて、濡らした布で一階の窓枠の埃を拭きとって、むきだしになった木目にぺっとりと、最初のペンキを押しつける。

十六番地のキッチンにいる男の耳に、また彼女の声が聞こえ、その声は、あなた、わたしここよ、こられない？　入れない？　と言っていて、彼の傷だらけの手が持つ皿が震えだし、トーストのくずが床にこぼれ落ちる。黙らせることが彼にはどうしてもできないので、仕方なく彼は、娘が軽快に踊りながら階段をのぼっていく足音に意識を集中する。娘はラジオで聞いた歌を歌っていて、彼は耳を澄ますけれど、彼が聞いたことのある歌ではない。彼は持っていた皿を流しに入れて、彼はほかのものも片づけて、ジャムと蜂蜜にふたを、マーガリンは冷蔵庫へ、ナイフとカップは流しへと。彼はどうしても、頑張ってはみたけれどどうしても、彼女のところにいかれなかった。

娘がまた踊りながらおりてきて、パパ、服出してくれる？　と言い、もちろんと彼は言い、彼は娘を先にして、階段をのぼって娘の部屋に向かう。彼の足どりは重くてゆっくりで、娘はてっぺんまでくると、くるりと向きなおって彼のことを見おろして、くすくす笑いながら、パパ早く、ねえパパ早くと言う。

同じ髪だ。

この子の髪は長くて黒くて、そして光沢がある。この子は興奮しやすい子で、この子はおしゃべりで、この子はいつでも何かに忙しく、鼻歌を歌っていたり、通りでスキップしていたり、けれども彼が椅子にすわらせて、ブラシで髪を梳いてやるときは、この子もじっとしている。そのときだけは、この子もじっとして、静かで、辛抱づよい。それともひょっとすると、まだこんな歳でも、この子は理解しているのだろうか、父親が椅子の後ろにひざまずき、長くて黒い髪の毛に、それが光りだすまでブラシを通しつづけるとき、父親に何が起きているのかを。この子は幼いけれど、この子は幼すぎて覚えているはずがないけれど、でも彼はときどき、この子は理解していると思うことがある。この子はあまりいろいろ聞いてくる子ではない。

階段をのぼりきった彼は、ゴリラのような唸り声をあげ、腕を振り、足を踏み鳴らし、廊下を追いかける。娘は金切り声を出し、自分の部屋に走りこみ、そして彼がやってくるまでに、娘は洋服だんすに身を隠し、その体から笑い声が、バーストしたタイヤの空気みたいにはじけでる。どこだあ、と彼は大きくてこわいゴリラ声で言い、つかまえてやるぞーと彼は言い、どしんどしんと部屋じゅうを彼は歩いてまわる。

彼はちょっと待ってから、あれれ、あの子はどこか別の部屋だな、とふだんの声で言い、寝室のドアを開けて閉める。

彼はさらにちょっと待ち、そして洋服だんすの扉が回って開いた瞬間に、彼は両腕で娘の体をすくいあげ、ぶきっちょに娘を宙に持ちあげて、金切り声をあげる娘の口を胸でふさぎ、そしてふたりで笑い、叫び、体が押しあい、もつれあうのを楽しみ、最後に彼はどさりとベッドにひっくり返り、もうおしまいと彼は言う。

毎日これはくり返され、この着替えの時間のかくれんぼは毎日のことで、そして彼は毎日疲労困憊する。本当はもっといい父親になりたくて、レスリングごっこもしてやりたければ、通りを走って見せもしたい、娘を肩に担いで街を歩きまわるスーパーパパマンにもなりたいのだが、彼には無理な相談だ。彼は本当に疲れやすい。

彼はすわりこんで呼吸を整え、それを娘はじっと見まもり、パパだいじょうぶと娘は言い、そして彼は微笑み、うなずく。さて、今日は何をお召しになりますか、と彼は言い、そしてふたりはいつものとおり、この子の今日の支度を整えるため、一連の動作に入っていって、腕をあげさせ、嫌々をする頭の上から綿の肌着を何とか通し、ソックスはくるくる丸めて、さあここに足入れて。彼と女の子とふたり、小さな部屋を動きまわり、旋回して、洋服だんすからベッドのわきへ、そしてまた洋服だんすに戻ってきて、服を拾いあげて光にかざし、服は床に落とされて、それをすくいあげて山に戻す。彼と女の子とふたり、父と娘。妻のいない男が、四歳の子供に服を着せているところ。

彼は女の子の足もとにうずくまり、ぐいぐい靴をはかせ、マジックテープのストラップを、左右の手首でちょん、ちょんと押して留める。この子が靴紐の結びかたを教わるときがきても、彼には教えられない。今日もいい子にしてるんだよ、いいね、と彼は言う。毎日彼はそう言って、ほとんど毎日この子はいい子だ。女の子は彼の目を見て、慎重にうなずく。この子はときどき真面目くさった子供になるな、不思議だなと彼は思い、そして女の子が部屋を出て、階段をおりていくのを聞きながら、けれど俺もよく、真面目くさった父親になるものな、と彼は思う。昼食にはどんなものをつくろうか、どれくらい時間がかかるかなと彼は考えて、まもなくとりかかったほうがよさそうだと彼は思う。けれどもその前に、彼は娘のベッドのわきにひざまずき、そのまま娘の寝具に顔をつっこみ、痛む両手を宙に差しだす。

まるで彼は祈っているように見えるけれども、彼は祈ってはいない。彼は両手を差しだしているけれども、その手が差しだされた先には誰もいない。

十九番地の幼い女の子、つまり双子の兄弟の妹は、ふたたび外の通りにいて、一本足でバランスをとっている。彼女の後ろから声がして、ちょっと失礼、お嬢さん、と声がして、顔をあげると目の前に、二十番地の老夫婦が立っている。彼女はぴょんと跳んで道をあけ、それでも両腕は左右につきだしたままでいて、そのわきを老夫婦はゆっくりと通っていく。彼女が見ていると、おじいさんのほうが振りかえり、魔術師みたいに帽子を頭から持ちあげて、ウインクをする。彼女はくすくす笑い、老夫婦は行進を続ける。

上のほう、二十一番地屋根裏のフラットでは、ヘナで染めた赤い髪の女が、この老夫婦を眺めている。彼女は高いところについた小さな窓の前に裸で立っていて、髪の毛を一本つまんで持っていて、彼女は老夫婦のことを見て微笑んでいる。彼女は部屋にいないボーイフレンドを大きな声で呼び、男はいまキッチンにいて、ねえ、あんなの見たことある？　きて、ちょっと見てごらんよ、二十番地のあのふたりなんだけど、何があるのかしらないけど、すっかりおめかしして、素敵よ、と彼女は言い、すると男の声が返ってきて、うん、わかった、一分でいくから、と言っている。けれども一分すれば老夫婦はいってしまうので、だから男は見損なうことになるのだが、歩道をいく老夫婦は腕を組み、胸を張り、歩調はゆっくりと正確だ。老婦人のほうはちゃんとしたドレスを着て、それはおばあちゃんたちの着るただのワンピースではなく、五〇年代か何かの品のいい美しいドレスで、そしてリボンを巻いた青い帽子をかぶっていて、そしてショルダーバッグと靴がそろいの色で、そんなことを赤い髪の女はもうじき男に話すことになる。そして老人のほうはかっこいいスーツを着ていて、それはモノクロ映画に出てきそうなスーツで、老人は胸ポケットに赤いハンカチを入れていて、かぶっているトリルビー帽はシナトラみたいなの、そう男に言うことになる。

そして彼女はふたりを見つづけ、ふたりは本当に誇らしげで、カメラがあったらなあ、写真が撮れるのになあ、と彼女は思い、いったいどこにいくのかしら、あんなにおめかしして、と彼女は思う。彼女はふたりが角を曲がり、大きな道路に出ていくまで見おくって、それから彼女は振りかえる。

ほうら見損なっちゃった、と彼女はボーイフレンドに言う。

表では、双子の兄弟が、ごちゃごちゃとした十五番地の前庭に牛乳を運ぶケースをふたつ見つけ、これでクリケットの三柱門をつくろうと、せっせと引きずりだしている。兄弟の妹は二本足に戻っていて、老夫婦の後ろをそうっと歩いていて、ふたりをつけて角を曲がる。

日がだいぶ高くなり、すでに通りの両側の、家々の窓が照らされていて、日陰は樹木の下、ひんやりとした敷石の上に退却している。わずかに見える雲はどれも淡く、細く、これ以上は無理というほど高くにかかっていて、それはちょうど階段吹き抜けの、高いアーチにかかった蜘蛛の巣みたいで、そして空は、ごしごし磨きあげられたばかりみたいな青色で、未来永劫このままなんじゃないかという気がするのは、夏休みの最初の日と変わらない。

女の子は体を横にして角を曲がり、背中を壁にもたせ、おしゃれな服を着た老夫婦のことを見つめている。

ふたりはバス停に立っていて、ふたりというのはその老夫婦で、五十五年連れ添ってきたこの夫と妻で、ふたりはたがいの顔を見る。小銭はぴったりあるかしらと彼女が聞き、彼はポケットからお金をひと握りつかみだし、手のひらの上でかぞえだし、震える指で硬貨をわきに寄せていく。うん、だいじょうぶと彼は言い、また全部を一緒にして、彼はポケットに流しこむ。

もういっちゃったんじゃないでしょうねと彼女が言い、彼は時計を見て、すなわちまずチョッキのポケットからとりだして、それをまるで携帯用の鏡みたいに顔に近づける。いや、だいじょうぶと言いながら、空っぽの道路の先、バスが現れるはずのあたりを彼は見る。

お天気はもつかしらと彼女が言い、彼は輝く青い空をちらとも見ずに、うん、だいじょうぶ、きっともつ、と彼は言う。いい日になるぞと言ってから、彼女のほうに向きなおり、両手で彼女の肩を包むようにして、まあ楽しみにしてなさいと彼は言い、そのとき彼の後ろから、ぶるるというバスの音がゆっくり近づいてきて、開きはじめたドアに彼女は目を向け、ふたりはバスに乗り、料金を払い、座席につき、そしてバスは先へ向かって動きだす。

そしてもし、ふたりのうちのどちらかが、いま、肩越しに振りかえることをしたならば、角に立つ幼い女の子が見えたはず、長い丘をのぼってぎしぎしと街を出ていくバスを見おくり、頭の上の見えない帽子を持ちあげて、ウインクしようとしている女の子が見えたはず。けれどもどちらも見ていなくて、ふたりは座席で落ち着くのに忙しく、彼女はドレスのよじれを直していて、彼は帽子をとって豊かな白髪をなでつけていて、ふたりとも、すわり心地をよくしようともぞもぞしている。

そしてバスの後ろでは、彼女が住んでいる通りの角で、幼い女の子がもう一度挑戦して、けれども両目が同時にウインクになり、そこで彼女はしかめっ面をして、人差し指と親指で、片方の目を開けておき、もう片方の手で頭から、見えない帽子を持ちあげる。

✡

昨日、セアラが勤め先に電話をかけてきて、そのときわたしは母のことを考えていて、次はどうしたらいいんだろうと考えていた最中で、なぜ電話くれなかったのとセアラは言った。かけようと思ってたとこ、とわたしは言い、それはなんだか嘘っぽかった。

セアラが言うのには、大学時代の知り合いたちとパーティーがあり、そこで彼女はある男の人と会い、その人がわたしが元気にしているか聞いてきたということだ。

パーティーって何の？　どんな人たちがきたの？　とわたしは言った。

ううん、たいしたパーティーじゃなかったの、あなたが知ってそうな人はたいしていなかったし、と彼女は言った。

でもね、その男の人がね、わたしに聞いてきたのよ、あなたのことよく知ってるのかって、それから、あなたがいまどこに住んでるのかって。

わたしが知ってる人は誰がいた？　とわたしは言った。

彼女はいくつか名前を言って、それはわたしも覚えている人たちで、だからわたしは、じゃなぜ、誰も教えてくれなかったの？　と言った。

そりゃ、ぎりぎりに決まった話だったからよ、大きなパーティーとかじゃなかったんだよと彼女は言った。

でもその人がね、と彼女は言って、その人があなたのこと聞いてきてね、それでその人、あなたと連絡をとりたいって言うんだ。

その人、あの神経質そうだった男の子の弟なんだよ、ほら、十八番地の男の子、いつも瞬きをいっぱいしてて、誰ともあんまり口きかなかった子、あの子の弟なんだ、と彼女は言った。

なんであのパーティーにきてたのか知らないけど、と彼女は言って、ジェイミーと知り合いだったか何かだろうけど、とにかくその人、めちゃくちゃ感じいいんだ。

彼、あなたの電話番号をわたしから聞きだそうとしてね、彼、あなたのこと、たくさん聞いているみたいだよ、お兄さんから、と彼女は言った。

ほんと感じのいい人なんだ、と彼女は言って、会うといいよ、名前はね、マイケルっていうの。

それでわたしは深く考えもせず、わかったと言い、すると彼女はこれから電話して、彼に電話番号を教えると言った。

そして四時半くらいに彼から電話がかかってきて、とても丁寧な電話で、こんなふうなことをして不愉快に思われてしまったり、変な人間だと思われてしまったりすると困るんですが、会ってほしいんですと彼は言った。

不愉快だとか、そんなこと、ぜんぜんありません、とわたしは言った。

彼は落ちあうパブと時間を提案して、わたしのことは見ればすぐにわかります、兄とそっくりですから、と彼は言った。


支度にはたいして時間をかけなかった。

インスタント食品をチンして食べて、コピーのインクのにおいがしない服を着て、留守番電話をオンにした。

やっぱりやめようかなと何度も思ったけど、彼の電話番号を聞いていなかったし、黙ってすっぽかすのは失礼だと思った。

だからわたしは出かけていって彼に会い、わたしたちは飲み物を買っておしゃべりをはじめた。

そして彼はとてもおしゃべりしやすい人で、わたしたちはいっぱいおしゃべりした。

で、どこに住んでるのとか、何してるのとか、前はどこに住んでたのとか、ここにはどうやってきたのとか、わたしたちは聞きあった。

わたしたちが知っている人や知らない人のことをわたしたちは話し、わたしたちふたりがどこでどうつながっているのか、系図学者のように断片をつなぎあわせていった。

わたしたちをつなぐものはすくなくて、まずスケートボードのロブと一緒に住んでいたジェイミー、そしてほんの数日前からだけど、セアラがいた。

そして彼のお兄さんがいたけれど、本当の知り合いなんかじゃぜんぜんなかった。

わたしはリラックスした気分になってきて、そういうことってときどき、はじめての人と知らないパブにいて、やかましい音楽がかかっていて、ビールと煙草の煙のにおいがしているときに起こるものだ。

こんなことするなんて変だと思ったけど、こんなふうにはじめての人と会いに出かけてくるなんてと思ったけど、でもきてよかったとわたしは言った。

あんなふうに電話をするのは不安だったけど、電話をかけないことのほうがもっと不安だったんだ、わかってもらえるかな、と彼は言った。

自分が電話をしそこなっていたり、手紙を書きそこなっていたり、話しかけそこなっていたりするいろんな人のことをわたしは考え、ええ、すごくよくわかるわ、とわたしは言った。

でも、そもそもなんで、連絡をとりたいと思ったの？　いまごろなんで？　とわたしは聞いた。

いや、計画してたわけじゃなくてね、ずっと探してたわけじゃなくてね、偶然だったんだよ、パーティーでセアラと知りあって、君のこと知ってるってセアラが言って、と彼は言った。

君のことは兄からたくさん聞いてたから好奇心が湧いてね、と彼は言い、あら、悪いうわさじゃないといいけど、とわたしは言った。

彼のお兄さんは旅をしにどこか外国にいっているという話を彼がして、ところであなた、本当にお兄さんとよく似てる、とわたしは言った。

そうだろうね、僕たち双子だからねと彼は言い、あら、そうとは気がつかなかった、とわたしは言った。

え？　じゃあ、あいつ、君に僕のこと話したことないの？　と彼は言い、驚いた顔をした。

もちろんないわ、お兄さんとはそんなにしゃべったことなくて、たいした知り合いじゃなかったものとわたしは言った。

ていうか、お兄さん、かなり人見知りするでしょう、とわたしは言った。

わたしがそう言うと彼はグラスを置き、その置きかたがちょっと乱暴すぎて、なかのビールがグラスの縁まで飛びあがり、すこしテーブルの上にこぼれでた。

そりゃ、あいつは静かなときもあるよ、ときどきはね、でもときによるんだ、と彼は言った。

彼が何を言いたいのかわたしにはよくわからず、わたしはしゃべりつづけ、お兄さんのことはよく見かけたけど、でも大学で学科が同じだったわけでもないし、とわたしは言った。

自分が言い訳をしているみたいな感じがして、なぜそんな言いかたになるのかわたしにもよくわからなかった。

そう、それは残念だったね、と彼は言い、あいつとしゃべったら楽しめたと思うよ、面白いやつでね、いろんなことを話したと思うよ。

あいつ、君としゃべりたがってたんだ、と彼は言った。


それから彼はわたしの顔を見て、君に言っとかなくちゃね、聞いてくれるかな、と彼は言った。

兄はね、あいつ、君のこと思ってたんだ、と彼は言った。

え、ほんと？　とわたしは言った。

どうして知ってるの、とわたしは言った。

あいつがそう言ったんだ、言われなくてもわかったけどね、と彼は言った。彼は顔の高さまでグラスを持ちあげ、理由がわかったよと彼は言い、言ったとたん、ビールが彼の唇に当たっていた。

彼は店の中をぐるりと見まわし、まるで誰か人を探しているみたいだった。

彼は鼻の下についた泡を手の甲で拭った。

わたしはこぼれたレモネードでいくつも丸を描き、わたしは彼の顔を見た。

でもお兄さんとは知り合いでもなんでもないのよとわたしは言い、お兄さんの名前だって知らないのよとわたしは言った。

彼は何も言わなくて、彼は真っすぐわたしの顔を見て、聞こえなかったのかなとわたしは思った。そのころは店がかなりうるさくなっていて、ジュークボックスにスロットマシン、何十人という人たちが、パイントグラスのビールをぐいぐいやっていて、声を張りあげてしゃべっていた。

わたしはもう一度同じことを言おうとして、もっと大きな声で言おうとして、けれども彼は首を振り、ちょっと待ってよ、君たちは同じ通りに住んでたんだろと言った。

君たちの家はほんの何軒か離れてただけだろ、ほとんど毎日あいつを見かけてたんだろ、あいつのことといろいろ知ってたんだろ、と彼は言った。

あいつが髪を切れば気がついただろ、あいつの服の趣味がいいとか悪いとか思っただろ、あいつがクリケットボールをキャッチできないの知ってただろ、あいつがひとりで住んでたの知ってただろ、通りであいつを見かければ、こんにちはを言うくらいの知り合いではあったんだろ、と彼は言った。

そんなことを彼は大きな声で言って、彼は手の甲をひっかいていて、そして言ったことはみんな当たっていて、そして彼はまたビールを飲み、あきれたな、というふうに両手をあげて、眉をつりあげた。

それで知り合いじゃなかったって？　と彼は言った。

あいつの名前も知らなかったって？


そのあと彼はトイレにいって、帰ってくると、何もなかったような顔をして、会話はほかのことに移り、彼は手の甲をひっかくのをやめた。

わたしたちは仕事について、仕事に充実感のないこと、だからといってどうすればいいかわからないことについて話した。

わたしたちはくつろいでおしゃべりし、ラストオーダーのあともずっとねばり、そして気がつくと、部屋を片づけてくればよかったと考えていた。

すこしのあいだ、今日はまともな下着をつけていたっけ、なんて思い出そうとすらしていた。

会うといいよとセアラがすすめてくれたのはもっともで、彼は話が面白くて、笑わせるようなことも言ってくれるし、かなり相当見た目もよかった。

彼は素敵な手をしていて、きれいな目をしていて、そしてわたしが顔を見ても、彼は目をそらさなかった。

どうしてなのか理解できなかったけれど、ふたりは双子なのに、彼のお兄さんのことはそんなふうに見たことがなかった。

そしてわたしに対してそんな気持ちを持ってたなんて、彼のお兄さんがどうしてそんなことを言えたのか、わたしには理解できなかった。

わたしはそのことを彼にたずねて、お兄さんはわたしのこと何て言ってたの、と聞いたけど、ちょうど店の人がお客を追いだしにかかっていて、彼には聞こえなかった。


そしていま、朝ののろのろとした灰色の光の中で、わたしは彼のことを見ていて、そしてそのことについて、つまり彼が昨夜言ったことについて、もうすこし考えている。

驚くほど彼はそっくりで、なんだか幽霊を見ているような気がするくらいだ。

髪が額の両隅で薄くなっているのも同じだし、左右の目の下の皮膚が弓なりにたるんでいるのも同じだ。

いまという瞬間を、つまり閉ざされた彼の体をわたしが見おろしていて、その体のしわや色合いやたるみをわたしが観察しているところを、彼のお兄さんは想像したことがあるだろうか。

何回か彼のお兄さんと口をきいたときのことをわたしは考え、そのときのことを、自分がろくに思い出せないということについてわたしは考える。

彼がいまここにいるということを知ったなら、彼のお兄さんは何と言うだろう。

あいつの名前も知らなかったって？　と昨夜彼が言ったとき、その声がとがったことをわたしは思い出す。

お茶を注いで持ってきたマグカップをソファーのわきの床に置き、わたしは自分の部屋に向かって引きかえす。

わたしはお腹に手を当てて、何かを、かすかな動きを、こちらをつついてくるのを、感じることを想像する。

二十番地二階のフラットはいまは人がおらず、夫と妻はふたりの記念日を静かに祝いに出かけていて、ベッドはきちんとベッドメーキングされ、朝食に使った食器は水切りかごに並んでいる。ここは小さなフラットで、整然としてこぎれいで、居間にある二脚のウィングチェアはテレビが見やすいように配置され、キッチンにある食器棚には使われたことのない上等な陶磁器がずらりと飾られ、寝室にあるベッドには羽ぶとんがかけられている。キッチンの、天板が合成樹脂加工の木のテーブルに、カードがふたつのっていて、塩入れと胡椒挽きに立てかけられたのが、ポストによりかかった電報配達の少年みたいだ。二枚のカードはよく似ていて、両方ともクリーム地に金の文字、両方とも花束が描かれていて、片方はバラ、もう片方はカーネーションだ。記念日おめでとうと両方ともに書いてあり、愛をこめてと両方ともに書いてある。愛しい人へと一方の内側には書いてあり、大事な人へと他方には書いてある。どちらのカードも字はぎこちなく震えていて、まるで脚の長さの合っていないテーブルとか、角を曲がりつつある車のダッシュボードとか、そんな動くものの上に置いて書いたみたいだ。

食器棚の上、装飾用のティーポットやロイヤルドルトンの陶製人形たちに囲まれて、並ぶ写真は人生の物語、ニスを塗られた木の上でワルツを踊っているかのよう。一枚は結婚写真で、彫刻を施したオークの写真立てに収まっていて、彼は軍服に身を包み、顔は輝き、ひきしまっていて、微笑んでいて、胸ポケットのふたを留めているボタンは徹底的に磨かれていて、彼女は彼のわきに寄り添って、髪に挿したピンを小さな白い花で隠し、ドレスは首から曲線を描いて流れていき、腕のところでぱっと誇らしげにふくらんでいる。

別の写真はそれから十年くらい後だろうか、ふたりは海辺に立っていて、いったいどこなのか、日がさんさんと照っていて、空は明るくさわやかで、彼は頭にハンカチをのせていて、結んだ四隅が布でできた親指みたいにつきだしていて、彼女はつば広の麦わらをかぶっていて、だから顔に落ちた影にも網目模様がついている。後ろの海には小さな舟が何艘か浮かび、それは赤い四角の帆を張った、とんがった長いへさきの小さな舟で、水平線にいくつか島が見え、背景では黒い服を着た女の人が、浜辺から何かを拾いあげようと前かがみになっている。

もう一枚はもっと大きな写真で、どこかの庭に人々が、大きな弧を描いて立っていて、人々というのは子供を連れた夫婦たちで、ほかの写真にも写っている肝心の夫妻も片端に立ち、ほかの人たちに負けず、満面に笑みを浮かべている。

そして卵形をした銀の写真立てに入れられた、もっと小さな写真を見ていくと、庭で撮った大きな写真に写っていた子供たちが成長していって、このころ突然カラー写真に切りかわり、歯が抜けていたのが長髪になり、仏頂面になり、写真の中に自分たちの恋人を引っぱりこむようになり、卒業証書を手にし、赤ん坊を抱く。

けれどもほとんどは、この夫と妻を写したもので、友人や親戚に、そして日帰りや泊まりがけの旅行の際は通りがかりの人に、撮ってもらったカラー写真だ。バッキンガム宮殿の前に立つふたり。ケーキのろうそくを吹き消しているふたり。フェリーの上のふたりは風に髪を乱し、ドーヴァーの白い崖を指さしている。

窓敷居の上、とれたボタンや外国の硬貨を入れている翁形ジョッキが並ぶなか、ローンボウリングのトロフィーや装飾用の砂時計が並ぶなか、白無地の厚紙にはめられたメダルがひとつ、窓枠に立てかけられている。彼は飾ってほしくなかったのだが、彼女が飾ってしまい、そのことで彼女と言い争いになることを彼は避けたのだった。それは地味なメダルで、硬貨を大きくして分厚くしただけみたいで、リボンもついておらず、国土防衛勲章と片面に書いてあり、裏にはまだ若い感じのジョージ六世の顔が刻まれている。夫が見ていなさそうなとき、彼女はときどきこのメダルを磨く。あのな、何の価値もありゃしないんだ、そんなもの、だから磨きたてたりしないでくれ、と彼は一度彼女に向かって言ったことがあり、それはさほど昔のことではなかった。生きて国に帰ってきさえすればもらえるんだ、と彼は言い、ただ国に帰ってくることなんて、ちっともメダルをもらうようなことじゃない、と彼は言った。そう言った彼の顔を彼女はじっと見て、すると彼は部屋を出ていった。メダルについて彼が何か言ったのはそのときがはじめてだった。

妻のもとに帰ってくるとき、自分は話すことができないだろうと彼にはわかっていて、そのことは、家へと向かうトラックの冷たい金属のテールゲートに手をかけて、キャンバス地に覆われた、じめじめした暗がりに乗りこんだときからわかっていた。トラックに揺られていたその長いあいだじゅう、彼の脳裏に浮かんでいた妻の顔は、彼の話を聞こうと待ちかまえていて、彼の悲しみを慰めたいと望んでいた。妻の目がたたえるに違いない期待の色まで見えるような気がして、なぜなら妻は、夫がいったいどんな話をするのかはわからなくても、以前にも遠くにいってきたときは必ずいろいろ聞かせてくれたのと同じように、何か話してくれることだけは間違いないと思っているからだ。

しかし今度は別で、もしかすると妻も理解してくれるかもしれない。彼が出征したのはこれがはじめてで、戦地に赴いたのはこれがはじめてで、それまではただ訓練にいってきたり、演習に参加してきたりしただけで、だから彼の土産話は興味をそそりもし、笑わせもし、簡単に言葉にすることもできた。訓練用木製銃を担いでぬかるんだ湿地を渡渉中、彼のはいていた軍靴がぬげて見つからなくなり、銃を置いて靴を探していたら、銃器を傷つけるとは何ごとだと軍曹にどやしつけられたこと。銃に装着した銃剣で砂袋につぎつぎと切れ込みを入れていく訓練で、砂は地面に流れつづけ、軍曹は、ひねって、抜く、ひねって、抜く、と叫びつづけたこと。ほほを緑に塗り、ひと晩じゅう森に隠れている訓練で、あたりは音もなく真っ暗で、ただほかの兵士たちの煙草の火が蛍みたいに見えたこと、そして翌朝、おまえら実戦だったらいまごろみんな死んでるぞと軍曹に言われたこと。ふたりで過ごす長めの週末、それが彼の長い軍務と軍務のあいだにふたりに与えられる短い時間だったけれど、そんなとき彼はそうした話を彼女に聞かせたのだった。今度は何してたの、と彼女が聞き、彼は行進のこと、突撃訓練場のこと、射撃訓練のこと、政府が収用して住民が立ち退いた村の中を走りまわったことについて話したのだった。そして彼女は彼の上着を脱がせ、両手で輪をつくって彼の腕をつかみ、彼の筋肉を確かめて、なんてたくましい人、と言うのだった。

家に向かうトラックで、彼はそのことを思い出し、彼のたくましい腕をそんなふうにして、彼女がぎゅっと押したことを思い出し、そして戦地にいたあいだに、腕はずっと太くなったこと、もう彼女の小さな手では、力こぶのまわりに輪をつくれないだろうこと、そしてそのせいで、彼の体が彼女にとって、別人の体のように感じられるかもしれないということを考えた。ほかには俺の体を別人の体のように感じる理由はないはずだ、と彼は考え、彼は負傷もしていなければ骨も折れておらず、傷跡もなければ手足を失ってもいなかった。ただ腕が非常に太くなったこと、そして以前と違って寡黙になったことくらいだった。

家に帰ることについて彼は不安で、トラックの中でずっと不安で、彼女はどんなふうになっているだろう、いまでもあそこにいるだろうか、いろんなことが以前のままであってくれるだろうか、ふたりがいままですることができないでいた、自分たちの家庭をつくっていくということに、いよいよとりかかれるのだろうか、そんなことを考えつづけ、そして雨の中、彼女が後ろに立っていて、怒鳴ることないわ、すぐ後ろにいるんだからと言い、それで万事オーケーだと彼は知ったのだった。

彼が戦地にいく前に、つまり一緒に過ごした週末に、ふたりは未来の家庭についてずいぶん話しあい、それはいろいろ話したもので、どこに住もうか、どんな仕事をしようか、子供にはどんな名前をつけようか、家具はどんなのを買おうか、買わずにつくるか、親から譲ってもらえるか。わたし、キッチンにはどうしてもウェルシュ・ドレッサーがほしいわ、と彼女は言い、指で彼の顔の骨を、意識していないみたいになぞっていて、いいなあって、ずっと思ってたの、お皿をきれいに並べて飾るのと言い、うん、それはいいな、と彼は言い、いったいウェルシュ・ドレッサーって何のことだいと、あとで人に聞かなければならなかった。

長年ふたりの家でありつづけた、ふたりの小さなフラットの入口に、コートや帽子や靴を入れる小さな戸棚があり、そこに鋤や熊手、鍬、移植ごて、麻紐一巻き、球根や小袋に入った種でいっぱいの紙袋がいくつか、始末に悪いホースを巻いたのといった園芸道具が入っている。前は市民農園の小さな物置に、道具をみんな置いていたのだが、あんまり何度も盗まれるので、彼女は農園までタータンチェックの買い物用カートに入れて引っぱっていき、また引っぱって帰ってくるようになったのだ。彼女はもう、昔ほどいろいろつくらなくなっていて、それは昔に比べ、すぐに、ひどく、疲れるからで、だからいまは畑の半分に、彼女は球根を植えている。ひと休みするときに、花の中にすわるのが気持ちよかったし、春にはときどき、花の束を家まで持ちかえって花びんに活けるのだ。うちの中がぱっと明るくなるでしょ、と彼女は言い、うん本当だ、ありがとうと彼は言い、そして彼女が畑から帰ってくるといつも、彼はやかんを火にかけて、ケーキをひと切れ切って出し、彼女は土で黒くなった手のままお茶を飲み、ケーキはナプキンにくるんで食べる。彼はけっして農園にいかず、あの園芸ってやつはどうも好きじゃなくてねと彼は言い、最初彼女が役所から畑を借りたときには、やったことがないんだと彼は言って、掘るのがね、あの掘るって仕事が俺にはたまらないんだと彼は言った。

だから彼女をひとりでいかせ、彼女がタータンチェックのカートを引いていくのを見おくって、カートのてっぺんからは鋤がつきだしていて、そして帰ってきた音がすると、彼はやかんを火にかけて、彼女はドアのわきの小さな戸棚に道具をしまう。

一階では、よく手入れした口ひげの男が、また電話をかけていて、また市役所の清掃課にメッセージを残している。もしもし、またわたしですが、と彼は言い、うちの裏庭の粗大ごみの件でさっきも電話しましたね。ちょっと知っておいてもらいたいことがありますよ、と彼は言い、あなたがた、こないだわたしに手紙書いたとき、わたしの名前のつづり間違ってましたね、Zのところでを使いましたよ。近いは近いですが、間違いは間違い、と彼は言う。こういうことは大事ね、人の名前のつづり、重要ね、と彼は言い、そして彼は受話器を置く。彼はあたりを見まわし、ズボンの上で指をぱらぱら動かして、心配なのか、興奮しているのか、それともただ、次は何をすればいいかわからず困っているのかもしれない。今日はクラブで開かれる募金集めのイベントに、あとで参加することになっているのだが、それまでは彼に何の予定もなく、そして何の予定もないことを彼は喜ばない人間なのだ。

彼はキッチンの流しの下の戸棚から、手ぼうきとちり取りをとりだして、彼は居間でひざまずき、掃き掃除をする。彼はベッドの下からはじめ、彼は部屋の中を後方へ、順序正しく移動していく。掃除が終わっても、ちり取りに泥や埃はほとんど集まっていないだろう。彼はこの小さなフラットを、まれに見るほどきれいにしていて、服は洗濯してたたんであり、皿は洗って立てられていて、ごみはごみ袋を二重にして、決められた日に外に出される。友だちが遊びにくると、そのことを論評されることがあり、みんながそれを異例なことと思うのが、彼には不思議でならない。だって、わかったもんじゃないだろ、と彼は友だちに言い、いつ召されるかわからないのに、そのとき人に、家事をきちんとできない人間として記憶されたくないじゃないか。彼と同じように考える人ばかりでないことが、彼には不思議でならなくて、人々が、通りで何気なくものを捨てるのが、彼には不思議でならない。そのことについて彼は一度、市役所の女の人に聞いてみたことがあり、みんな人にどう思われても平気なのですかと彼は言い、女の人は何と答えていいかわからないふうだった。
彼はちり取りと手ぼうきをもとの流しの下にしまい、彼は雑巾を手にとって、最初からきれいな白い木の窓枠の上を滑らせていく。ガラスがいちばんいけません、と彼は同じ女の人に言ったことがあり、車上荒らしのあとに残るたくさんのガラスのかけらね、すくなくともあれは、あなたがたきて掃除してくれませんか。これは大事なことです、と彼はそう彼女に言って、あなたわかってくれますか、通りにちらばったガラスのかけらが、わたしの年齢の、わたしのような国からきた男にとって何を意味するか。彼はそう言い、彼女は何と答えていいかわからないふうだった。

外の通りの真ん中では、双子の兄弟がまだクリケットをやっている。一方の子が、というのはつまり、苦痛に満ちた数分だけ、先に生まれてきたほうの子が、高く山なりにボールを投げて、ボールはゆるくバウンドして、それをめがけて弟が、古くて握りにひびの入ったバットを振りおろし、テニスボールははじかれて、十五番地のほうにぴゅうと飛ぶ。ボールは板を打ちつけた窓にはねかえり、前庭にぼうぼう生えた草の中にもぐってしまい、兄のほうはノーカン、ノーカンと叫びつつ、ボールを探してあたりのイバラを蹴とばしている。窓に当てたらアウトと兄は叫び、一方弟は、飛ぶようにしてふたつの三柱門のあいだを往復し、得点をかぞえている。

十一番地の前の若い男は、ボールを探している男の子を眺めていて、先のとがった鉛筆は、スケッチブックのすこし上に浮いていて、分度器や定規はわきに置かれている。髪をヘアバンドで押さえた女の子が、彼の後ろのドアから出てきて、そっと彼の頭に触れ、買い物にいくけど何か買ってこようかと彼に聞く。彼は女の子の顔は見ず、ううん、いいよ、ありがとうと言い、そう、と女の子は言い、そのままいきかけ、それから振りかえり、で、どんな具合なの、その腕試しの作品は？と聞き、彼も振りむくと女の子は彼のことをじっと見ていて、微笑んでいて、彼は描いている絵に目をやってから顔をあげ、彼は肩をすくめ、彼は微笑み、うん、まあまあと彼は言う。チョコレート買ってきてあげる、チョコレートがいるような顔してる、と女の子は言い、くるりと背を向け、彼は歩いていく女の子を見おくって、彼はふたたび、十五番地の庭で男の子がボールを見つけようと、こんがらかった雑草を蹴とばしているのに目を向ける。

十五番地の家の中では、双子の兄弟の妹がほんとにじっと立っていて、ひんやり暗い静けさのなか、あたりを見回しているところ。家には一見誰もいず、ここは何年も前、窓やドアに板を打ちつけられた廃屋で、こんな誰も知らない場所にいることに、彼女はどきどき興奮している。地下の住まいを見つけたような、秘密の庭を見つけたような、アリババの洞窟を見つけたような感じがする。ひらけ、ごま、と言ったなら、何が起こるだろうと彼女は思う。ここには前にもきたことがあり、一度だけきたことがあり、すっかり割られた裏の窓、そこに張られた板と板のあいだには、ちっちゃな隙間がひとつあり、もつれあう背の高い雑草に隠されていて、隙間のことを知っているのは自分だけのように思われて、こわいけれども、どきどき楽しくもある。彼女はそこに立っていて、目が慣れてくるのを待っていて、光は板の隙間や割れ目から、どうにか細い筋となって入ってくるだけで、彼女は冷たく湿気た空気のにおいをかいでいる。

最後にここに住んだのが、どんな人たちだったにしろ、その人たちが出ていったのが、どんな理由からだったにしろ、ずいぶんあわてていたらしく、もしかすると裏口からこっそりと、服だけ詰めた鞄ひとつと、手もとにあったお金だけを持ち、あとは全部残したまま、出ていったのかもしれなかった。ちょうどこの部屋にも家具は残っていて、棚には本が、壁には写真が残っている。時計もあって、とまっている。彼女はあたりを見まわして、誰かいるかな、飛びだしてこようとしてるかな、と考える。耳の中に自分の息づかいが聞こえ、絵の映っていないテレビの雑音みたいだ。彼女は別の部屋に移動して、彼女の想像力と興奮は、彼女をおいてきぼりにして先に駆けていき、彼女はバランスをとるみたいに両手を左右につきだして、用心深く歩を進める。

かすかな光の中、開かれたままベッドに置かれていった教科書が見え、ページの上に黴が点々と生えている。前面がふたみたいに外れたラジオが見え、線やヒューズが机の上にこぼれでて、ねじまわしが内部につきささっている。彼女は部屋から部屋へ移っていき、眺め、そして時折触れてみる。すべてが軟らかく、湿気ていて、彼女の小さな指の下でじっとりと崩れていく。レコードプレーヤーが見え、その針はいまもレコードの溝に辛抱づよくのっていて、写真が見え、壁に留めてあるのだけれど、丸まってしまって何が写っているのかはわからなくて、骨ばかりになった二脚のひじ掛け椅子の、それぞれのひじ掛けにのっけられた灰皿が見え、灰はきれいに吹きとばされて、新しい煙草が押しつけられるのをいまも待っている。

彼女は慎重に階段をのぼっていき、手は軟らかい手すりに置いて、のどをごくりといわせ、やましさと喜びとおびえを覚えている。二階の部屋も下と同じで、ただもっと湿気ていて、すこし明るいかもしれなくて、彼女にはもっとはっきり見ることができ、ありとあらゆるものが、つまり絨毯も壁も、ベッドも椅子も、レコードプレーヤーも靴も時計も灰皿も、それらすべてのものが、ゆっくりべっとり塗りたくられたじっとりした成長物により、覆われ、包まれ、隠されていて、成長物とは黴であり、苔であり、表面はかさかさの地衣であり、それらは好色な舌のように、あらゆるものをなめまわし、ものの硬い角をくるみ、床を這い、壁をのぼり、天井から垂れ、厚みを増して花を咲かせ、胞子のしぶきを飛び散らせ、どこかに未踏破の隅でもあれば、そこで繁殖を開始する。

彼女は突然身震いし、彼女は何か物音を聞き、彼女はくるりと向きを変え、じめじめした階段を足早におり、奥の部屋をつっきって、体を縮めて秘密の隙間をくぐり、頭から、ぱっと、明るく清潔なこの世の日差しの中に出て、甘い空気を吸いこみながら、彼女はめまいを覚える。

けれども、もし彼女が踏みとどまっていたならば、もし彼女が勇気を出して、暗い隅を覗いてまわり、腐りかけた扉を押しあけ、暗がりや物陰の奥にまで目を凝らしていたならば、もっともっと多くのものを発見したことだろう。

ねずみたちが、雑誌や寝具の切れはしで巣をつくっていて、そのちっちゃなピンクの目で彼女のことをじっと見つめかえすのを。こうもりたちが、ちっちゃな傘をたたんだみたいに、洋服だんすの中でぶらさがっているのを。鳩たちが、別の部屋の隅に固まっていて、つぶやいたり、ひっかいたり、すりきれた絨毯の上に糞を落としたりしているのを。レースのカーテンよりも厚く張ったくもの巣、キクイムシによって蜂の巣みたいに穴だらけにされた幅木、バスルームの洗面台で開花中の青緑色の藻類。

そして屋根裏では、というのはつまり、もし崩れかかった急な階段を彼女がなんとかのぼることができたならば、彼女は光が差しこむ状態で残された唯一の部屋を発見し、彼女は手や顔についたくもの巣をつまみとりながら、息をのんで立ちつくし、一面に広がる野の草花、ヒナゲシにフランスギク、コリアンダーが、みんな鳥の糞をかぶって生い茂り、みんな、わずかに覗いた三十センチ四方ほどの空をはっきり目指して背伸びしているのに、彼女は目を見はったことだろう。

✡

今朝、わたしたちは朝食を食べに外に出かけた。

泊めてもらったお礼にごちそうするとマイケルは言った。

わたしたちがいった店は、テーブルにギンガムチェックのビニールクロスがかけてあり、カウンターには中身がぴゅっと出せる赤と黄色の大きなケチャップとマスタードの容器が置いてあった。

店に入るとドアがじゃらじゃら鳴り、汚れた白いエプロンをつけた女の人が、すぐくるからね、と言ってキッチンに引っこんだ。

ラジオがラップの歌を流していて、歌手はマイ・ネーム・イズ、マイ・ネーム・イズとくり返しくり返しやっていて、まるで先を忘れたみたいだった。

わたしはじめてだと思うな、朝食を外の店で食べるの、とわたしは言い、すると彼は、心配しなくていいよ、こわがることは何もないんだ、何も難しいことはないからね、と言い、わたしはハハハと言った。

でももしかしたら、母さんと父さんにリトルシェフに連れてってもらったことが一度あるかも、どうだったかな、とわたしは言った。

どこかにドライブしてたのに違いないんだけど、とわたしは言い、その旅行のことを、どこにいこうとしてたのか、いつのことだったのか、わたしは思い出そうとした。

で、何にする？　と彼が言い、それでわたしはドライブのことは忘れて朝食セットを注文した。


それでお兄さんはいまどこにいるの、とわたしは聞いた。

よくわからないんだ、と彼は言った。

旅に出るとだけ言って出て、どこにいくとは家族に言ってかなかったんだ、と彼は言った。

へえ、とわたしは言って、でも絵葉書とか送ってこないの？　Ｅメールのアドレスはお兄さん持ってないの？

んー、まあ送ってこないね、そりゃときどきは、と彼は言って、彼は窓の外を見て、最後に便りをよこしたときはメキシコだったな、と言った。

ちょっと、見てごらん、と彼は言い、それで見てみると、ジョギングスーツを着た男の人がいて、ごみ箱におしっこをしていた。

その人は歌を歌っていて、ハッピー・バースデイを歌っていて、スーパーストレンクスのラガービールを缶から飲んでいた。

あの人、見たことある気がする、とわたしは言った。

その人はハッピー・バースデイ・トゥー・ミー、ハッピー・バースデイ・ディアまで歌い、そこで歌うのをやめた。

そして朝食セットが出てきて、それはおいしくて、ぎとぎとしていて、しこしこしていて、ぱりぱりしていて、しっかりした食事で、これ一食で一日もちそうなくらいで、食べているあいだ、わたしたちはあまりしゃべらなかった。

あのリトルシェフで朝食を食べたのは、両親とどこにいくときだったのか、わたしは思い出そうとした。

わたしが思い出したのは、それがまだ暗いうちに出発したドライブだったこと、後ろの座席で毛布をかけて横になっていると、白んでいく空に電線がぴゅんぴゅん飛び去っていくのが見えたこと。わたしが思い出したのは、車をとめるたびに、父さんが首をぐるぐる回して、首筋を強くもんでいたこと。

もうだいじょうぶかしら、と母さんが言ったこと。

ハギスって動物な、あれはなぜ、片側の脚二本がもう片側のより長いか知ってるか、と父さんがわたしに聞いたこと、そして母さんが、よしなさいよと父さんに言ったこと。

わたしは七歳くらいだったに違いないけれど、どこにいくところだったのかわたしにはどうしても思い出せなくて、なぜかというと、うちは夏休みにはきまって外国に、フランス、スペイン、ポルトガルといった、どこか南の国に出かけたように思ったから。

最後にお皿に残った卵の黄身を、わたしは三角にちぎったパンで拭いた。

その手はどうしたの、と彼が言った。

べつに、べつに手どうもしてないけど、とわたしは言い、わたしは手の先を丸めこみ、手のひらの傷や傷跡を隠した。

ううん、ちょっと見せてごらんと彼は言い、彼は手を伸ばしてわたしの手に触り、わたしは反射的に手を引っこめた。

あ、ごめん、悪かった、そんなつもりじゃ、と彼は言い、そして彼は最後まで言いきらなかった。

わたしは両手をひざの上に置き、つまりテーブルの下に置き、わたしは彼の目が、わたしの手の動きを追うのを見た。

わたしはひざの上で手をこすり合わせ、手はかっかと熱くて、電流の流れている柵をつかんだらこんな感じかな、とわたしは思った。

悪かった、と彼はまた言って、彼はひどい瞬きをはじめ、すると突然、そこにいるのが彼のお兄さんその人みたいに見えてきた。

わたしは彼のお兄さんのことを考えて、あの午後のこと、玄関前の段々にすわっていて、わたしの顔を見あげたこと、あのしゃべりかた、あの恐ろしい瞬間の中を移動していったあの姿を思い出した。

何ていう名前なの、お兄さん、とわたしは聞いた。

彼はわたしの顔を見て、彼は目を落とし、彼はお茶を飲みほした。

ちょっと失礼、悪いけど、どうしてもかけなくちゃいけないところがあって、と彼は言い、彼はポケットから携帯をとりだし、ドアの近くまで歩いていった。

わたしは携帯で話している彼を見て、いったい誰としゃべっているんだろうとわたしは思い、関係ないことだと思えないのはなぜだろうとわたしは思った。

窓の外を男の人が急ぎ足で通りすぎ、その人は馬鹿に大きな赤いバラの花束を抱えていて、花束はその人の頭の二倍もあって、前も見えずに歩いているんじゃないかと思うほどで、にこにこもにこにこ、大にこにこに微笑んでいて、でも通りの人は、誰も振りむいていなかったと思う。

わたしは彼のお兄さんのことを考えて、通りですれちがうとか、お店のレジでとなりになるとかして、こんにちはと言ったときのことを思い出し、なぜ名前を聞くということを思いつかなかったのかなとわたしは不思議だった。

わたしたちの通り以外の場所で出会ったときは、こんにちはとわたしが先に言うのをいつも待っていて、ちょっと横目づかいにわたしを見て、まるでわたしが誰なのか自信がないのか、それか、わたしがわかっているかどうか自信がないみたいだったことを思い出した。

マイケルが戻ってきてまた席につき、彼はテーブルに携帯を置いて、悪かったね、どうしてもかけとかなくちゃいけなかったんだ、と彼は言った。

店の女の人がわたしたちの食べおわったお皿をさげにきて、そしてわたしが自分のお皿を渡すとき、彼がまたわたしの手を見ていることに気がついた。

悪かったわ、わたしただ、とわたしは言った。

僕に関係ないことだとはわかってるんだ、でも、と彼は言った。

わたしは両手をテーブルの上に広げて出した。

ううん、べつにどうってことないんだけど、ただちょっと恥ずかしいだけ、とわたしは言った。

彼はわたしの手をじっと見て、彼の手の先がわたしの手に近づいてきて、そして今度はわたしもたじろがず、手もひっこめず、けれども彼は触らなかった。

どうして恥ずかしいの、何があったの、と彼は言った。

お皿を割ったの、とわたしは言った。

ほんとはね、わたし、お皿をあるだけ割ったの、洗わなくちゃいけなかったお皿をね、全部流しに投げこんだの、とわたしは言った。

割れたお皿をまた拾って、投げこみつづけて、あとになるまで気がつかなかったの、手を切ったって、とわたしは言った。

彼はわたしの顔を見たけれど、なぜそんなことをしたのかと、彼は聞かなかった。

その日はすごい雨が降っててね、わたし癇癪を起こしたの、とわたしは言った。


彼はわたしの顔を見た。

すごい雨？　と彼は言った。

そう、それでほら、なんだかちょっと、とわたしは言って、わたしはうまく説明できなくて、わたしはすこし声を立てて笑った。

わたしは恥ずかしかった。

そんなことを話して、自分が馬鹿みたいに見えるんじゃないかとわたしは思った。

それで、雨以外には、何かあったの、と彼は聞いた。

わたしは彼の顔を見て、わたしは手をテーブルから浮かせ、また手の先を丸めこんで手のひらを隠した。

悪かったね、わかってはいるんだ、僕に関係のないことだって、と彼は言った。

わたしは彼の顔を見て、わたしはテーブルクロスの上で彼の両手が広がるのを見て、わたしは彼に話した。

妊娠していることが、四週間くらい前にわかったのだと彼に話した。

わたしはこわくて、ぞっとして、衝撃で呆然となっていたのだと、彼に話した。

わたしは長い間誰にも話せずにいたのだと、そしてなぜそんなに話しづらかったのかよくわからないと、彼に話した。

そしてようやく母に話したとき、母は他人行儀でよそよそしかったと、そして母の本当の気持ちがわからないのだと、彼に話した。

聞いたら母は言葉を失うか、不機嫌になるか、取り乱すかするだろうと思っていたのだけれど、そのうちのどの反応も母が示さないのが、じつはわたしにとっては意外ではないのだと彼に話した。

まだ父さんにも話しておらず、父さんがもう知っているのかどうかさえわたしは知らないのだと彼に話した。

赤ちゃんを産む覚悟ができていないのだとわたしは言った。

どうしたらいいかわからないのだとわたしは言った。

そういうことをわたしはとても静かに言い、わたしは自分の言葉を聞いていて、まるでレースのカーテンの隙間から、もがき出ていく蝶々のようにして、言葉がわたしの口から出てくること自体に驚いた。

彼はいろいろと聞いてきて、指ではテーブルクロスの模様を、地図か何かみたいになぞっていた。

彼は細かいことを聞いてきて、もし僕が立ち入ったことを聞きすぎるようなら、よすように言ってくれと彼は言い、わたしはよすように言わなかった。

母が発しなかったふたつの問い、いったい誰なの？ 考えてはみたの？ を彼は発した。

わたしはスコットランドの男の子のことを話してから、それはできない、そのことはあまり考えてこなかったけど、でもいま考えたけど、それはできない、とわたしは言った。

そしてわたしがめそめそしだすと、彼はナプキン立てからとったナプキンを広げ、わたしに渡し、横を向いた。

悪かった、と彼は言い、ううん、いいの、だいじょうぶだからわたし、とわたしは言い、わたしは指にナプキンを包帯みたいに巻きつけた。

ご両親のことだけど、と彼は言い、ひょっとしたらご両親、もしかしたら君が会いにいくといいかもね、もしかしたら電話のせいかもしれない、と彼は言った。

どうかな、遠すぎて、お金ないし、とわたしは言い、すると彼は、僕が車で連れてくよ、いいだろ、僕に車で送らせてよ、と言った。

あら、そんなことしてくれる必要ないわ、わたしのために、まさかわたし、だって、とわたしは言い、すると彼は、そうさせてよ、これは君のためにするんじゃないんだから、と言った。

傷だらけの手をした男の娘が、自分の家の玄関前にすわっていて、女の子は通りの向こうを眺めていて、向こう側の家の男の子が三輪車をこいでいるのが見えていて、男の子は歩道の上をこいでいて、男の子の父親が後ろについて歩いていて、水の入った背の高いグラスを手に持っている。男の子は十七番地の前までこいでいき、そこで敷石の上に両足を引きずって三輪車をとめ、そして男の子は父親の顔を見て、指をさす。

父親は玄関ドアまで歩いていって、大きな音を立ててノックする。父親は背の高いやせた男で、骨ばった手をしていて、ごく短いひげを生やしている。もう一度彼はドアをドンドン叩き、双子の兄弟はクリケットの試合を中断して見物する。

ドアの取っ手が動き、父親は背筋を伸ばし、グラスをつかんだ手にすこし力が入る。ちょっと待ってください、またつかえちゃった、窓のほうに出ますと声がして、父親は草ぼうぼうの前庭に踏みこんでいく。窓に顔が覗き、それは白シャツにネクタイの男の子で、彼のシャツはいまではしわくちゃになっていて、彼はたったいま起きたような顔をしていて、彼は日の光に目を細め、何でしょう、と彼は言う。

父親は一瞬何も言わず、父親は若い男のことを見て、それから父親は若い男の顔めがけ、グラスの水を浴びせかける。

ばかやろう！　と父親は言い、大きな声できびきびと言い、そして父親はくるりと向きを変え、自分の家まで歩いて戻る。息子はハンドルを握ったまま、立って歩いて三輪車をUターンさせ、父親のあとを追いかけて、通りの真ん中の双子の兄弟は、叫んで、笑って、指をさす。

若い男は双子に目をやり、彼は片手で顔を拭い、彼は口がきけずにいて、彼は窓を閉め、廊下に出て奥の寝室へと向かい、心当たりがないか考えている。

彼は背の高いやせた女の子の横の、床の上に寝ころがり、もう一度掛けぶとんの下にもぐりこむ。女の子は彼の顔を見て、眠そうに片方の眉をつりあげて、目のまわりには点々とまだキラキラが残っている。この女の子の顔を見ただけで、女の子が口を開きもしないうちから、彼は気分がすこしよくなる。誰だったの、と女の子は言う。ひげの男、と彼は言う。僕のこと馬鹿野郎って呼んで、コップの水を顔にかけてった、と彼は言い、彼のまぶたは重りがついたみたいに落ちていき、もう彼は眠っている。そう、と女の子は言い、女の子はもうすこし話そうとするけれど、いま何をしゃべっていたのか、もう思い出せない。

何て言ったの、とベッドに寝ている女の子のひとりが聞き、けれども答える者は誰もなく、ベッドの女の子は目を閉じて、表のどこかから叫び声が聞こえている。

屋根裏の自分の部屋で、豊かな黒い髪をした若い男が、もう一度お金をかぞえていて、これは勝てるという手札のように、お金を扇の形に広げ、紙幣に印刷された女王の顔が、みんな同じほうを向くようきちんと並べ、それを自分の顔に近づけて持ち、彼はうす汚れた紙のにおいをかぐ。一千ポンドの甘い香りだ。彼は窓から通りを見て、父親が車を洗っているのを見て、今日の午後、父さんはどんな反応を示すだろうと考えて、父親が、それのまわりをぐるりと回り、ポケットからとりだした白いハンカチを、広げて顔に押しあてて、またハンカチをたたみなおし、なんだこれは、うそだろう、と言うところを想像する。

彼は通りの先を見て、カーステレオの律動が聞こえてこないか耳を澄まし、父親が、知らなかったぞ、すこしは出してやれたのに、言いさえすりゃあ、と言うところを想像する。

彼はひとりでにんまりする。父親は息子が免許をとったことも知らないのだ。彼はお金をまた財布に押しこんで、財布をまたズボンのポケットにつっこんで、顔を鏡に映して念入りに見る。外ではまた叫び声がして、それは双子の金切り声で、彼は髪をなでつけ、父さんよ、今日は息子を誇りに思うぜ、本当だぜ、と彼は思う。彼は握ったこぶしにキスをして、階段を走っておりていく。

通りでは、双子の兄弟が、まだ歓声をあげて笑っていて、通りをいったりきたり走っていて、イングランドチーム相手に決勝の六点打を放ちでもしたようなはしゃぎようで、ばかやろうばかやろうと、たがいに向かって歌っていて、兄のほうはバットを頭の上で棍棒みたいに振りまわしている。

おい、君、そんなに振りまわしちゃ危ないぜ、そのうち人の頭を割っちゃうぜ、な？　と大きな声がして、男の子が振りかえると、十二番地の若い男が大股に歩いてきて、にやにやしていて、バットを引ったくろうと手を伸ばしていて、その豊かな黒い髪はジェルできれいに固めてある。僕がイムラーン・カーンになる、と彼は言い、だめだよ、僕がイムラーン・カーンなんだと双子の兄が言い、だめだよ、僕がイムラーン・カーンだよ、と三人の中でいちばん年下になる男の子が言う。僕がイムラーン・カーンになる、と若い男はもう一度言い、君が投手で、君が捕手だと彼は言い、彼は双子の兄弟のそれぞれを指でさす。

　弟のほうが、はげちょろのテニスボールを手に持って、通りをとことこ走っていく。僕アクラムね、と弟は肩越しに叫び、弟は立ちどまり、弟はくるりと向きなおり、弟はボールを右手から左手へ、左手から右手へと移している。

　頭をさげ、弟は助走に入る。

　兄のほうは、三柱門に見立てた牛乳ケースの後ろにしゃがみ、はじかれたボールがきたら飛びかかり、勇敢にキャッチしようと身構える。

　ワジーム・アクラムは跳びあがり、腕を肩の上に振りあげて、全身を三柱門に向かって弓なりにして、口から気合の叫びがほとばしる。

　ボールはゆっくり山なりで、イムラーン・カーンの前でバウンドして、これをカーンは一歩踏みこみ痛打して、ボールは振りむくアクラムの頭を越えて、大きな道路のほうへと飛んでいく。どうだっ、六点打！　と彼は叫び、双子の弟のほうがボールを追ってとことこ走っていって、バスの前をつっきって、とめてある車の下に滑りこんでボールを拾う。

　道路に出たらアウトだよ、と捕手は言い、手をバットに伸ばしつつ、だから六点にならないよ、バットかして、と捕手は言い、若い男はバットを高く持ちあげて渡さない。いや、君の番じゃない、今度は君がいって投げるんだ、と彼は言い、捕手がバットをとろうとぴょんぴょん跳ねて、彼はさらにバットを高くする。

若い男の父親は、家の前で車を洗っている最中で、父親は顔をあげ、父親はバケツに入った温かい石鹸水にスポンジを浸しつつ、おい、あんまりいじめるな、と声をかける。若い男は顔をあげて父親を見て、彼はバットを下にさげ、声を立てて笑いつつ、ふざけてただけさ、と彼は言い、双子の弟のほうからボールを受けとって、でもな、イムラーン・カーンは僕だからな、と彼は言う。

父親はその様子を眺めつつ、すでにぴかぴか光っている車の屋根に、石鹸水のスポンジを押しつける。父親は映画のテーマ曲を口笛で吹いていて、屋根の奥に手を届かせようと伸びあがったとき、シャツのすそが泡の上にだらりと垂れてぬるま湯を吸う。父親は一歩後ろにさがり、泡はぷくりぷくりふくらんで、じゅじゅじゅじゅといい、ぽんぽんはじけ、なんだかラメを散らした肌をナイトクラブで見ているようだ。

手を火傷した男の娘は、十六番地の玄関前の段々にすわっていて、男の人がバケツでもって、車の上にきれいな水をかけるのを眺めている。水が車の屋根を滑っていって、汚れた泡を追いかけて、窓のガラスを流れていって、ざあざあ路面に落ちるのを眺めている。豊かな黒い髪をした男の子が、双子の兄弟の片方に向かってボールを投げ、双子の兄弟の片方がボールを打ち、ボールが高々とあがって十八番地のほうへ向かっていくのを眺めている。

とれるぞっ！　と三人のクリケット選手、イムラーンとアクラム、ユーニスが叫び、玄関前にすわっていた充血した目の男の子は空を見あげ、ぽんと手を合わせて捕ったのは温かな空気だけで、ボールは頭上を越えていって鈍い音を立てる。充血した目の男の子は拾おうと振りむいて、手をぶつけてボールを転がしてしまう。男の子は追いかけようと立ちあがり、誤ってボールを蹴とばし、ようやく拾って投げかえし、ボールは三選手の誰のところにもぴたりとは届かない。ありがと、といちばん年上の選手は言ってから、双子の兄弟のほうに向きなおりつつ、下唇の内側に舌をつっこんで、目を寄らせ、兄弟はくすくす笑って真似をする。

充血した目の男の子は紙とペンをとってまたすわる。彼は弟に手紙を書いていて、先週のことだけど、彼女が荷物を車に積みこんでいるのを見て、たくさんの箱や鞄、それにフロアスタンドまで積んでいるので彼女が出ていくのだと思い、あんまりがっかりしてどうにかなりそうだったけど、結局、出ていったのは彼女の友だちだった、と書く。彼はちょっと考えて、それから続け、僕が引っ越す前に、彼女ときちんと話したいといまでも思っているのだけど、そして僕が確かめたいのはつまり、と書き、そのあとに点、点、点と点を打ち、彼は続けて、でも、彼女の友だちが越したのなら、彼女もきっと出ていく年のはずで、今日は八月最後の日だから、僕は機会をつかみそこなったようだ、と書く。彼は目をこすり、痛む目をしばたたき、彼は続けて、何と言えばいいのか僕にはどうしてもわからなくて、ほんとに情けない話なんだけど、でもわからなくて、と書いて顔をあげ、双子の兄弟がまだ彼のことを笑っているのに気がつき、そこで手紙を持って家の中に引きあげる。

車が一台、通りの奥の端から現れて、牛乳ケースの前でクラクションを鳴らし、それはウィンドーが色つきガラスでホイールキャップがぴかぴかの車で、それは中から、ばどぅーんばどぅーんと騒々しい音楽の聞こえてくる車だ。いちばん年上の男の子が手をあげて、ボールは双子の兄弟に投げかえし、彼は車まで歩いていって、なかの人間ひとりひとりと順に堅く握手する。じゃあ、と彼は父親に声をかけ、しかし父親は彼のほうに向かって歩きだしていて、そこで彼の友だちは車から這いだし、ひとりずつ彼の父親と握手して、はい、父は元気です、はい、母も元気です、はい、どうもありがとうございます、もっとも偉大なるアラーよ、と言っていて、それから四人で車に乗りこみ、そして父親は、車が大きな道路に向かって走っていくのを見おくって、父親の前を通るとき、ほんのつかのま、黒っぽいウィンドーの向こうで長い煙草に火が点けられるとき、炎がぱっと燃えあがり、息子の顔が照らしだされる。

二十四番地の二階では、女の子が机に向かってすわっていて、車が通りすぎるのを眺めていて、たったいま車に乗りこんだ男の子、その前にクリケットをしていた男の子のことを、見覚えがあるなと考えていて、話したことがあるけれど、いつだったか思い出せないなと考えている。車が曲がって大きな道路に出ていくのを彼女は眺めていて、双子の兄弟がクリケットを再開するのを眺めていて、向かいの老人が窓枠のペンキ塗りをしているのを彼女は見て、彼女は上に目を移し、連なる屋根の上の空高く、クレーンがつきでているのを見て、いったいあそこで何を建設しているんだろうと思い、彼女は目を細め、机の上の勉強に戻る。机を窓のわきに置いたのが失敗だったことは彼女にもわかっていて、明るいのはいいのだけれど、外に見るものが多すぎて、気を散らされることが多すぎて、そしていまの彼女に気を散らしている暇はない。彼女はもう一冊の教科書を開き、三本セットのフェルトペンのふたをすべてとり、彼女はもうひとつ図を描いて、それは血管と神経終末、細胞組織の入り組んだ精密な図で、彼女は説明の言葉を書きこんで、下線を引き、懸命に理解に努める。

外の、二十二番地玄関前の段々では、ふたりの女の子が、通りを飛んでいく一羽の鳩を眺めていて、鳩はくちばしに葉っぱを一枚くわえている。この鳩のことを、ふたりはいままでしばらく眺めていて、そのことで言い争いになっている。ふたりが気づいたのは、鳩は戻ってくるときは、何も運んでいないのだが、店のほうに飛んでいくときは、葉っぱや小枝、紐などの、何かをくわえこんでいるということだった。

きっと巣をつくっているんだよ、ほかに考えられないじゃない、と眼鏡の女の子が言っていて、まだタータンチェックのパジャマ姿の女の子は、でも鳩が卵を産むのは春って決まってるじゃない、巣づくりなら半年くらい前のはずだよ、と言う。

頭が混乱してるのかもしれないよ、と髪の短い眼鏡の女の子は言い、冬眠から覚めるはずのときに寝すごしたのかもしれないよ、と言い、するともう片方の女の子は、鳩は冬眠しないと思うけど、と言い、お茶も淹れたいし、電話もかけたいからと家の中に入っていく。

眼鏡の女の子は鳩を眺め、彼女はその短い髪をそっと引っぱって、寝癖を直すために引っぱって、彼女ははじめて気づくのだが、鳩は頭を前に伸ばし、脚は丸い腹の下に引きこんで、翼は風をとらえるよう注意深く角度をつけて、その姿の何と美しいこと。

通りの反対側、二十三番地では、髪の毛の多い、両腕をずうっと下まですりむいた若い男が、黄色いサングラスをかけた若い男と言い争っていて、着火剤がいるよ、着火剤がなくちゃ点きっこないよと言っている。黄色いサングラスの男の子は、新聞紙を丸めたのをいくつか、レンガの上にのせた錆びた金属トレーに落とし、丸めた新聞紙の上からぱらぱらと草や小枝を散らし、いーや、だいじょうぶさ、まあ見てなって、うまくいくからと彼は言い、紙や枝を重ねた中に黒い炭をいくつかもぐらせ、新聞紙の隅に火を点ける。見てな、と彼は言い、そしてふたりは小さく丸まる炎を見つめ、紙は黒くなっていき、煙がよじれて立ちのぼり、蒸気が草の先から細い筋となって出る。

小枝は煙を出してぱちぱちはじけ、燃えた紙は黒焦げになって崩れていき、煙は濃くなり螺旋を巻いて、ふわりふわりと二階の窓へと向かい、ゆがみながら、曲がりながら、さらに上を目指し、ひとつかみほどの煙はとなりの屋根裏の窓から中にするりと落ちて、刺青の男がそのかすかなにおいをかぎ、ベッドに身を起こしてあたりを見まわし、残りの煙はさらに遠くへ漂っていき、静かな通りの上空の、どこかでばらけ、薄くなり、消えていく。

彼はギアを変える。

彼のこと、考えることない？　と彼は言う。

誰のこと？　とわたしは言い、その男の子のことだよ、スコットランドの、考えることない？

と彼は言う。

ううん、あんまり、とわたしは言う。

わたしはそのことについて考えて、あの男の子とあの晩のことを考えて、するとあるイメージが頭の中を通りぬけ、イメージというのは肌と歯と手ばかりで、それがわたしのお腹の中に引っかかり、ちょうど服がドアにはさまったみたいで、それでわたしは目を閉じる。

男の子の家のドアをノックする自分をわたしは想像し、つまり、あの街の急坂になった側を長い時間かけてのぼり、息を切らして男の子の家の前に立った自分を想像する。

男の子の顔に浮かぶ困惑、喜び、気恥ずかしさをわたしは想像する。

男の子が片手をドアにつき、もう片方の手をドア枠について立つ姿をわたしは想像し、男の子の体はあいだにVの字みたいにはさまっていて、男の子の不安は年金生活者のドアチェーンみたいだ。わたしは男の子の首のにおいを思い出す。

あんまり考えないな、何て言うか、それだけのことだったの、とわたしは言う。それ以上のことじゃないの、たまたまそんなふうになっちゃっただけのことで、とわたしは言う。彼は小さなボタンを押して、すると洗浄液がフロントガラスにぴゅっと飛びだし、その一部は風を受け、もがきながら左右に散っていく。

でも、また彼のところにいって、また、そのときみたいになりたいと、一度も思ったことないの？　と彼は言う。

彼はワイパーのスイッチを入れ、ワイパーはきしりながらいったりきたりして、やがて洗浄液は拭いとられる。

自分のこと彼はいまごろどう思ってるかなって、考えたことないの？　と彼は言う。それから今度のことがわかったとき、話したら彼、いったいどうするだろう、って考えなかった？　と彼は言う。

わたしは彼の顔を見る。

あのさ、もうなんか別のこと話さない、とわたしは言う。

悪かった、僕はただ、何て言うか、と彼は言い、彼はダッシュボード中央の空気の吹き出し口をいじくっている。

暑すぎるかな、と彼は言う。

空調、変えようか、と彼は言い、彼は吹き出し口を左から右に向きを変え、かちりとダイアルをひと目盛り回し、手のひらを吹き出し口の上にかざして、吐きだされてくる空気を確かめている。

ただ、僕はそういう立場に立ったことがないものだからね、どうなんだろうなって、ちょっと思っただけなんだ、それ以上の意味はなかったんだ、と彼は言う。

わたしは彼の顔を見て、すると彼の目はぎゅっと閉じては瞬きしていて、彼のお兄さんの目とそっくりだ。

お兄さんはわたしのこと何て言ったの、とわたしは聞く。

あいつが知っていることは何でも言ってきたよ、と彼は言い、たいして知ってたわけじゃないみたいだけど、と彼は言う。

どんな顔をした人か、どこの学科で勉強しているのか、どんな服を着る人か、あいつは書いてきたよ、と彼は言う。

どんな微笑みかたをする人か、どんな声をした人か、どんな人たちと住んでるのか、店で見かけたとき、買っていたポテトチップは何味だったか、眼鏡を外すと、どんなに違った顔になるか、腕に触られたとき、どんな感じがしたか、あいつは書いてきたよ、と彼は言う。

お兄さんの腕に触った覚えはないけど、とわたしは言う。

うん、そうだろうと思った、と彼は言う。

わたしたちの車はトラックを追い越し中で、トラックは荷台の幌をたたんでいて、わたしは荷台の骨組み越しに畑と空を見つめ、巻いた絨毯の輪切りみたいな、干し草のかたまりが点々と散らばっていて、地平線の上では鳥たちが、大きく横に広がったV字をつくって飛んでいる。

彼が言っているのがどういうことなのか、わからない。

僕の兄はね、ときどきちょっとだけ妙なことをすることがあった、って言うか、あるんだ、と彼は言い、それどういうこと、とわたしは聞く。

いや、ちょっとした妙なことをね、たとえば一度なんか、その週に君が着た服全部のリストを送ってよこしたりね、それがほんとに細かくてね、色に素材に形、それからその服が君に似合っているかどうかとか、君の表情から察して着心地がよさそうだとか悪そうだとかね、と彼は言う。

彼はわたしの顔を見て、別にね、薄気味悪いようなんじゃなくてね、病的に執着してるとかじゃなくてね、あいつがやるのはただ、何て言うのかな、観察でね、と彼は言う。

そのころ、あいつは君にプレゼントを買いたいと思っててね、と彼は言い、それであいつ、間違ったものを買いたくなかったんだ。

彼は運転席側のウィンドーをほんのちょっとだけ下げ、すると薄い板のような空気が入りこんできて、わたしたちふたりの前を吹いていく。

いろんなものを集めるようなこともあいつはしてね、と彼は言い、通りで見つけたものをね、たとえばレジのレシートとか、学生の落としたルーズリーフとか、雑誌から破りとられたページとか、あるときなんかあいつ、車の割れたウィンドーの破片をいっぱい持って帰って、それでネックレスをつくったんだ、と彼は言う。

都会のダイヤモンドだってあいつは言ってた、と彼は言う。

あいつはガラスケースをひとつつくってね、と彼は言い、それで、裏の路地で見つけてきた使い捨てられた針を一列に並べてね。

それからね、家に持って帰れないもののときは、そいつの写真を撮るんだ、と彼は言い、そんな写真でいっぱいのアルバムを、あいつ何冊も持っていたんだ。

何もかもが無視され、失われ、捨て去られるのが嫌なんだってあいつ言ってた、と彼は言う。

自分は現在を掘りおこす考古学者なんだってあいつ言ってた、と彼は言い、彼は言ったその言葉に声を立てて笑い、ラジオをつけ、わたしは何と言ったらいいのかわからない。

男の子のバンドの曲がかかっていて、それは何年も前の曲で、ホエン・ウィル・アイ・ビー・フェイマスと歌っていて、クレイグとマットとルークはいまどうしてるんだろうとわたしは思う。

ねえ、教えてよ、お兄さんの名前、とわたしは言う。

彼は何も言わず、彼は肩越しに後ろを確かめ、追い越しをかけ、ラジオの局を変える。

面白そうな人だね、もっとおしゃべりするようにならなかったのが残念だな、とわたしは言う。

でもおしゃべりしたんだよ、君たち、あのパーティーで、と彼は言い、彼はわたしの顔を見て、すると後ろの車がクラクションをばあーっと鳴らし、それはわたしたちの車が横に流れてとなりのレーンに入ったからだ。

彼は車を立てなおし、目は路面から離さずに、悪かった、と彼は言う。

気にしないで、とわたしは言い、何のこと？　パーティーって、いつの？　とわたしは言う。

君たちがふたりともいったパーティーがあるんだよ、と彼は言い、あいつはそのこと書いてきてね、君たちはその晩、ふたりでおしゃべりをして過ごして、あいつは君のことを送って帰って、でも君はあんまり酔っぱらっていたもんだから、その晩のこと忘れてしまったんだ。

そんなの覚えてないなあ、とわたしは言い、そしてわたしは考えて、わたしは思い出そうとしてみるけれど、だめだ、ほんとに思い出せない、とわたしは言う。

彼は何にも言わず、彼はラジオのボリュームをすこし大きくして、シートを調節し、道はわかってる？　地図見る？　と彼は言う。

わたしは地図を見て、わたしはウィンドーの外を見て、景色には見覚えがあり、街の端に向かって畑が上り坂になっていて、街はずうっと左の奥のほうにある、この配置に見覚えがあり、わたしはもう一度地図を見る。

でもわたし、お兄さんに会いたいな、お兄さんが帰ってきたらだけど、とわたしは言い、お兄さん会ってくれると思う？　とわたしは言い、すると彼は、うん、とすごく静かに言い、会いたがると思うよ、帰ってきたらだけど、と言う。

わたしたちの車は次のジャンクションで高速をおり、わたしは会話のなかに道の指示を滑りこませるようになる。

変だと思うかな、と彼は言い、兄が、ほら、君のこと兄が思ってたって僕が言ったこと、と彼は言う。

わたしはちょっと考えて、この次のラウンドアバウトで左、とわたしは言う。

わたしたちは大型ショッピングセンターの前を通りすぎ、見ると車が一列になって、がらんとした駐車場を横切っていて、なんだか大草原をいく幌馬車の列みたい。

んー、そうね、そのときはね、とわたしは言い、言われたときはちょっとびっくりした、まさかそんなこと言われると思ってなかったから。

この信号は真っすぐ、とわたしは言う。

重い言葉だから、思ってるっていうのは、とわたしは言い、何て言うか、ちょっと恥ずかしいな、とわたしは言う。

悪かった、困らせるつもりはなかったんだけどね、君に言っておきたかったんだ、君がどう思うか知りたかったんだと彼は言い、でもわたし、どうにも思えないな、お兄さんのことよく知りもしないんだから、悪いけど、とわたしは言う。

そうだよね、そうだろうね、と彼は言う。


このパブを左、とわたしは言い、車はぐんと曲がってわたしが昔住んでいた公営住宅団地に入っていき、ぼろぼろになったスピード防止帯をつんのめるようにして乗りこえていき、わたしはウィンドーをおろし、するといろんなことがどっと流れこんできて、この土地が、土地のにおいが、土地の感触が、子供のころに起こった細々したことが押しよせてくる。

あのちっちゃなラウンドアバウトで右、とわたしは言い、すると自転車から落ちて眼鏡を割ったこと、新しい眼鏡の代金ぶんになるまで母にお小遣いをとめられたことをわたしは思い出し、商店街が切れたところで左、とわたしは言う。

ちょっと聞いていい？　とわたしは言い、いいよ、と彼は言ってラジオを切り、なぜこんなことしてるの？　とわたしは言う。

電車賃がないって言ってたから、と彼は言い、ううん、そのことじゃなくって、とわたしは言う。なぜ、あなたはいまここで、お兄さんのことわたしにいろいろ話して、わたしの気持ちを聞いたりしているの？　あなた、どうしたいと思っているの？　とわたしは言う。

彼は車をとめ、そのとめかたは突然で、彼はわたしの顔を見て、まいったな、悪かったよ、動揺させるつもりはなかったんだ、と彼は言う。

動揺はしてないけど、とわたしは言い、わたしはただ、妙なことしてるなあとは思うし、こんなことあなたがしている理由が知りたくて、とわたしは言う。

わからないんだ、と彼は言い、彼はわたしの顔を見て、理由は自分でもわからないんだ、と彼は言う。

あいつは君がさびしそうな顔をしている、なのに自分にはどうしてあげることもできない、って言ってた、と彼は言う。

車はわたしが昔通った小学校の前を通りすぎ、左、とわたしは言い、もう一度左、とわたしは言い、すると車は角を曲がり、わたしの両親の家、わたしの家の前に出る。

わたしは乗せてもらったお礼を言って、一杯お茶を飲んでいけばと彼にすすめる。

ありがとう、でもいいよ、と彼は言い、たぶんご家族だけのほうがいいだろうから、と言い、彼は泊まるところの電話番号をくれて、帰るときになったら電話して、と彼は言う。

もしよかったら、だけど、と彼は言い、その、嫌じゃなかったら、だけど、と彼は言い、わたしはにっこり微笑んで、もちろん嫌なんかじゃないよ、とわたしは言う。

彼の車は離れていって、わたしは後ろから手をふって、そしてわたしは自分の家の前に立ち、そのままちょっと立っている。

わたしはお腹を見おろして、傍目にわかるのかな、とわたしは思う。

わたしにはもう、いつもと違った感じがあり、お腹の上に両手を置くと、ふくらんでいるのが感じられ、その張った感じは、ぴちぴちのドレスを着ているときに深呼吸したみたいで、人は見てわかるのかなとわたしは思う。

父さんは見てわかるかな、とわたしは思う。

わたしはドアの呼び鈴を鳴らす。

ごんごんいう音が、通りをはさんだ向かいのドアから聞こえてきて、音はドアの内側からしているのかもしれなくて、どうしたのかなと彼は顔をあげ、彼というのは手を火傷した男のことで、彼はひび割れた甲羅のような顔を持ちあげて、何の音か確かめようとする。

音は十七番地の家からで、どんどんいうのは木と木がぶつかる音で、ドアの取っ手がひきつるように上下して、ごんと音が一回するたびに、ドアが外に向かって押しだされ、ドアは恋に落ちたバグスバニーの心臓みたいに、ブンバ、ブンバいっている。きっとドアがつかえたんだ、暑いときにはあることだから、こういう古い家で、家主が手入れを怠っていると、と彼は心の中で思う。

音がやむ。ドアを、ドアの取っ手の輝きを、真昼の日差しで熱くなりつつあるドアの取っ手の金属を、彼は見る。

それからドアの横にある、上げ下げ式の窓が突然ぐいと開けられて、サッシがきいきいきしり、開いた口からひょろりとした若い男が這いだしてきて、ちょっとの間、レースのカーテンが男の顔にかかったのが、花嫁のかぶるベールのようで、男は通りに現れて、店のほうに大股に歩いていく。男は片手を目にかざし、ぎらぎらする太陽に目を細め、しわになった白いシャツの襟をひっぱる。双子の兄弟の一方が、投球に入る助走を中断し、ばしゃばしゃびっしょり！　と声を張りあげ、でも若い男は相手にしない。

手がめちゃくちゃになった男は、前庭の椅子に腰かけていて、レースのカーテンが、開きっぱなしの窓をふわりふわり出たり入ったりするのを眺めている。

ふたりの結婚式の日に、彼女がかぶったベールは白く、ちょうどあのカーテンのようだった。ベールはすべすべして、シルクだったのかもしれなくて、彼女が息をするときに、ベールが顔から浮かびあがるのが、なんだか羽のようだった。もう何年も前のことだけれど、ふたりの結婚式の日は、ずいぶん昔のことだけれど、でも、ついこのあいだのことのようにも思われる。

彼女がベールをあげたとき、彼女の顔に浮かんだ表情は、あの喜び、あの誇り、あの魂の美しさ、あれはまるで昨日のことみたいだ。

彼女の顔、あれは美しかった。

彼女の手、あれは美しかった。

彼女の肌、それはすべすべで、透きとおるようで、しわひとつなく、彼女にそっと触れられると、体の上を水がちろちろ流れるような感じがした。彼女の手にはよく顔をなでられたもので、それは夕食の前にひげを剃らせるかどうか決めるためで、そして彼女になでられたあとは、一日のあいだにくっついた埃が、皮膚からさっぱりと拭いとられたように感じたものだ。

彼女は背が高く、力が強く、髪の毛を頭の後ろにきっちりと巻いていて、体の秘密の場所何箇所かに複雑な絵を彫りこんでいた。彼女は素晴らしい女性だったが、彼女が助かるためには、それでは足りなかった。彼は深く彼女を愛していたが、彼女が助かるためには、それでは足りなかった。お願い、あなた、と彼女は大きな声で、ドア越しに、閉じたドア越しに、彼を呼んだ。お願い、あなた、わたしのこと助けられない？　と彼女は声を張りあげた。彼は彼女のところにいかれなくて、彼女が助かるためには彼では足りなかった。

ドアがつかえていて、それは熱のせいで、ドア枠に収まったドアの木が膨張して、ドア枠は小さすぎて、それはひどく暑い日の結婚指輪のようだった。

あのときは本当にひどく熱かった。

あなた、わたし熱い、わたし息ができない、お願い、こっちにこられない？　と彼女は言った。

ドアのペンキが溶けはじめ、ぷつぷつ泡立ち、泡はふくらみ、そのペンキに触るたび、皮膚をナイフで切られるような、骨をナイフで刺されるような感じがした。ドアの取っ手の金属は、そこに触れた彼の手をバターのように溶かし、斧が木にめりこむように彼の皮膚にめりこんで、彼は熱い空気と有毒なペンキを肺に吸いこんで、死ぬと思ったけれども死ななかった。彼は、死ななかった。

うそ、うそ、どうなってるの、と彼女は言った。

彼は庭で木製の折りたたみ椅子に腰かけていて、彼というのは手を火傷したこの男のことで、太陽は輝いていて、娘は通りでよその女の子と遊んでいて、彼はいい気分で、しかし彼はいい気分ではない。

白シャツにネクタイの若い男が、買ってきたものの詰まった袋をぶらさげ、通りをゆっくりと、跳ねるような足どりで帰ってくるのを彼は眺める。袋は赤と白の薄いビニールで、なかには牛乳が一パイントに紙パックのオレンジジュース、ポテトチップが何袋か入っている。開けっぱなしだった窓に若い男がまたもぐりこんでいくのを彼は眺め、手のひらからはがれかかった皮膚をなめて手のひらに貼りつけ、若い男がふたたび現れて、玄関ドアの取っ手をいじくるのを彼は眺める。若い男はドアを肩で押し、取っ手をがたがたいわせ、ドアのいちばん下を蹴っとばす。若い男は郵便受けに手を入れて、ドアを揺すぶる。

椅子にすわった男は片手を口もとに持っていき、うそ、うそ、このドア、どうなってるの、と妻が言ったのを思い出す。

若い男はドアから一歩ひいて立ち、若い男は振りかえる。顔が赤くなっていて、汗をかいている。若い男は椅子にすわった男に気づき、ふたりは目を合わせ、若い男は、いや、まいったよ、というように顔をしかめてみせ、椅子にすわった男はその返事に、ゆっくりひとつうなずいてみせる。

熱くて、わたし息ができない、できないのよ息が、お願い、うそ、うそ、わたしのこと助けられない？　あなた、お願い、と彼女は言った。

若い男は向きなおり、片足を高くあげ、ドアを蹴りこみ、そのとき両腕があげられて、両手が握りしめられて、全身の力が勢いよく、もつれあいながら、一本の脚に流しこまれ、ドアはぐるりと回転して開き、若い男は勢いあまって薄暗い玄関ホールに飛びこんで、床に倒れたような音がする。

椅子にすわった男はじっと見て、彼はじっと動かない。彼は彼女のことを思い出し、どうなってるの、このドア、お願い、こっちにこられない？　お願い、このドア、と彼女は言った。

彼の娘がスキップをして通りすぎ、彼女の靴は歩道でこつこつ音を立てていて、彼女は歌を歌っていて、通りすぎるとき、彼女は顔をあげて父親を見ようとはしない。

十七番地のキッチンでは、しわくちゃで汗まみれの白シャツの若い男が、やかんに水をくんで火にかける。彼はまあまあきれいなマグカップを一列に並べ、ティーバッグをひとつずつ落としていく。

目のまわりにラメを散らした背の高い女の子がキッチンに入ってきて、さっきの音、何だったの？　と言い、女の子のスカートはぐるっとよじれていて、ほとんど横を向いていて、ほほには枕の跡のしわがある。あれはね、僕がドアを蹴ってたんだと彼は言い、そうなの、なんで？　と女の子は言い、開かなかったからさと彼は言う。やかんのお湯が沸き、彼は並べたマグカップにお湯を注ぎ、くんくんにおいをかいでから、ミルクをお茶に足していき、どう、気分は、と彼は言い、最低、と女の子は言う。みんなもう起きた？　と彼は言う。わかんない、と女の子は言い、頭もんで、と女の子は言い、女の子は椅子に腰かけて、彼の両手をとってひっぱりあげ、自分の頭皮に持っていく。彼は髪のあいだから指を入れ、指先を回すようにして、ひねったり、押したり、ちょうど温かいパン生地をこねて発酵させるみたいにして、んー、いい気持ち、と女の子は言う。手足の爪に色を塗った背の低い女の子が入ってきて、そのお茶、もらっていいの、さっきの音、なんだったの、と言う。ドアが動かなくなっちゃって、蹴って開けなきゃなんなかったんだ、と男の子は言い、そうなの、と背の低い女の子は言い、彼、どこいっちゃったんだろ、と背の低い女の子は言う。どっか出かけたんだろ、部屋にはいなかったよ、と彼は言い、そう、彼だいじょうぶかな、昨夜ちょっと様子が変だったけど、と背の低い女の子は言う。マグカップのお茶から、ティッシュペーパーみたいな薄い湯気が、回転しながらのぼっていくのを背の高い女の子は眺め、その湯気が日の光に照らされて、蒸気のひと粒ひと粒を見ることができ、それは空気より軽く、全体で螺旋をつくり、ちょうど鳥の群が向きを変え、太陽目指して飛んでいくみたいで、ちょうど小さな滝をひっくり返したみたいで、それはいたずらっぽい動きで、背の高い女の子は、途中に手をかざしたら、くすぐったいかななどと想像して、あー、すこし気分よくなった、と言う。

じゃ、朝食にするかい、と男の子は言い、彼はふたたび椅子に腰かけ、自分の髪に手を通す。うん、お腹すいてないから、と背の高い女の子は言い、お腹がちょっと、と背の高い女の子は言い、そこで口ごもって考えてから、ちょっとピンボケなの、と言い、かすかな微笑を浮かべてみせる。手足の爪に色を塗った背の低い女の子が、わたしチョコドーナツが食べたいな、チョコドーナツ買いにいこうよ、外の塀にすわって食べようよ、そのお茶もらっていいの、と言う。

すさまじい音を立ててドアが開き、眉にピアスの男の子が入ってきて、あの糞ガキども、片方のやつには近いうち一発かましてやる、と言う。みんなが男の子の顔を見る。このお茶、もらっていいのかな、と男の子は言い、男の子は椅子に腰をかけ、マグカップのひとつをテーブルの向こう側から手前に引きよせて、一瞬、背の高い女の子の首が、紐に引っぱられたみたいに横を向いたのは、湯気の螺旋を目で追ったからだ。男の子は紙袋をテーブルの真ん中に置く。

いま、頭の後ろにボールぶつけられたんだ、あいつらに、と眉にピアスの男の子は言い、絶対わざとだ、あの糞ガキどもめ、と言い、そして糞ガキどもめと言うときに、片方の手のひらを、もう片方の手の甲でぴしゃりと打つ。眉にピアスの男の子は大きな声で早口にしゃべっていて、あいつら、今朝、窓から水鉄砲を撃ってきて、俺のこと起こしやがったんだ、あの子猿どもめ、でもやり返してやった、あいつらずぶ濡れにしてやった、と言い、そこで言葉を切って息をつき、まわりのみんなは眉にピアスの男の子の顔を見て、キッチンにまた静けさが広がって、それはちょうど列車が通りすぎたあとみたいだ。

白シャツの男の子は、ひげの男からコップの水を顔にひっかけられたことを思い出し、ばかやろう、とひげの男が言ったときの、きびきびとした、怒った口調を彼は思い出し、おまえ何したって言った？　と彼は言う。

やり返してやったのさ、上の窓からやつらの頭に水ぶっかけてやったんだ、と眉にピアスの男の子は言い、そう聞かされたとたん、もう片方の男の子の顔に、そうだったのかという表情がじわじわと広がりはじめる。

あ、忘れてた、チョコドーナツ買ってきたんだ、と眉にピアスの男の子は言う。

外では、十五番地の庭の塀にのってバランスをとりながら、双子の兄弟の妹が、手の痛む男の娘を相手にしゃべっていて、あのね、わたし天使が見えるんだ、とこともなげに、まるで、夕食は魚のフライだったのと言うみたいに言い、髪に結んであった黄色いリボンを彼女はとって、それを黄色い包帯みたいに指に巻きつける。年下の女の子は彼女のことを下から見あげ、どこで？　と言うけれども、ささやくような声になってしまう。

それはね、そのときによるの、わたしの部屋にきてベッドのまわりにすわってることもあるの、窓から入ってきてね、ママが開けっぱなしにしておくとね、とリボンを持った女の子は言う。天使って、ほんとに小さいの、と彼女は言い、彼女はリボンを指からほどきはじめる。天使って、どんなことするの、と年下の女の子は聞き、その声は今度も弱々しくて、息が漏れていて、年上の女の子は、天使はね、輝くの、と言い、とってもとっても明るい電気みたいに、顔が輝くの、と彼女は言い、それから歌うこともあるの、礼拝のときの導師みたいなの、ただ声は女の子の声なの、と彼女は言い、年下の女の子はくすくすくす笑い、その小さくて清潔な手を口に押しあて、ひょこっと首をすくめ、くすくす笑う。

それからね、と年上の女の子は言い、天使は飛びまわることもあるの、ぐるぐるぐるぐる、こんなふうにね、と彼女は言い、彼女はリボンを宙に旋回させ、バトンガールになったみたいで、リボンの先がくるくる回り、彼女の頭のまわりにいくつも円を描いていて、幼い女の子はくすくす笑い、けれども年上の女の子は真面目な顔をしている。しーっと彼女は言い、彼女は人差し指を口に当て、ほら、聞こえる？　と彼女は言い、幼い女の子は顔をあげ、あたりを見まわし、ぽかんと口を開ける。どこ？　どこにいるの？　と幼い女の子は言い、幼い女の子は前後左右を確かめる。天使ってほんと見えにくいの、と年上の女の子は言い、天使ってほんとに小さくて、それにいまはきっとお日様の光が強すぎるんだわ、天使って昼間は見えにくいの、と言う。

彼女はさっと首をひねり、それはまるで通りすぎる車を見るみたいで、ほら見えた？　と彼女は言い、ひとりいたのよ、ほんとに速かったわ、あなた見えた？　と彼女は言い、年下の女の子は首を横に振る。

年上の女の子はしゃべりつづけ、もういっちゃったみたい、と彼女は言い、天使ってじっとしてることもあるんだけどね、そのときは天使ってすごく用心しなくちゃいけないの、なぜって本当には地面についちゃいけなくって、ついちゃうと死んじゃうの、でもとまらないと人に話しかけられないでしょ、だから天使はこうするの。

彼女は左右に腕を広げ、リボンは片方の手から凧の尾みたいにだらりと垂れて、そして彼女は左の足をあげ、すこし前に体を傾けて、それから左足を後ろにつきだして、つま先立ちになろうと頑張って、ぐらつくたびに黄色いリボンにさざ波が走る。

こうすればね、天使も安全なの、と彼女は言い、なぜって本当には地面についてなくって、それに人に話しかけるのにはこれで十分なの、と彼女は言い、そして彼女は大きくぐらついて、塀から落ちる。年下の女の子はむつかしい顔で、天使って、どんなことを言うの？　と聞く。

とくに何ってことはないけど、と年上の女の子は言い、リボンをまた指に巻きつけて、いろんな人たちのこととか、天使に見えるもののこととか、と彼女は言う。天使でいるってどんな感じなのかも教えてくれるの、と彼女は言い、聞くとほんとに素敵そうなの、わたしもいつかなってみたい、と彼女は言う。

それから天使って話すときはね、耳にそうっとささやいてくるだけなの、ほかの人に聞かれないようにね、と彼女は言い、それで耳にくっついてくる天使の口がね、濡れた感じなの、溶けたアイスクリームみたい、と彼女は言う。天使に言われたんだけどね、と彼女は言い、ひび割れの上には立っちゃいけないって、立つとね、体が落ちてって、土の中にはまっちゃって、二度と出てこられないって。

あのね、と彼女は言い、人が死ぬとね、天使が全員でね、夜、その人のおうちにいって、屋根のすこし上で輝くんだって、天使がいっぱい、いっぱい集まってね、それで天使たち、すごく明るく輝くから、鳥たちがさえずりはじめるんだって、昼間だと勘違いしてね、でも天使たちはほんのちょっとのあいだしかいないし、真夜中だし、だから誰にも見ることができないの、天使は人に見られるのが嫌なの、おまえは見ることができてついているってわたし天使に言われた。

年下の女の子は何も言わず、あたりを見まわしつづけていて、通りの先のほう、後ろのほうを見とおして、舗装路をぴゅんぴゅん行き来する明るい光を目で探し、つま先だけで地面に立っていないかと目を凝らす。

年下の女の子に見えるのは樹木、そして空、そして家々、そしてクリケットをしている男の子たち。

母はスコットランド人で、父さんはそうじゃなくて、だから自分は半分スコットランド人ということになるんだなと、昔から思ってはいるけれど、かといって実感はない。

わたしはこれっぽっちだって訛っていないし、オートミール粥は食べたことがないし、子供時代のことを話してくれる母と並んで、濡れたヒースの荒野を浮かない顔をして歩いたこともない。

わたしがスコットランドにいったのは祖母の葬式のときだけで、イングランドに比べると自然のままのスコットランドの景色、イングランドと比べると広く感じられるスコットランドの空を目にしたのはそのときだけだった。

そうしたことについて母がしゃべったり、そういうところにいこうと母が提案したりした記憶がわたしにはなく、母に訛りがあったという記憶もわたしにはない。

ときどきは、母がひどく怒ったときなどに、訛りの名残を耳にしたことはあり、たとえばノーティがドティと韻を踏むように発音されるとか、ガールの中で巻き舌のRが響くとか、本片づけなさいというときの、ブックスのKにかぶせて唸るような音を出したりとかはあったけど、でもたいていは、母の言葉には特徴がなく、用心深く無色透明の発音になっていた。

母がスコットランド人であるという事実、その母の血をわたしも受けついでいるという事実は、まるで秘密のように扱われ、隠すべきこと、否定すべきことのように扱われ、なぜそうなのか、昔からわたしには理解できなかった。

わたしは一度母に聞いたことがあり、そのとき母は、わたしが何を言っているのかわからないふりをした。

母は話題を変え、もうボーイフレンドはできたかと聞いてきて、それで口論がはじまって、母に最初何を聞いたのだったか、わたしは忘れてしまったのだ。

母は頭がいいのだ、そんなふうに。


というわけで、血統の算数をおこなえば、わたしの子供は四分の三スコットランド人ということになるのかなと思うけど、それがどういう意味を持つのかはわからない。

わたしはお腹に手を当てて、わたしの体の中で進行中の、細胞と細胞の結合を想像し、肉がふくれあがっていき、皮膚が張っていき、手足や指が形づくられていくところを思い描く。

わたしの体が突然また空っぽになったところをわたしは想像し、泣き叫ぶ赤ちゃんを、さあさあ、ママよ、と顔に押しつけられているところを想像する。

わたしの赤ちゃんの最初の言葉をわたしは想像し、するとその言葉には、スコットランド訛りはない。

そのことについて、ひょっとして自分はやましさを覚えるのかな、とわたしは思い、わたしの子供が受けついでいる血について、親として教える責任を感じるのかな、夏休みには、子供を連れてスコットランドにいくのかな、とわたしは思う。

あっちに住んでもいいかもしれなくて、長い夜と激しい雨と美しい風景を持つあの北の国に住んでもいいかもしれなくて、そうすれば、肺の中にはきれいな空気を、言葉には強い訛りを、土地には深い愛情を持つ子供が育つことだろう。

将来いつか、子供と一緒にアバディーンにいってもいいかも、あのウエイターの男の子を探しだしてもいいかも、そうすれば子供に向かって、ほら、おまえの体の細胞の半分は、この人からもらったんだよと言うことができるだろう。

気がつくと、頭の中でまた家族合わせをはじめていて、一瞬わたしの中に、彼のにおい、彼の感触、わたしたちが過ごした短くて快くて完璧な時間がどっと流れこんでくる。

そしてわたしはそのイメージを、シャツについた口紅、壁に書かれた落書きみたいに、わたしの頭からこすり落とす。


わたしはそんなことを考えながら、昔住んでいた家の居間にすわっていて、わたしは父さんがテレビを見ているのを見ながら、キッチンで母ががちゃんがちゃん騒々しい音を立てているのを聞いている。

お茶を淹れてきましょうと母は言ったけれど、でも本当は、部屋を出ていきたかっただけなんだとわたしには思えて、なぜならもう三十分にもなるのに、お湯の沸く音が聞こえてこないからだ。

わたしは母に彼のことを話し、アバディーンの男の子のことを話し、すると母の他人行儀は、まるで大風にあおられておちょこになった傘みたいに、見事に裏返った。

母の顔はさっと熱く赤く輝いて、母が手を口に押しあてる直前に、このふしだらなズベ何とかという言葉が、はあはあいう息にまじってたしかに聞こえてきたとわたしには思え、そしてその言葉全体がはっきりと訛っていて、母はすぐに顔をそむけた。

母はわたしの顔を見ず、それでそのあと、その男と一度でも話したことあるの、その男は連絡をとってきたの、と言った。

彼はわたしの電話番号を知らないし、わたしも彼のを知らないのだと、わたしは母に言った。

じゃあ、それっきりなのね、相手を選ばない行きずりの恋、一夜だけの関係で、それなのに何の用心もしなかったの、と母は言い、用心という言葉、プリコーションをオウシャンと韻を踏むように発音した。

もうやめて、ママ、とわたしは言い、わたしは恥ずかしいことをしたとは思ってないし、ママに謝るつもりもないの。

でもママ、とわたしは言い、わたし、ママの助けがいるの。


わたしがそう言うと、母はわたしの顔を見て、そのとき母の表情が和らいで、気持ちが通じたんだとわたしは思った。

あら、でもあなた、もう自立した一人前の女なんじゃなかったの、と母は言った。

わたしは母の顔を見て、わたしは自分のジャケットをひざの上にたたんで抱えていて、まるでお腹を隠しているみたいなことに気がついた。

それともお腹を守っているのか。

ひとりで立派に生活して満足しているんじゃなかったの、と母は言い、そして母の顔が、ばたんとドアが閉まるみたいに突然、こわばった。

何と言えばいいのかわからなかった。

わたしは父さんのほうを見て、けれども父さんは、音のない画面をじっと見つめていて、指で椅子のひじ掛けをひっかいていた。

いくら必要なの、と母は言った。

ママ、お金のことを言ってるんじゃないの、とわたしは言った。


しばらくは誰も何も言わなかった。

わたしは天井を見あげ、わたしはたくさん瞬きして、わたしはぐっと唾を飲みこんで、わたしの目は潤んできて、わたしは目が潤むのが嫌だった。

次に口を開くとき、声が震えたら嫌だとわたしは思った。

父さんはテレビのボリュームをまた上げはじめ、けれども母に睨まれて、また消した。

それでどんな人だったの、その若者は、と母は言い、会ったら父さんや母さんが気に入るような人？　と母は聞いた。

もちろん若い人だったんでしょ、そうよね、と母は言った。

そうだよ、ママ、とわたしは言って、若い人だったよ、わたしよりちょっと若かったんじゃないかな、とわたしは言った。

するとお母の唇がきゅうっとすぼまり、母の胸がふうっとふくらみ、わたしは急に嫌がらせが言いたくなって、でもね、会っても気に入らないと思うな、特別面白い人じゃあなかったから、とわたしは言った。

あんまり頭のいい人じゃなかったから、とわたしは言い、ただ声が素敵なの、それから目も素敵、それから体がとてもよくて、だから、とわたしはそれ以上は言わずに宙に漂わせ、ちょうど煙草の煙を母の顔に向かって吹かすような感じにした。


そのあと母はお茶を淹れにいき、母の自制心はすこしも失われず、母の心の平衡は体操選手顔負けで、そして父さんは、キッチンの戸棚の扉がばたんばたんいいだすのを待ってから、テレビの音を大きくした。

父さんはこの日も、たくさんあるボクシングのビデオのうちの一本を見ていて、わたしは前に見た覚えのないものだったけど、とはいっても、どれを見てもわたしには同じに見えて、男がふたり、四角く張ったロープの中にいて、ざらざらした白黒の映像で、こぶしが顔にめりこむだけだ。

父さんは、自分は太りすぎの運動不足のくせに、ものすごいボクシングファンで、知識と独断と情熱にあふれている。

子供のころは、えんえんとボクシングの話を聞かされたもので、父さんの話はわたしの頭の上を素通りして、そのあいだわたしは、ファッションデザイナーになった未来の自分を思い描いていた。

わたしはいま、父さんの顔を見ていて、父さんの目は、ボクサーの足さばきのように画面上を踊っていて、父さんの顔はテレビの光を受けて輝いている。

あれを見ろ、と父さんは言い、この試合知ってるか、アリ対テレル、テレルはな、アリのことをカシアス・クレイという昔の名前で呼びつづけてな、アリなんてやつは知らないね、とテレルは言ってな、でもわかるかい、アリにとっちゃ、クレイという名前は奴隷の名前なんだ、白人みたいな名前だからな、そんな名前はアリは嫌なんだ、と父さんは言う。

ボクシングの話をするときは、父さんの顔が生き生きして、声だって、いつもとは違うところから出てくるみたいだ。

ほら、見ろ、と父さんは言い、とっくにノックアウトできてるのにしないんだ、テレルのやつにアリという名前を言わせたくてな、見ろ、何回も聞いてるだろ、またパンチして、また聞いてる、ほら。

わたしは目をやり、テレビからはモハメド・アリの声が歌みたいに響いてきて、俺の名前は何だ？　俺の名前は何だ？　と聞いていて、その問いから流れだす激しい怒りが注ぎこまれ、パンチは火炎びんのように炸裂し、持ちあげたふたつのこぶしが岩を砕くハンマーみたいで、俺の名前は何だ？　俺の名前は何だ？　と歌っている。


お父さん、お父さんもわたしのこと悪い人間だと思う？　とわたしは聞く。

お母さんはおまえのこと、悪い人間だなんて思ってないさ、と父さんは言い、お母さんはただ、お母さんには時間がいるんだ、と父さんは言う。

こんなことになるとはお母さん、思ってなかったんだ、と父さんは言う。

こんなことになるとは、わたしだって思ってなかった、とわたしは言う。

わたしは父さんの顔を見て、わたしは父さんに聞いてみたくて、今度は父さんも正直に答えてくれるように思えて、でもお父さん自身はどう思う？　とわたしは聞く。

父さんは息づかいを荒くして、父さんはぎゅっと額をつかみ、わからないよ、おまえ、と父さんは言う。

おまえはすごく運が悪かったと思うよ、と父さんは言う。

おまえはいくつか難しい決断をしなけりゃならないと思う、と父さんは言う。

でも俺は、時間がたてば平気になるよ、と父さんは言う。

でもお母さんは、とわたしは言い、お母さんも時間がたてば平気になると思う？

父さんはリモコンを手にとって赤いボタンを押し、すると画面から絵が消えて、それでわたしは気づくのだけど、父さんがそんなことするのを見たのははじめてだ。

お母さんのことはすこし大目に見てやらなくちゃいけない、と父さんは言い、口で何か言ったからって、それがお母さんの本心とは限らない。

おまえは頭のいい娘だ、と父さんは言い、だが、おまえにわかっていないことだってあるんだ。

父さんはいま、わたしの顔を正面から見つめていて、体を前に乗りだして、静かにしゃべっている。

おまえのおばあさんが死んだとき、お母さんは一週間ぶっとおしで泣いたんだ、ぶっとおしでだ、と父さんは言う。

お母さんが泣いたのはほっとしたからなんだ、と父さんは言い、それまで鍵のかかっていたドアが開いて、やっと外に出られたみたいだったんだろうな、これでわたしも安心できるって、お母さんは俺にそう言ったんだ。

父さんはすこし間を置いて、そのお腹の中の子な、そいつが生まれたら、自分はみんなに喜んで迎えられた神様からの贈り物だってこと、ちょっとでも疑わせちゃいけないぞ、聞いてるか？　と父さんは言う。

わたしはうなずき、父さんは椅子の背に体をあずけ、父さんは疲れた老人に見えた。

父さんはまたビデオを見はじめ、わたしは父さんのことを見て、光が、青く、白く、父さんの疲れきった顔の上で光るのを見る。

アリがぬーとカメラを見おろして、それは世界の頂点に立つ有頂天の男で、俺は鰐と取っ組みあったこともある男だ、と言っている。

わたしは父の顔、わたしのパパの顔のしわを見て、それは長い一年が経つたびに一本一本刻まれてきたもので、これまでずっと自分は何も知らないできたんだとわたしは思う。

わたしは両手の親指を父さんの顔に当て、そのしわをみんな伸ばして消したく思う。

モハメド・アリはつま先立ちで踊ってみせ、俺はあんまり速いから、ハリケーンの中を走っても濡れないんだ、と言っていて、二十以上ものカメラとマイクがアリを取り囲み、笑い声をあげ、アリの言葉にうっとり聞きいり、アリの名前を連呼している。

怪力男のわたしの父は、この何十年のあいだ母のことを両手で差しあげてきた。

わたしは父のところにいって、父のことを赤ちゃんのように抱いてあげたい。
わたしはソファーにすわったまま、母がキッチンで動きまわっているのを聞いている。
母が階段をあがっていくのが、ゆっくりとあがっていくのが、聞こえてくる。

彼は玄関ドアを開け、彼というのは二十番地一階に住む、よく手入れした口ひげの男のことで、彼は締めている蝶ネクタイに手をやって、昼の表に足を踏みだす。彼はちらりちらりと通りの左右に目をやって、二十五番地の壁にはしごが立てかけられているのを彼は見て、リボンを持った幼い女の子が、向かいの塀の上でバランスをとっているのを彼は見て、どちらが打つ番か、双子の兄弟が言い争っているのを彼は見る。彼は上のほうに目をやって、通り何本か隔てた建物の上、建設用のクレーンが首をつきだしているのを彼は見て、彼の心臓はすこし強く打ちはじめ、けれども彼は微笑んで、そちらに向かって歩きだす。

今度のことを申し込み、名前を紙に書いたとき、クラブで言われたことを思い出し、本当にいいんですか？　そのお歳で、とあのとき言われたことを思い出す。言われた彼は微笑んで、用紙のてっぺんに記された標題を指さして、ここに何と書いてあります？　と、思いとどまらせようとする若い女性に彼は聞き、すると視力の弱い人に読んであげるみたいに、女性は標題を読みあげて、退役軍人および寡婦のための募金イベントと書いてあります、と女性は言った。ならば、と彼は女性に向かって言って、わたしは退役軍人でありません、戦争のころ若すぎて、兵隊とられませんでした、だからわたしのような年齢の男に、そんなこと言ってくれないでください、そんなこと言ってもらうにわたし若すぎます、と彼は言った。この人たち、と彼は言い、退役軍人という文字を指でとんとんついて、この人たち、わたしのため、そしてあなたのため、尽くしてくれました、それ忘れてはいけません、と彼は言う。このころには女性は黙ってしまい、きまり悪そうに顔を赤らめていて、彼は悪いことをしたと思っていた。このくらいのこと、と彼は言い、このくらいのことするの何でもありません、このくらいのこと目つぶってもやれます。そこで彼は言葉を切ってあたりを見まわし、飲みかけのグラスを手にとって、やるとき絶対目つぶってやりますね、と彼は言い、するとクラブのみんなは声を立てて笑い、若い女性は彼の顔を見て微笑んだ。

彼はいま、あのときのことを思い出し、あのときの自分に満足し、くすくすひとりで笑っていて、彼は通りを歩いていき、女の子がふたり、お茶を飲みながら雑誌を読んでいる前を通りすぎ、男の子が靴をごしごし洗っている前を通りすぎ、まだカーテンが全部閉まっている家の前を通りすぎ、通りの端まできて大きな道路を渡り、そして彼の姿は見えなくなって、彼が出ていったことに誰も気づかない。

十七番地では、彼らは庭の塀に腰かけて、チョコレートドーナツを食べていて、彼らは口をもぐもぐさせて話していて、眉にピアスの男の子がしゃべっていて、でさ、そいつをさ、いいものだって本当に思ってるやつがいたなんて思えないんだな、そこが問題でさ、いいものだなんて誰も思ってなかったんだ、と言っている。自分でもわかってるけど、俺だってそうだったし、売っているほかの人間もみんなそうだったし、会社のお偉いさんたちだって、印刷業者だって、あちこち飛んでまわって肝心の写真を撮ってくるパイロットたちでさえそうだったんだ、と言っている。

黄色いリボンを引きずった女の子が、彼らの前をゆっくり通りすぎ、十九番地のドアを押し開ける。彼女は玄関ホールでちょっと立ちどまり、壁紙の模様を指でなぞり、それから彼女は居間にふらふら入っていく。そこには彼女の両親と祖父母がそろってすわっていて、みんなでテレビを眺めていて、今日の午後、小さな低気圧の帯が北上します、とジョンが言っていて、部屋の中の人たちはみんな黙っている。女の子の母親が顔をあげ、母親はみんなの邪魔にならないように小声で話し、あら、外でお兄ちゃんたちと遊べばいいのに、と母親は言い、女の子は、だってクリケットしてるんだもの、入れてくれっこないもの、女はだめだって言うんだもの、と言い、しゃべりながら、女の子はあとずさりして部屋を出ていこうとする。そんなことないって言ってやりなさい、と母親は言い、やっていいってお母さんが言ったって言ってやりなさいと母親は言い、女の子はふらふら部屋を出ていって、後ろに引きずったリボンが舟の通った跡みたいだ。

外に出て、兄たちがクリケットをしているのを彼女は見つめ、彼女は目をそらし、彼女は兄たちの横を真っすぐ通りすぎる。となりの家の、庭の塀に腰かけた、背の高い女の子が彼女に気づき、こんにちはと声をかけ、しかし幼い女の子は、聞こえなかったふりをする。

背の高い女の子は、自分の目を銀のポケットミラーに映して見ている。彼女の目は潤んでいて、油を浮かべたみたいで、ラメはもうとれていて、目のまわりの肌は腫れぼったく灰色をしている。

そこに小指でちょんちょんクリームを塗り、肌にすりこみ、彼女は体をびくんとさせる。塀の上、自分の横に彼女は鏡を置く。鏡には女性雑誌の名前が彫りこまれている。彼女は目薬の容器を手にとって、頭をのけぞらせ、彼女の顔に日が当たる。

眉にピアスの男の子がしゃべっていて、それでさ、最悪だったのは毎晩さ、その日何人の客に売りつけたか、みんなで自慢しあわなくちゃいけなくてさ、どうするかっていうと、ひとつの部屋でみんな立ったまま、その日売った数によって決まった楽器を弾くわけ。彼らの後ろの玄関口に、ふたたびもうひとりの男の子が現れて、アイロンをかけたばかりのシャツのボタンを留めている。

何の話？　と彼は背の高い女の子に聞き、この人の仕事の話、と女の子は振りむきもせず、あまり興味もなさそうに言う。

二十三番地の庭では、髪の毛の多い男の子が、ほかのもの使わなくちゃだめだよ、そんなんじゃ炭に火は点きっこないよ、ライター液か何か使ってみろよ、と言っていて、彼はライターのレバーを押しさげて、糸のようになって滴りおちる液体を、焦げた新聞紙と炭の上からふりかける。黄色いサングラスをかけたほうの男の子は、それでいいよ、もういいよ、やってみよう、と言い、サングラスの男の子は火を点けて、すると柔らかな青い炎が輪をつくり、冷たい炭を突然、ちょっとのあいだだけ包みこみ、サングラスの男の子はびくっと身を引く。

十七番地の玄関口では、白シャツの男の子が、巻いて持っていたネイビーブルーのネクタイを、伸ばして首にひっかける。背の高い女の子が、そうね、でもすくなくとも外で働くことができたわけでしょ、わたしなんか夏のあいだじゅう、ずっとうちにいたんだから、と言い、眉にピアスの男の子は彼女の顔を見て、それで何してたの、と聞く。

彼女は頭を後ろに傾けて、もう一滴ぽつんと目に垂らし、いろんな雑誌についてたおまけをね、べりべり破りとってたの、と彼女は言う。眉の男の子は彼女の顔を見る。

彼女は忙しく瞬きしてあごを下げ、毎日ね、窓のない部屋にすわりこんでね、雑誌のおまけをべりべり破りとってたの、そしたら雑誌を回収に出せるでしょ、と彼女は言う。眉にピアスの男の子は彼女の顔を見て、何も言わずにいる。

白シャツの男の子はネクタイを締め、僕の黒い靴見た？　と女の子に聞く。

見ない、と女の子は言い、そして彼女は振りかえり、ネクタイ曲がってるよ、と女の子は言う。

眉の男の子も振りかえり、そんなにめかしこんでどこいくんだい、と聞き、おしゃれな男の子は、新しい仕事なんだ、住宅ローンの会社でね、電話相談の対応、と言う。

眉にピアスの男の子は、片方の手のひらを、もう片方の手の甲でぱしんと叩き、のどの奥から大きな音をしぼりだす。ったく、俺たちの親はものをつくって生活費を稼いだんじゃなかったのか、と眉の男の子は言う。


二十二番地の、玄関前の段々では、ブロンドの髪を短くした、四角い小さな眼鏡の女の子が、二十四番地の男の子がスニーカーを洗っているのを眺めている。男の子は玄関前の段々に腰かけていて、男の子の両手は、お湯に洗剤を溶いた洗面器の中で格闘していて、まるで靴が逃げだそうとしているみたいにばしゃばしゃ動きまわっていて、なぜあんなにむきになって、汚れを落とそうとしているんだろうと彼女は思い、洗剤の泡が空中にきらきら輝くのを彼女は眺め、それは粉々にしたガラスをひと握り、宙に放ったみたいに見える。

通りの反対側、二十三番地の庭では、腕をすりむいた、髪の毛の多い男の子が見まもるなか、もう片方の男の子が、もう一度、紙と枝と炭のピラミッドを注意深く組み立てて、両手で風をさえぎりながら火をつける。そりゃそうと、その黄色いサングラスはどうしたんだい、と髪の毛の多い男の子が言い、いったいどこで手に入れたんだいと言い、もう片方の男の子はサングラスを外し、それを眺め、「お年寄りに愛の手を」かどこかの通販でね、と言い、かけてみな、と言う。それを彼はかけてみて、腕をすりむいた、髪の毛の多い男の子はかけてみて、もう片方の男の子は、店のおばさんが言ってたけど、昔はそういうの、精神病の患者に配ったらしいよ、気分が明るくなるとか何とかいって、と言う。髪の毛の多い男の子は通りを見まわし、にやにやして、彼の見るものすべて、濡れたような奇妙な黄色になっている。彼はサングラスを外して返し、どうかしてるぜと彼は言い、彼は目をこすり、まるで残った黄色を拭きとろうとでもしているみたいだ。ふたり同時にバーベキューのほうに目を戻し、するとちょうどそのとき、くすぶっていた紙と枝のピラミッドがまた煙を出すのをやめてしまい、腕をすりむいた、髪の毛の多い男の子が、ちくしょう、俺、店までいって着火剤か何か買ってくる、と言う。もう片方の男の子は、まあ、待てよ、と言い、けれども言って振りむいたときにはもう、髪の毛の多い男の子はスケートボードを拾いあげ、片足をのせて歩道に出ている。もう片方の男の子に見おくられ、彼は片足で地面を蹴って加速して、両ひざを曲げ、でこぼこした敷石をウィールはがたがた越えていき、彼は両手を左右に小さく開き、十七番地の前を通りすぎるとき、ボードを車道側に傾けて、体重をいっきに移動して、後ろ足をぐんと踏んばる。

それをみんなが眺めていて、十七番地の前にいる人たちも、二十二番地の女の子ふたりも、手を火傷した男も、車道にいる双子の兄弟も、黄色いサングラスをかけた男の子も、みんなが眺めているなかで、彼の体は歩道から宙に浮き、足の下のボードも振り子のように飛びだして、彼は突然身をかがめ、ボードの、絵の入った裏面を片手でつかみ、次の瞬間、ウィールはふたたび路面を打ち、その勢いに乗ったまま彼は真っすぐ店のほうに向かっていく。

三輪車に乗った男の子は漕ぐのをやめて、三輪車はゆっくりとまり、男の子は振りかえり、スケートボードが通りすぎるのを眺め、男の子の口はぽかんと開いて、たったいま見たものを男の子は理解できずにいて、あとで男の子は母親に話そうとすることになるのだが、そのとき男の子はどんな言葉を使えばいいのかわからなくて、男の子が何を言おうとしているのか母親は理解できなくて、だから母親は男の子の髪をなで、男の子にジュースを一杯持ってきてやることになる。

スケートボードの男の子はひょいと飛びおり、店の中に姿を消して、二十四番地の玄関前の男の子は、またスニーカーをこすりはじめ、となりの家の女の子は、またこの男の子のことを見る。

あの、ごめんなさい、と彼女は言い、男の子は顔をあげ、男の子の手はとまり、ごめんなさい、でも何やってるの、こんないいお天気の日に、そんなことしなくてもいいんじゃない、と彼女は言い、片手をつっこんだ靴を男の子は持ちあげて見せ、靴からしずくが滴りおちて、なんだか指人形がお風呂からあがったところみたいで、白いつま先についている、胎児のように丸まった濃い茶色の染みを男の子は指でさす。こいつをとろうとしてるんだ、と男の子は言い、このスニーカー、新品で、こいつがここに残っちゃうのは嫌なんだ。

何の染み、カレーのルーか何か？　と女の子は聞き、男の子は微笑んで、違うんだ、と男の子は言い、そうじゃなくて、昨夜出かけたんだけど、一緒に出かけたやつがよその男と口論になったんだ、と男の子は言う。男の子は濡れたスニーカーを下に置き、彼女のほうに向きなおり、彼女にもっとよく聞こえるように、男の子は彼女のほうにすこし身を乗りだす。面倒なことになりそうだとは思ったんだけど、と男の子は言い、でも帰れなかったんだよ、一緒にいったやつからグラスを持っててくれって渡されて、どこにも置き場所がなかったもんだから。

額の汗と洗剤の泡を、男の子はTシャツのすそで拭き、あっと思ったときにはさ、相手の男がそいつの鼻の肉、がぶってかみちぎってね、信じられなかったよ、そこいらじゅう血だらけでさ、と男の子は言い、それでいま、スニーカーの汚れがとれなくて苦労してるってわけ、と男の子は言う。眼鏡をかけた女の子が、あの音なに？　と言い、ふたりは振りむき、ふたりは耳を澄まし、ふたりは顔を見あわせる。

ふたりは耳を澄まし、するとどこからか地響きのような音が聞こえてきて、それががたがたいう音になり、ちょうど、ドラムンベースをやっているクラブの窓みたいにがたがたいって、ふたりには何の音かわからないけれども、どうやら大きな道路のずっと先から聞こえてくるらしく、ふたりは立ちあがり、ふたりは見やり、なんだかタイヤをつけていない自動車が、丘を走りおりてくるみたいな音で、双子の兄弟はクリケットを中断し、通りの端まで駆けていき、手を火傷した男まで、立ちあがってそちらを見やり、もう音はすごく大きくなっていて、誰も口をきくことができなくて、

ごろごろがたがたぐらぐらぐらり、そして金切り声が、ひゃっほーが、いいぞいけーが聞こえてきて、そして

そして十二脚の椅子が通りの先をごろごろと過ぎ、それは背もたれが人間工学にのっとって設計された、台座の回転するオフィスチェアで、それが急坂になった大きな道路を滑ってきて、十一脚の椅子には乗り手がしがみつくようにしてすわっていて、舗装路の路面をちょんちょん足でついて舵をとろうとがんばっていて、励ましの言葉を叫びあい、転倒を覚悟して身構えていて、一脚だけ空の椅子がいちばん後ろからついてきて、それが障害物競馬のグランド・ナショナルの、騎手を振りおとした馬みたいで、そして彼らはいなくなり、音はたちまちか細くなって、そして通りの人たちは、振りむき顔を見あわせて、目をしばたたき、いったいあれ、と言い、それからさっきまでしていたこと、おしゃべりすること、お茶を飲むこと、ドーナツを食べること、仕事に出かける身支度をすること、クリケットをすることにまた戻る。

通りの先に二階建てバスがとまり、ドアが開き、二十番地の老夫婦が覚束ない足取りでおりてくる。運転手さん、ありがとう、と老人は言い、振りかえって帽子に手をやろうとしたその目の前で、ドアはぱたりと閉じられる。バスが動きだしたとき、二階席の窓の隙間から、小さな男の子が首をつきだし、痰の混じった唾を吐き、それはしぶきとなってふたりにかかり、同時に子供たちの甲高い笑い声が湧きおこる。

老婦人は夫の顔を見て、夫の体が、ぴんと張った綱のようにこわばるのを感じとり、老婦人は夫の腕をぎゅっとつかみ、老夫婦はバスに背を向けて歩みさる。

ふたりで通りを歩いていき、老婦人は何も言わずに黙っていて、老婦人は何も言う必要がなく、何も言ってほしくないと夫が思っていることを、老婦人は知っている。

老人は胸ポケットからハンカチをとりだして、どろりとした紐のような唾を袖から拭い、その赤いシルクのハンカチを、注意深く折りたたみ、体から離して片手で持つ。

三輪車の男の子が頭をさげたまま、がらがらとふたりに向かってつっこんでくるが、ふたりはわきにのいて見事によける。

老人は落ち着いて歩いていて、背筋はいつもどおり伸びていて、呼吸の音はすこし大きいけれど、表情は平然としたままだ。

老夫婦はふたりの家の玄関を目指して通りを渡り、君たちふたりの、どちらがイアン・ボサムなんだい、と老人は聞き、けれども彼の声は小さくて、彼が言っているのが誰のことなのか、双子の兄弟にはわからない。

そしてふたりが建物の中に入ってドアを閉めたとき、そのときはじめて、わたしが何をしたというんだ？　あの子たちのことは見もしなかった、と老人は言う。わかってるわ、あなた、わかってる、と妻は言い、妻は夫の腕をとり、ふたりは階段をのぼっていく。

そして老人は、コートをかけるフックの並ぶ前に立ち、帽子をとり、扉の開いた戸棚の中に鋤と熊手が見えていて、彼はこれまで妻にしゃべらずにいたことどもを考えて、窓敷居の上に立てかけられたメダルのことを考えて、妻が市民農園からひとりで歩いて帰ってくることを考える。

彼は振りむき、妻が廊下からキッチンに入っていくのを眺め、戦地から戻ってきて最初の数ヶ月、数年のことを思い出し、あのころ妻に、なんだか知らないけれど話してちょうだい、隠さずにわたしにも教えてちょうだいと頼まれたこと、言葉は強くなかったけれど、懇願されたことを思い出す。彼はハンカチを持ってバスルームに入っていき、お湯の蛇口の下でそれをすすぎ、絞ってはまたお湯を含ませ、やがてハンカチは湯気を立てはじめる。

彼が妻に何も話さなかったのは、話すことが何もなかったからだ。戦争にいって何をしていたのと聞かれても、何もしなかったのだから答えようがない。何年にも及んだ訓練と準備、何日にも及んだ緊張と、海峡を渡る船の中での恐怖、その挙句、彼は何もせず、話せるようなことは彼には何もなかった。彼はヨーロッパを半分ほども移動して、それが終わるとまた引きかえしたのだが、どういうわけか戦争は彼を素通りし、彼が眠っているあいだにほかの者たちが出発して、彼はとうとう最後まで、追いつくことができなかったという感じだった。

ノルマンディーの海岸で、彼は冷たい海に飛びおり、穢された砂浜まで水の中を歩いていったけれども、何の警戒もいらなかった点では、ブラックプールへの日帰り旅行と変わらなかった。北フランスからベルギーへと、砲弾で穴だらけになった舗装路を、彼は歩調正しく行進し、丸焼けになった森林地帯を通っていき、ところどころに裸の木が、一本、また一本と、荒涼とした土地から無益につきでていて、それは死んだ兵士の硬直した腕が、非難するように空に向かってつきあげられているのに似ていた。彼は四度攻略された町をいくつも通りぬけ、浮舟と厚板で架橋された河をいくつも渡り、戸を壊された農家から煙が立ちのぼっているのをいくつも見、しかしその原因となった戦闘は、きまって直前に別のところに移っていて、反対方向に向かう包帯をした兵士たちと、彼は何回も食事をともにした。

彼はハンカチからお湯を絞り、風呂の上に張ってある紐に干す。彼は自分の両手を見つめ、その

こすりだす。大きくて平たい両手には、たこやまめはなく、爪もきれいに整えられていて、彼は爪ブラシで爪を

彼は墓を掘ったのだった。連合軍が塗りかえた新しいヨーロッパの地図の上、大きな代償を伴った、解放の軌跡を端から端へとたどりつつ、血に染まった土に彼のシャベルは食いこんで、ぎりぎり必要な深さだけの穴をあけ、穴は軍服姿の若者の遺体を呑みこんだ。彼らの部隊には、部隊付きの司祭がひとりいて、司祭はすこし年配で、穴から穴へ息を切らせて駆けずりまわり、新しい塚ができるたび、祝福と聖別の祈りを捧げていった。彼を含めた部隊の兵士みんなでやると、一日で何百もの墓を掘ることができ、兵士たちは農場労働者のように野に散って、振るうシャベルはリズムを合わせて上下して、兵士ひとりひとりの横に司祭は順に立ち、遺体ひとつひとつの名を、それがわかる場合は司祭が呼んで、その無表情な顔の持ち主ひとりひとりを、在天の聖徒たちの列に加わるにふさわしい者として司祭は推挙して、土はしゃっしゃっしゃっという音とともに、ふたたび地中に戻された。

そしてこれをベルリンまで彼らはずっとやりつづけ、戦闘のどんぱちはつねに東の彼方にあって、つぎつぎと新しい遺体の山が後方の彼らのもとに平台トラックで運ばれてきて、運転してくる兵士たちは、遺体と同じく平静な顔で、遺体と墓標を引きわたしつつ、二言三言戦況を知らせてくれた。順調に進攻中だとか、ちょっと苦戦中だとか、昨夜橋を奪取したとか教えてくれた。教えられて数日後、彼らもまたそこに、つまり順調だったり苦戦だったりしたところ、あるいは橋のあるところに到着した。シャベルを土にめりこませ、赤い顔をした司祭を手招きし、石工のために名前と階級を墓標にペンキで書いておく。もしも名前がないときは、日付の下に無名戦士と書いておく。

ときどき、誰も見ていないのを確かめてから、彼は名前をでっちあげたことがあり、彼は兵士の若々しい顔を見て、まるで洗礼のやり直しのように、その場で名前を決めたことがあり、誰彼かまわず機械的に埋めていく、自分たちのしていることの酷たらしさを、そうすることでごまかそうとした。

彼はこうした記憶を持って、戦場から妻のもとへとトラックに揺られていたのであり、爪の下の泥をほじくりつつ、妻に話すことができなさそうな、いろいろなことを考えていたのだった。

そして彼はこうした記憶を抱え、この長い年月もぞもぞしていたのであり、何も言うことはないからと語らずにいたのであり、こうした記憶を深いところに埋め、気づくとそれがまた浮上していて、それというのは兵士たちの顔であり、土と肉のにおいであり、どもる司祭の言葉であり、それをかき消す遠くの戦闘の音だった。

そして妻には、なぜ彼が、もらったメダルをトロフィーのように、飾りたくないのか理解できない。

そして彼には、ヨーロッパを解放したときに、自分が握っていたのは鋤だったと言うことができない。

となりの十八番地では、目をしばたたく若い男が、部屋の窓から身を乗りだして、最後に数枚、通りの写真を撮っていて、彼の荷づくりはほぼ完了している。彼は片目をつぶってファインダーを覗きこみ、立てつづけに映像をもぎとっていく。

黄色いサングラスの男の子が、火ばさみでバーベキューをつついているところ。

手を火傷した男が、古い木の椅子にすわっているところ。
クリケットをしている双子の兄弟が、言い争っているところ。
クレーンが、建物の上から輝く首をぬーとつきだしているところ。

そして帰り道、わたしはマイケルにひとことも口をきかない。

彼は運転に集中して、暖房やステレオ、シートの角度、ワイパーの速度を細かく調整している。

わたしは窓の外を見て、目を閉じて、そしてわたしはいまの事態について考える。

わたしは母が一週間泣きとおしたことを考えて、そして母の、情の薄い乾いた顔が、そんなふうに変化したところを、想像しようと努力する。

わたしの目に浮かぶのは、不毛の土地に貴重な雨が降りそそぎ、その雨水がころころと地面をビーズのように転がるところ。

わたしの目に浮かぶのは、廃屋で開きっぱなしになっていた蛇口から、もとがまたつながったものだから、突然どっと、輝く清い水がほとばしるところ。

そして母そのものがわたしの目に浮かび、その顔はむくんで筋がつき、その目は血走り洪水を起こし、その手の中ではハンカチが、スポンジのように握りつぶされている。

その週、母はずっとベッドで寝ていたのだろうか、塚のように盛りあがった寝具に埋まっていたのだろうか、それとも母は、悪魔払いの祈禱師のように、家の中をうろついたのか、それとも母は、電話のわきでそのまま床に倒れこみ、そこから動こうとしなかったのだろうか、とわたしは思う。

これでわたしも安心できるという、母の言葉を聞いたとき、いったい父はどう思ったのだろう、父の胸に喜びがこみ上げたのだろうか、とわたしは思い、そのとき父は母を抱きしめていたのかな、とわたしは思う。


あのリトルシェフでの朝食を、わたしはふたたび思い出し、石と針葉樹とヒースの谷あいに、半分隠れたようなレンガの建物だったのを思い出し、小さかったわたしが、たったいま目を覚ましたみたいに窓の外を見て、ここどこ、と言い、空に向かってどこまでも、伸びていく山を見あげたことを思い出す。

するとあのときのことが、じわじわとわたしの中で甦り、どうしてこんな大事な記憶が、ベールに覆われてしまうなんてことがあるんだろう、通りに面した居間の中が、レースのカーテンで見えないみたいに、とわたしは思う。

もうスコットランドだ、と父さんが言っていて、見ろ、これがスコットランドだ、と言っていて、父さんが何を言いたいのかわたしはわからずにいる。

母があんまり乱暴にナイフとフォークを置くものだから、わたしはお皿が割れたと思い、いきませんからね、わたしにはいけません、いきませんからね、と母が言っている。

父さんが母に向かって小声で話していて、何度も母の手に触れようとして、でも母は必ず手をどけてしまう。

ふたつの磁石を同じ極同士で向かいあわせたみたいに。

そして話す父の声があんまり小さいものだから、わたしには聞きとれなくて、それにもし聞きとれたところで、あのときのわたしに理解できたとは思えないけれど、だからわたしは、ランチョンマットの点と点を結んでいた。

あなたにはわからないのよ、わたしはいきませんからね、と母が言っている。

あんまり急いで店を出たものだから、わたしは何も残さず食べたのに、ぺろぺろキャンディーをもらえなくて、家に帰り着いたのは、もう暗くなってからだった。


母がどうしてもいかなかったのはなぜだろう、ずうっと母が不安を感じていたのはなぜだろう、とわたしは考える。

ひとりの母親が、自分の娘をそんなふうにめちゃくちゃにしてしまうやり口が、いったい何通りあるんだろうとわたしは思い、考えると体の筋肉が緊張してくる。

鍵のかかったドア、ベルト、服に隠れて見えないあざ。

邪慳な言葉、なでるべきときになでない手、薄っぺらな毛布、空っぽの皿。

母のことを情の薄い女性、理不尽な母親と考えたときのことをわたしは思い出し、そんな瞬間、瞬間が、ありがたいことにおぼろな情景でしかないことにわたしは気づく。

寝ちゃったの、と彼がそっと言い、わたしは目を開け、だいじょうぶ？　と彼が言う。

うん、だいじょうぶ、ちょっと疲れただけ、とわたしは言う。

ちょっととめて何か食べようか、と彼が言う。休んでもいいなって、僕も思ってたんだ、と彼は言い、首筋をぎゅっと揉む仕草が昔の父とそっくりだ。

いつも疲れた男だった、わたしの父さんは。

なんだか四六時中居間にいて、テレビを見ているように思われて、ひじ掛け椅子からずり落ちそうにすわっていて、両足をテーブルにのっけていて、白いソックスの黒ずんだ染みが、果物に生えた黴みたいだった。

ボクシング関係でない限り、番組を見ているようには思えなくて、でも黙ってチャンネルを変えると、父さんは必ず気がついた。

たまに家の中を動くときは、父さんはゆっくり動き、ドアを入ったところで作業靴をのろのろ脱いだり、足を引きずるようにして母のいる部屋に話しにいったり、熱いお風呂に入るみたいに、いつもの椅子に腰をおろしたりしていた。

ときどきは、わたしが学校から帰ってくると、もう父さんが家にいて、でもいつもの椅子にはすわってなくて、肩で壁をすりながら家の中を移動して、ゆっくり掃除をしていることがあった。

そんな日には、きまってカーテンが閉められていて、母は二階にいて姿が見えなかった。

母さん今日はあんまり具合がよくないんだ、と父さんは言い、けれども母は、決して医者のところにはいかなかった。

夕食は父さんがつくってくれて、冷凍の魚フライをオーブンで温めてくれて、疲労で曇った父さんの目は、まるでふたつのあざのようだった。

一度、紙皿で食べたことがあり、その理由を聞こうとはわたしはちっとも思わなかった。


そこにサービスエリアがあるけど、ちょっととまろうか、と彼は言い、彼はもう方向指示を出していて、だからわたしはうんと言って、車は中に入っていって停止する。

わたしたちは陸橋の上のレストランに席をとり、値段の高すぎる、加熱しすぎた食べ物をつっついて、下を車がさーさーいくのを眺めている。

となりのテーブルには、女の人ばかりの一団がいて、そのうちのひとりが、でも、そもそも彼が、なんで裸でいたのかわからないわ、と言っている。

それでどんな具合だった、うまくいった？　と彼が聞く。

まあ、母さんのほうは、あんまり褒められた話じゃないと思っていること、認めたんだと思うな、父さんはたいしたこと言わなかった、とわたしは言う。

父さんが本当は何と言ったか、わたしは彼に話さない。

となりのテーブルの女の人が、あんなふうな人だなんて思ってなかったんだけど、と言い、別の女の人が、だってふだんはそんな人じゃないでしょ、と言う。

でも、いってよかったと思ってる？　と彼が聞き、うん、よかった、とりあえずとっかかりはできたような気がしてるし、あとはあの人たち、もうすこし時間がいるのかな、とわたしは言う。

女の人のひとりが、ううん、あれはフィービーの言いだしたことだったのよ、フィービーが彼に言ったのよ、ほら、あのマンションを手にいれようと思ったらね、あの醜い裸の男にね、すこし理解を示す必要があるって、と言っている。

わたしは入口に立ち、彼がトイレから出てくるのを待つ。

デイヴィッド・ベッカムがプリントされたTシャツを着た男の子が、ゲームセンターでサッカーゲームをしているのをわたしは眺める。

誰かがドアを押さえてくれるのを待っている、ベビーカーを押している女の人をわたしは眺める。

わたしはベビーカーを見つめ、ベビーカーの背にぶらさげられた袋からは、おむつや服やびんや、わたしが何も知らない赤ちゃんの生活に必要な、その他もろもろの品物があふれている。

そうしたもの、すなわち大型のベビーカーに折りたたみ式のベビーカー、ベビーベッド、おむつといったもの、そのどのひとつについても、自分は考えはじめてさえいないことにわたしは気づく。

もうじき自分も母親になるのだとわたしは気づき、そう考えると胃袋がむかむかして、脂っこくて、どろりとして、不安定な感じがする。

自分の顔が赤くなっているように感じられ、自分の脚が紙みたいに薄いもののように感じられる。

彼がトイレから出てきて、彼はわたしを見て、だいじょうぶかい、変な顔してるけど、と言い、だいじょうぶよ、ちょっとすわりたいだけ、とわたしは言う。

ふたりで車まで歩くとき、彼の手がわたしのひじの近くでふわふわしていて、いつでも腕をつかめるように構えているのをわたしは感じる。

車はふたたび高速にのり、わたしは数回、力なく唾を呑みこんで、むかつきを抑えこもうとする。

わたしは手の先で顔の汗を拭き、すると彼は、暑すぎるかな、すこし空気入れようかと言う。

ううん、だいじょうぶ、ただちょっと、すこしだけ、気持ち悪いの、とわたしは言う。

これって、あのパンフレットに書いてあった嘔吐感なのかな、それともただ、疲れとストレスと車酔いってだけなのかな、とわたしは思う。

わたしは母と、きちんと、話がしたい。

ママ、わたしこわくてこわくて、もどしちゃいそうなくらいなの、どう対処したらいいのか、ぜんぜんわからないの、とわたしは言いたい。

ママ、わたしおむつの替えかただって知らないの、わたし赤ちゃんに何を食べさせたらいいのかも知らないの、わたし子守唄のひとつも知らないの、と。

ママ、わたしの胸こんなに小さくて、おっぱい出るかどうかだって心配なの、わたしおっぱいの出しかたも知らないの、わたし知ってなきゃいけないこと何ひとつ知らないの、とわたしは言いたくて、ママ、痛いものなの？　とわたしは言いたい。

それから、母がわたしを身ごもったとき、母もこんなふうに感じたのか、わたしは母に聞きたい。

まだ両親と暮らしていたころに、ほんの数回だけ、何か真面目な話を母としようとしたときのことをわたしは思い出し、それは男の子のことや学校の勉強のこと、ちっとも友だちのような気がしない友だちのことだった。

そんなとき、母の顔がすこし縮み、目は薄目になり、あわてて部屋を見まわして、手はペットショップの小鳥みたいにぱたぱたしたことを思い出す。

そんなこと、わたしだったら心配しないけれどね、と母は言い、毎回必ずそう言って、放っておけばなんとかなるわよ、と母は言い、そして話題を変えるか、そうでなければやらなくてはならないことを突然思い出し、店が閉まってしまうからと、買い物に飛びだしていったりした。

そんなとき覚えた失望感をわたしは思い出し、同性の友だちのお母さんたちと比較したことを思い出す。

友だちのお母さんの中には、娘の宿題を手伝ってくれ、新しいボーイフレンドができると新しい服を一式買ってくれ、家に帰ってくると必ず玄関で、ほほにキスしてくれるお母さんもいた。友だちのお母さんの中には、それがときどきは同じお母さんなのだけど、帰宅が遅くなった娘を怒鳴りつけたり、ボーイフレンドのことが気に食わないと外出禁止令を出したり、家事を手伝わせたりするお母さんもいた。

そうしたことをひとつも母はしなかった。

母はお行儀がよく、やるべきことをきちんとこなし、ときどきわたしのいることに気づいていないらしいことがあった。

わたしは父に聞かされたことを考え、火炎びんの中にぼろ切れをつっこむみたいに、母が自身の中につっこんだに違いない、悲しみと怒りのことをわたしは考え、どうして母が爆発せずにすんだのかと、わたしは不思議に思う。

車はわたしたちの街に近づき、車は高速をおり、ウィンドーの向こうから、輝く明かりが差しこんできて、街灯に信号、店のウィンドーや住宅やパブの入口の光が差しこんできて、よその車から音楽が聞こえてきて、通りには、大きな人のかたまりがいくつもできていて、しゃべったり怒鳴ったり歌ったりしている。

車は小さなラウンドアバウトを通りぬけ、車は青信号でとまって救急車を通す。

何の騒ぎだろう、何でこんなににぎやかなんだ、と彼は言う。

さあ、とわたしは言い、車はこのあいだふたりで朝食をとったカフェの前を通りすぎ、もう本当に近くまできていることにわたしは気づく。

あの、遠いとこまで運転してくれてありがとう、ほんとに感謝してる、とわたしは言い、彼はわたしの顔を見て、いいんだよ、気にしないで、と彼は言う。

わたしのフラットの下にある店の前で車はとまり、言ってよね、何か僕にできることがあるときは、何か必要になったときは、と彼は言う。

わたしは彼の顔を見て、自分が必要としているいろいろなものについて考える。

彼は車をおり、トランクからわたしの鞄を出し、建物のドアを開け、わたしに鞄を手渡す。

わたしたちはおやすみを言い、それからわたしは階段をのぼり、わたしのフラットに入り、電気をつけないまま窓の横にすわり、車の流れを眺めながら、帰り道、自分がろくに口もきかなかったことを考える。

外では、クラクションがひとつ鳴り、すると双子の兄弟は、それぞれ牛乳ケースをひとつずつ引きずって、クリケット場を車道から移し、車を一台通らせる。

車はワインレッドで車幅があって姿が美しく、十年落ちの中古だけれど、それでも男の子たちはすごいと感心し、男の子たちは駆けよって触りだし、べたべたした手を磨きあげられたボディに押しつけて、ボンネットによじのぼろうとする。車は十九番地の前にとまり、運転していた男は車からおり、おい君たちやめないか、何するんだ、僕の車が台なしになるじゃないかと彼は言い、男の子たちは彼の前にきて並んで立って、手は後ろに回し、そしてふたり声をそろえ、おじさん、こんにちは、お元気ですか、お目にかかれて嬉しいです、と言い、男の子たちはくすくす笑い、おたがいの後頭部を叩きあう。

おじさんはポケットからハンカチをとりだして、うん、うん、おじさんがきたとお母さんに知らせてきなさい、いいね、と言い、それから彼は向きなおり、男の子たちの手の跡をきれいに拭きとり、男の子たちは競って玄関まで駆けていく。二十二番地の玄関前にすわっている、ブロンドの髪を短くした、四角い小さな眼鏡の女の子は、ページにびっしり並んだ求人広告から顔をあげ、この男のことを見て、見れば彼は若くて大変身なりがよく、彼は振りかえり、女の子が見ていることに気づき、こんにちはと大きな声で挨拶し、元気ですかと言い、目に入る太陽を片手の甲でさえぎる。女の子は驚いて、女の子は微笑んで、元気ですと言い、こぶしの上にあごをのせ、彼のことをじっと見る。彼は見つめかえし、彼はためらい、女の子のほうに一歩踏みだしそうになるが踏みださない。

彼は向きなおり、彼はボンネットについた手の跡を拭き、そのすでに輝いている金属を、オイルランプでであるかのように、こすりつづける。

女の子は求人広告に目を戻し、女の子は赤いペンを拾いあげ、さきほどつけた丸をちょちょっと消し、不思議な瞬間はもう過ぎていて、彼がちらりと肩越しに、視線を送ってきていることに、女の子は気づかない。もうひとりの女の子が、家の中から出てきて並んですわり、玄関から門までの石の道に、お茶の入ったマグカップをふたつ置き、今朝誰かきてた？　話し声がしたと思ったんだけど、と言う。この女の子は、ブロンドの髪を短くした眼鏡の女の子の顔を見て、誰か泊まってったんじゃないでしょうね？　と言う。眼鏡の女の子は声を立てて笑い、ああ あれか、まさかあ、と言い、大家さんと話してたの、この家にもうすこしいられるか聞いてたの、と言う。もうひとりの女の子は、まだタータンチェックのパジャマを着ていて、目をこすり、それでどうだって？　と言い、眼鏡の女の子は、明日の夜には次の人が入ってくるって言われちゃった、と言う。荷づくりできなくて、と眼鏡の女の子は言い、ものが多すぎて、あれだけのもの、どうしたらいいかわかんなくて、と言う。パジャマ姿の女の子は、お茶の入ったマグカップのひとつを持ちあげて、まだ熱すぎるとあきらめて、カップをまた下に置く。もったいながってちゃだめ、とパジャマ姿の女の子は言い、眼鏡の女の子の顔を見て、ごみ袋を買ってきてね、ぜんぶ捨てるの、庭を掘って埋めちゃうの、と言い、あとは考古学者に任せとく、と言う。旅をするときは身軽にならなくちゃ、とパジャマ姿の女の子は言い、新たな土地で新たなスタートを切るときは手ぶらにならなくちゃ、と言う。そのほうが霊力高まるんだから、とパジャマ姿の女の子は言い、もう片方の女の子は相手の顔を見て、声をあげて笑う。そんなことどこで教わってきたの、と眼鏡の女の子は言い、パジャマ姿の女の子は肩をすくめ、忘れちゃったよ、雑誌か何かで読んだんだ、と言ってお茶を飲む。

通りの反対側では、髪の毛の多い男の子が、炎をあげる炭の上から、しつこく灯油をぴゅーぴゅーかけていて、彼はにやにや笑っていて、やったね、こうでなくっちゃと言っていて、黄色いサングラスをかけた男の子はそっぽを向き、そんなふうに使うもんじゃないんだ、そんなにしたらちゃんと燃えなくなる、と言っている。髪の男の子は、でも、めっちゃよく燃えてるのは確かだろ、と言い、もう片方の男の子は何も言わず、家の中に入っていき、大きな音を立ててドアを閉める。

十九番地の玄関ホールでは、双子の兄弟の母親が、お願いだからあっちいっててちょうだい、と言っていて、双子の兄弟は階段を駆けのぼり、駆けおり、キッチンに駆けこみ、居間に駆けこみしている。双子の兄弟の祖父母が、ゆっくりと外出の支度をしていて、祖父は上着のよじれを直し、小さな円い帽子を頭にのせているところで、祖母はその後ろに立ち、淡い青色をした小さな糸くずを夫の肩からとっていて、祖母は着ているカーディガンを、もうすこしぴったり体に巻きつける。義理の娘は横に立って見まもって、だいじょうぶですか、忘れ物はありませんか、と言い、あなた、もう消してちょうだい、お父さんお母さんがお出かけになりますよ、と言う。男の子たちがキッチンから出てきて、ピンクのココナッツキャンディーでふくらんだ男の子たちのほほがリスみたいで、男の子たちは体を小さくして大人たちのあいだをすりぬけて、また家の外に飛びだしていく。

スニーカーの汚れを落としている若い男は、顔をあげてこの家族を見、彼自身は二十四番地の玄関前に腰をおろしていて、この家族の六人が、十九番地の家から列をつくって出てくるのを彼は眺めていて、まずふたりの兄弟が先頭に立ち、次に祖母と祖父とがゆっくり注意深く段々をおりてきて、ふたりとも、下におりきったときにびくんとして、その後ろから続くのが母親と父親で、父親はまだ片手にリモコンを持っていて、それを父親は背中に回す。

男の子はスニーカーをこするのをやめ、手についた洗剤を拭い、ワインレッドの車の横にいる若い男が、年長のほうの夫婦に挨拶するのを彼は眺め、若い男は夫のほうと握手して、妻のほうにはほほにキスして、双子の兄弟の母親は、通りの先のほうを見やっていて、誰かが姿を現すのを待っているらしい。母親が大きな声で名前を呼ぶのが聞こえ、それから母親は夫に向かって何か言い、年長のほうの夫婦は車に乗りこむところで、乗りこんだあと、若い男にドアを閉めてもらっている。ウィンドーをおろして握手が交わされ、車は走りさり、玄関口に立っていた母親と父親は、家の中に戻ってドアを閉める。

男の子はまたブラシをとりあげて、靴の左足のつま先の、体を丸めたような形の黒ずんだ染みを彼はこすり、昨夜のことを思い出し、小さな声でそっと言う。

となりの家では、ブロンドの髪を短くした眼鏡の女の子が立ちあがり、わたしお店にいってくるけど、買ってきてほしいものある？　と言う。

十九番地の玄関ホールでは、母親と父親がたがいの顔を見つめあい、ふたりは微笑んでもいなければ探る目つきでもなく、相手が口を開くのを待っているのでもなく、ふたりはただ見つめあっている。

それ、テレビのところに置いてきて、と彼女は言う。

わたし二階にいくから、と彼女は言う。

そして彼女は階段をのぼり、昔に比べれば彼女はずいぶん年をとったけれども、そして最近は、彼女の体は疲れやすくなったけれども、彼女はいまでも、服の下の自分の体の動きを、よいもの、特別なものと感じている。

歩くとき、腿の上を綿の布が柔らかく滑るのを、息をするとき、胸がせりあがるのを、背筋を伸ばすとき、腰のくびれに布が食いこむのを彼女は感じ、彼女は階段の途中で立ちどまり、下の夫にちらりと目をやる。

彼は彼女の顔を見あげ、彼の顔は落ち着いていて辛抱づよそうで、しかつめらしいといってもいいくらいで、けれども彼は頭の中で、燃えさかる石炭にバケツで何杯も水をかけている。彼は彼女の顔を見て、そして彼もまた、服の下の自分の体を意識していて、男の体に起こって自信を回復させてくれるあの奇跡、老化しつつある彼の体の緩慢な精力をかきたてて、肉と血とを出現させてくれるあの手品のことを彼は意識している。彼は彼女について階段をのぼり、彼女の背中にかかった髪の様子、その揺れと輝きとを彼はじっと見て、ふたりはふたりの寝室に入り、彼は向きなおってドアを閉める。

そして間もなくドアには鍵がかけられることになり、そしてじっと動かない静けさが、ドアのこちら側に保たれることになる。ふたりとも、ふだんの行儀よさと慎みとを、服と一緒に床に落とすことになり、彼はカーテンを閉めることになり、彼女は彼女の体から覆いをはぎとることになり、彼女は両腕を高く差しあげ、壁を背にして立ち、彼が彼女の姿を眺めつくすのを待つことになり、彼女は彼女の指を、一本一本順番に、まるで指先を研ぎすますみたいに、なめていくことになり、それからふたりは体をひとつにすることになり、部屋に動きと、笑い声と、くぐもった物音とがあふれることになる。

寝具がこすれあい、落ちる音。

ささやく声。

綿の布の破れる音。

手で塞がれた口から漏れる声。

外では、彼らの子供である双子の兄弟が、早くもまたクリケットをはじめていて、弟のほうが強打して、ボールは山なりに宙に舞いあがり、十七番地の庭に落下して、ちょうどそのとき、白シャツの男の子がしゃべっていて、僕はちょっとやってみたかっただけでね、自然とか生命の循環とかそういったやつとね、一体になってみたかったんだよね、ちょうどそのころ読んでたもんだからね、狩人としての男の本能をとりもどすとかそんな話をね、と言っていて、背の高いやせた女の子が、突然鋭い笑い声をあげ、チョコレートドーナツをのどに詰まらせる。

二十二番地の女の子、髪の短い、四角い眼鏡の女の子がその前を通りかかり、女の子は立ちどまり、お店で買ってきてほしいものある？　何をそんなに笑ってるの？　と言う。白シャツを着た男の子が双子の兄のほうにボールを投げかえし、眉にピアスの男の子が、しょうもないハックル・ファッキング・ベリー・フィン話さ、と言う。眼鏡の女の子は何のことだかわからなくて、眉の男の子の顔を見て、次に白シャツを着た男の子の顔を見て、すると彼が、いや、ちょっと前に僕が釣りにいったときのことを話してたんだけど、それだけなんだけどね、こいつらそれがおかしいらしいんだ、なぜだか知らないけど、と彼は言い、背の高いやせた女の子は唇をかんで笑いをこらえる。何か釣れたの？　と眼鏡の女の子は言い、白シャツの男の子は、それが、釣れたんだよ、二時間粘ってさ、鱒か何かだったね、と言い、すると爪に色を塗った背の低い女の子が顔をしかめ、その魚、殺したの？　と聞く。

そうしようと思ったんだけど、と白シャツの男の子は言い、でも草ん中に落としちゃって、ばたばたばたばた跳ねまわるもんだから、つかまえられなくってね、どうしたらいいのかわからなくて、放っておきゃ死ぬだろうって思ったんだけど、いつまでもばたばたしててさ、と彼は言い、そのとき彼の後ろで、家の壁にボールが当たって跳ねかえり、眉にピアスの男の子の前に落ちてくる。

しょうがないから太い棒を拾ってね、と白シャツの男の子は言い、実演するために雑誌を一冊丸め、雑誌は「ハロー！」で、僕はそこに立ったまま、魚が勝手に死んでくれないかなって見ていてさ、棒は構えたんだけどね、と彼は言う。

双子の兄のほうが駆けてきて、ボール返して、と言い、眉にピアスの男の子はボールを腿の下に滑りこませる。ボール返せよ、と双子の兄は言い、みんなは顔をあげ、その言葉づかいに呆れた顔をして見せてから、みんなそっぽを向く。ボールはあっちだぜ、坊や、と眉にピアスの男の子は言い、子供が振りかえってそちらを見たとたん、眉にピアスの男の子はボールを、子供の頭越しに、十二番地の庭のほうに放りなげる。子供はもう一度振りかえる。髪の毛、まだ濡れてんじゃん、と子供は言い、そして子供は走っていく。

まあそんなわけで、と白シャツを着た男の子は言い、最後には僕も魚をひっぱたいてね、と言い、彼は実演して見せて、丸めたヨーク公爵夫人の顔で玄関前の段々を叩きつけ、二度、叩きつけ、そしたらばたばたするのをやめたから、友だちんちまで持って帰って、処理して、っていうのはつまり、洗って、鱗を落として、はらわたただの何だの全部とって、そりゃもちろんめちゃくちゃ気持ち悪かったよ、と彼は言う。それから料理したんだ、と彼は言い、彼は腰かけたまま胸を張り、通りの先のほうを見やって誇らしげな顔をする。

それで美味しかった？　と眼鏡の女の子は言い、彼は女の子の顔を見て、うん、美味しそうだったよ、小さな切り身にして、ニンニクや黒胡椒やレモンなんかをつけて揚げて、本当に美味しそうなにおいがしてね、と彼は言い、彼は目をそらし、すると女の子が、でも味はどうだったの？　と聞く。わからない、食べる気になれなかったもんだから、と彼は言う。

眉にピアスの男の子が、ポケットからお金をいくらかとりだして、眼鏡の女の子に渡し、オレンジジュース買ってきてくれるかな、と眉の男の子は言い、女の子はくるりと向きを変え、店に向かって歩きだす。白シャツを着た男の子はネクタイを直し、彼は親指の関節をかみ、地面を見つめ、立ちあがり、家の中に戻って黒い靴を探す。

二十番地の二階では、老夫婦が、帰宅時の一連の儀式を忙しそうに執りおこなっていて、やかんを火にかけ、上着をフックにかけ、鍵のかかっていた窓を開け、狭くるしい部屋にふたたび風を通している。

トイレの水が流れるのが彼女に聞こえ、玄関ホールの彼の足音と、また歌を口ずさんでいる彼の低い声が彼女に聞こえ、歌はいつもの、古い教会の歌のひとつだ。

わがうちの宮にます、あがないの主イエスこそ、という歌詞が彼女に聞きとれて、彼は歌うのを急にやめ、彼は部屋に入ってきて、窓にいく。

話したことあったかな、と彼は言い、うちのじいさんが死んだとき、俺もその場にいたってこと。彼女を見ないでそう言って、彼は通りを端のほうまで見とおして、クリケットをしている男の子たちを眺めていて、彼女がティーカップやお皿をかちんかちゃんいわせているのを聞いている。彼女は何も言わず、彼女は履いていたネイビーブルーの靴を脱ぎ、キッチンの椅子のひとつに腰をかけ、帽子を手にとり、曲がっていたリボンを真っすぐにする。

それでな、と彼は言い、こんなこと言ったら妙に聞こえるかもしれんがな、美しかったんだ。家族みんなでそこにいて見てただけなんだが、と彼は言う。見てるとじいさんは息をしててな、手の指を丸めててな、シーツの中に沈んでってな、と彼は言う。そして彼はいま、窓辺に立ち、手を顔の近くに持ちあげていて、指をゆっくりと丸めていって、それは生まれたばかりの赤ん坊が、手を握る仕草によく似ている。そうやって、どんなふうだったかを思い出している。

そうしているのが正しいことだって気がしてな、と彼は言い、じいさんとそこにいることがな。彼は振りむいて妻の顔を見て、そう思うかい、と彼は言う。

彼女は一杯お茶を注ぎ、そうってどう？　と言う。

こっちきて、すわりなさいな、と彼女は言う。

彼は椅子を引きだして、つまりな、と彼は言い、正しいことだって気がおまえもするかい、家族がみんな集まるってこと、と言い、そりゃもちろんそうですよ、と彼女は言い、彼女は彼にひと切れケーキを切る。

部屋は人でいっぱいだった、ぎゅう詰めだった、と彼は言う。そこに着いたのは俺が最後だったんだがな、と彼は言い、で、俺が入ってくと、みんなもうそこいらにすわっていてな、じいさんのこと見ていてな、みんな黙ってた。中はおっそろしく暑くてな、空気が悪くて、部屋ん中は甘酸っぱいようなにおいがしててな、と彼は言う。

彼女は彼の顔を見て、彼はまだ、椅子の後ろに立ったままで、おすわりなさいな、と彼女は言う。彼女は着ている花柄のドレスからケーキのくずを払い、その瘤だらけの手で掃くようにして、ケーキのくずは床に落ちる。そんな話、これまで一度もしてくれなかったのに、なぜいまごろするの、と彼女は言い、こんなに長いこと一緒に暮らしてきたのに、まだわたしの知らないことがあるんだわと彼女は思っていて、それがいいことなのか、悪いことなのかと考えている。

彼は腰をおろし、さあな、ちょっと考えてただけだ、あのときのこと、と彼は言い、彼は自分のお茶を注ぐ。

ふたりはすわっていて、ふたりは湯気を立てるお茶をちびちび飲んでいて、ふたりはたがいの顔を見る。そよ風がカーテンをとらえ、カーテンが部屋の内側にふくらむ。

俺たちはじいさんが死ぬまで、五、六時間もその部屋にいたんだが、と彼は言い、じいさんの呼吸の一回、一回が、それが最後みたいな音だった。永遠に続くんじゃないかと思ったな、と彼は言う。

そよ風は今度は外に吸いだされ、カーテンは真っ平らになって窓にへばりつき、バスルームのドアがばたんと閉まる。

じいさんは真っすぐ後ろに頭をのけぞらしてな、と彼は言い、じいさんの口からべたべたしたものが出てきてな、そいつを母が白いハンカチでひっきりなしに拭きとっててな、それからじいさんが息を吸いこむと、まるで口の中にベアリングのボールがいっぱい入ってるみたいな音がしてな。金属のボールがぶつかりあってがらがらかたかたいうみたいでな、と彼は言い、彼はティーカップを置き、カップが受け皿に当たってちりんと音を立てる。

じいさん本当に小さく見えてな、馬鹿でかいシーツと枕に埋もれて、ぺしゃんこに押しつぶされたみたいでな、と彼は言う。

じいさんは赤と白の縞のパジャマを着てたんだが、ちゃんとサイズが合ってなくてな、と彼は言う。

彼女は彼の顔を見て、こんな記憶がいったいどこから湧いてくるんだろうと思っている。いま彼女が見ている彼の顔は、見慣れない表情をして、皮膚がこわばっている。これは彼女が見たことのない顔だ。

息をするたび、じいさんの顔全体ががくがく揺れるんだ、と彼は言う。

じいさんののどからぜいぜい音がして、それがひどくゆっくりで、必死な感じで、まるで浜に打ちあげられた鯨だなって、俺は見てて思ったな、と彼は言う。

彼女は彼の顔を見て、何と言ったらいいのか彼女にはわからない。

おじいさまは何で亡くなったの、と彼女は聞き、そんなことはどうでもいいんだ、と彼は答え、彼の疲れたような怒りにふたりともが驚く。悪かったよ、おまえ、だが、と彼は言い、けれども彼は最後まで言いきらず、彼は彼女から目をそらす。

カーテンがふたたび部屋の内側にふくらんで、食器棚の上に重ねられていた手紙が床に落ちる。彼女がテーブルを離れて拾いあげ、じいさんはひとことも言わなかったんだ、ひとこともな、と彼は言い、目を開けもしなかった、じっと横になったまま死んでった。

じいさんの髪の毛はひどく薄くてふわふわしててな、赤ん坊の髪の毛みたいでな、と彼は言い、誰かが窓を開けでもしたら、吹きとばされそうな感じだったな。

上掛けの下の脚だってあるようには見えなかったな、と彼は言い、それくらいじいさんはやせ衰えてた。残っているのは首から上と手だけに見えたな、と彼は言い、胸が頼りなく上がっては下がりしててな。

だが不思議なんだが、と彼は言い、最期を看取る寝ずの番という感じはあんまりしなくてな、しゃべってたからだと思うんだが、ていうのは、しばらくしてからみんなしゃべりだしたんだ。なに、たいしたことをしゃべってたわけじゃない、と彼は言い、ちょっとした挨拶や、緊張を和らげるための言葉くらいだったがな、それでもじいさんが死ぬころにはすっかりにぎやかになっててな。

妙といえば妙なんだが、と彼は言い、でも、いいことのように思えてな、そんなふうにできるのが、つまり家族としてただおしゃべりしてられるのがな、ずうっとじいさんのことを睨んでるんじゃなくてな、と彼は言い、そして彼は立ちあがり、部屋を出ていく。

出ていく彼を彼女は見おくって、覚束ない彼の足音と、バスルームのドアのきしりとに彼女は耳を澄ます。彼が手をつけなかったひと切れのケーキを彼女は見つめ、彼が口にしない病院通いのことを彼女は考える。

彼はドアのわきに立ち、じいさんは蠟人形みたいでな、ベッドに埋もれていくみたいでな、と彼は言い、死んだときじいさんは美しい顔をしていてな、俺は喜んでキスしたよ。

さあ、こっちいらっしゃいな、と彼女は言う。

いったい、どういうことなの、と彼女は言う。

彼は彼女の顔を見おろして、彼女が両腕でつくった輪の中に、じっと腰を預けていて、さあな、ちょっと考えてただけだ、と彼は言う。彼女は彼の胸を見て、もう一度びっくりさせてみてほしいとは、言う必要がないから言わないで、彼女は彼の顔を見あげ、そして彼女はじっと待つ。

あのな、おまえ、じつは、と彼は言う。

つまりだな、と彼は言う。

やがて彼は彼女の腕をほどき、また彼女から離れていって、ふたたびドアのほうにいく。彼はしばらくそこに立ったまま、下唇をかみ、目をぎゅっとつぶり、目は雀の足跡となり、それから彼はまた彼女のほうに戻りはじめる。彼女は彼の顔を見て、つまりだな、と彼は言い、じいさんが死んだとき、じいさんはだんだんよくなっていくみたいだったんだ、わかるかな、と彼は言い、彼の目はいまは彼女を通りすぎ、窓のほうを眺めている。

呼吸するたびにな、じいさんの息は静かになって、楽そうな音になっていってな、と彼は言い、じいさんの顔がだんだん穏やかになっていってな。それでじいさん、最後には、息と息とのあいだには口をほとんど閉じられるほどになってきてな、と彼は言い、それで部屋にいたみんなはおしゃべりをやめて立ちあがったんだ。彼の話しかたはさっきより静かになっていて、それでじいさん、そのまま、いったんだ、と彼は言う。すごくゆっくりとな、まるでびんに水がたまっていって沈んでいくみたいにな、と彼は言う。

ねえ、あなた、と彼女は言い、それは問いであるのだけれども、いったい自分が何を問うているのか、彼女自身にもはっきりしない。

彼は何も言わず、彼は窓の外の空を見て、日はすこし翳りだしている。雨が降りそうだな、と彼は言い、けれども彼女は彼の顔から目を離さず、窓の外を見ようとはしない。ちょっと考えてただけだ、それだけだ、おまえ、本当さ、と彼は言い、彼はふたたび向きを変え、今度は本当に部屋を出ていき、出ていく彼を彼女は見おくって、立てつづけに彼がする、べたべたした咳の音に耳を澄ます。

テーブルの上には、手つかずのケーキひと切れ、カップに半分残った冷めたお茶、ケーキのくず。

今朝、勤めに出たら、誰もきていなかった。

カード式のキーは受けつけられず、はじかれて出てきたのがつきだした舌みたいで、入れてもらいたくてもあたりに人がいなかった。

歩いたあとで体が熱く、めまいがして、またむかむかしてきて、わたしはとにかくすわりたかった。

警備の人が通りかかり、あら、今日は国民の祝日よ、と言い、わたしは泣きだしそうな顔をしていたらしく、彼女はにやにやするのをやめて、お茶でも飲んでいけばとすすめてくれて、わたしの腕に手を伸ばしかけた。

わたしはついていき、彼女の小さな控え室にふたりですわり、監視カメラの画像をわたしが眺めているうちに、彼女はお茶をふたりぶん淹れ、やかんがあんまり小さかったから、彼女はお湯を二度沸かさなくてはならなかった。

こんなこと言ったら失礼かもしれないけどね、と彼女は言って、休日じゃなかったとしても、あなた勤めに出てこられるような顔色してないよ、と彼女は言った。

わたしは微笑み、いえ、だいじょうぶです、妊娠しているだけですから、とわたしは言い、あら、おめでとう、と彼女は言って、わたしにいろいろたずねてから、最近生まれた彼女の孫娘の写真を見せた。

彼女はいっぱいアドバイスをしてくれて、黒ビールを飲むといいのよ、それから葉酸を摂ること、それからゆったりした気分でいなきゃだめ、と彼女は言った。

わたしはお茶を飲みほして、ありがとうございましたと言って家へと引きかえし、途中、中華料理屋の裏、ごみ箱が並んだわきでわたしは吐いた。

留守番電話にセアラからのメッセージが残されていた。

それは長いメッセージだったから、わたしは留守電を聞きながら、朝食に使ったお皿や何かを片づけた。

何してるの？　まだベッド？　どこにいってたのよ？　と彼女は言った。

何度も電話したんだよ、週末ずっと何してたの？　と彼女は言った。

で、あの男の人どうなった？　名前なんてったっけ、あなたの電話番号わたしが教えた人、あの人電話してきた？　会った？　と彼女は言った。

彼女ははっとしたみたいに息を呑み、それから彼女はくすくす笑い、あの人んところにいたの？と彼女は言った。

赤ちゃんづくりに励んでた？　と彼女は言い、あの人、いまもそこにいるの？　と彼女は言った。電話の奥で何人かの人の声がしていて、彼女は、それはそうと、もう切らなくちゃいけないんだけど、でもわたし、あなたんちの近くにいくのね、今日、だから電話ちょうだい、会おうよ、と言った。

彼女は携帯の番号を教えてくれて、でも彼女があんまり早口に言うものだから、わたしはメッセージをもう一度、最初から聞きなおし、ようやく番号を書きとった。

わたしは服を脱いでバスルームに入り、シャワーを浴びながら、彼女に電話することを考えた。彼女とおしゃべりしたら楽しいかもしれないと思い、けれどもそうすることを考えると、なぜかそわそわ落ち着かない気分になった。

この前、彼女に打ち明けようとしたときのことを思い出し、もう彼女はわたしにとって、よく知らない人になってしまったのかもしれないとわたしは思った。

わたしは髪にシャンプーをたっぷり含ませ、泡が全身に流れおちていくのを眺め、わたしは自分の肌を見て、何か変化はあるかなと、胸は重くなってきたかな、お腹は丸くなってきたかな、お尻は大きくなってきたかなとわたしは思った。

よくわからなかった。

わたしは自分の体を見て、妊娠が進んでお腹が大きくなった自分を想像しようとし、わたしは立っている両足の幅を広げ、両手を腰に当て、お腹をぐいとつきだした。

九歳の子供に戻って、おめかしごっこをしている気がした。

石鹸を洗いおとし、シャワーからあがり、歯を磨こうとしたとたん、洗面台で吐いた。

留守番電話にはもうひとつメッセージが残されていて、そちらはマイケルで、だいじょうぶかなって思っただけなんだけど、と彼は言い、今日の午後は何か予定があるのかなと思って、と彼は言い、電話番号を残していた。


わたしはドアを開け、あっ、こんにちは、とわたしは言い、わたしは彼の顔を見て、わたしたちはふたりしてきまりが悪い。

彼は花束を抱えていて、それは茎の太い白い百合の花で、中心が鮮やかな黄色をしていて、緑の葉っぱはぴかぴかしている。

わたしは百合の花を見て、彼も百合の花を見て、ラッピングの下から水が滴って、彼の靴の上にぽたぽた落ちる。

あれ、困ったな、何と言ったらいいのかな、とわたしは言い、実際わたしは困る。

あ、悪かった、そんなつもりじゃなくてね、この花はそんなんじゃなくて、つまり深い意味はないんで、僕はただ、その、持ってこうかなって、と彼は言い、彼の言葉は尻すぼみになっていき、最後は力ない点、点、点になる。

そう、でもきれいだわ、とわたしは言う。

僕はただ、ほら、昨日落ちこんでるみたいだったからね、ひょっとしたらこんなので気分が明るくなるかなって思ってね、悪かったねでも、と彼は言う。

ううん、わたしが悪かったわ、きれいね、ちょっと驚いただけ、それだけなの、思ってもいなかったから、わたしただ、ね、とにかく入って、お花、何かに入れるから、とわたしは言う。

彼は入ってきてドアの前に立ち、わたしは花を窓際にあった花びんに入れ、百合の茎が上に向かって反ったのが、弓なりになったダンサーの背中みたいで、花びらは分厚くて、朝起きぬけの目みたいな光沢があって、花の香りがもう、フラットを満たしはじめている。


わたしはポットでお茶を淹れ、わたしは薄手の白いカップにお茶を注ぎ、でも受け皿は使わない。

もうだいじょうぶなの？　昨日はつらかったの？　と彼は言う。

わたしはどう答えたものか決心がつかず、わたしはちょっとはぐらかすようなこと、そうね、まあ、あんなとこかな、あの人たちの機嫌もそのうち直ると思うし、みたいなこと、肩をすくめてショールを落とすみたいに、質問からするりと逃げるようなことを言いかけるけど、言葉が口の中にまとわりついて出てこない。

わたしは実際にあったことをいくらかでも彼に話したいと思い、それは新たに得られた理解みたいなことなのだけど、そうした言葉もまた、口の中に閉じこめられて出てこない。

うん、つらかった、たしかにつらかったけど、思ってたほどじゃなかった、とわたしは言う。

どういう意味？　と彼は言い、どう説明したらいいかわからないけど、とわたしは言い、どう説明したってわかってもらえないと思う、とわたしは言う。

してみてよ、と彼は言い、彼は微笑み、僕は見かけほど馬鹿じゃないんだけどな、と言って、両手のひらを持ちあげるかっこうをする。

あのね、もう、なんか別のこと話さない、とわたしは言い、彼は微笑むのをやめ、悪かった、悪かったよ、と彼は言う。

お花ね、とっても気に入ったわ、ありがとう、とわたしは言う。

彼はテーブルにつき、わたしと向かいあってすわり、彼は花を見て、彼は窓の外を見る。今朝、あなたのお兄さんのこと考えてたんだけど、とわたしは言い、すると彼の顔がびくんと回ってこっちを見て、どんな感じなのかなって考えてたの、双子のお兄さんがいるってことが、とわたしは言う。

どういう意味？　と彼は言い、そうね、変な感じする？　ほかの人と違うんだって感じする？とわたしは言う。

どうかな、ちょっと答えられないな、比べようがないからね、ほかの人がどんなふうなのか僕は知らないんだから、と彼は言う。

みんなが思ってるようなんじゃないんだよ、と彼は言い、双子だからってテレパシーで通じあうとか、そんなふうなことないし、でも小さいときからすごく仲がよかったね、おたがいのこと、たいていのことはわかってたな。

つながってるっていうのかな、と彼は言い、つながってるみたいな感じかな。

それから彼は顔をしかめ、片手で額を拭き、ていうか、すくなくともほかの人たちほど切断されてないっていうか、と彼は言う。

この部屋暑いね、窓開けてもいいかな、と彼は言う。

彼は窓を開けようとして、窓はひっかかって開かなくて、窓枠を彼は手のひらの付け根で叩かなくてはならない。

知ってるだろ、あいつの目のこと、瞬きのこと、と彼は言い、わたしはうなずく。あの日、彼のお兄さんとしゃべったときのことをわたしは思い出し、あんまり強く瞬きするものだから、両方のほほが持ちあがり、眉毛にくっつこうとしているみたいだったのを思い出す。

昔はね、みんなあれでしか僕たちの区別がつかなくて、まだ僕たちが学校にいってて同じ制服を着てたころはとくにそうで、ふたりのただひとつの違いだったんだ、と彼は言う。

昔はね、あいつがわざとやってると思ってたんだ、違いを出すだけのためにね、それで一度、あいつに聞いてみたことがあってね、そしたらあいつかんかんになって、おまえでさえ僕のことちゃんとわかってないってことの証拠だって言って、こんなことわざとするわけないだろ、ほんと馬鹿みたいに見えるんだからって言ってね、と彼は言う。

馬鹿みたいになんか見えないよ、とわたしは言って、ちょっと人見知りする人かなって思うだけ、とわたしは言う。

彼はわたしの顔を見て、彼はテーブルにあったボールペンをとりあげて、それはノック式のボールペンで、彼はかちかちと、ボールペンの芯を出したり引っこめたりしはじめて、かちかちかちかちしつづける。

ボールペンを持っていた彼の手が、突然ぎゅっと握りしめられて、こぶしの関節がくっきり白く浮かびあがり、人見知りなんかしやしない、兄は人見知りなんかしやしない、と彼は言い、その一語一語に彼は重みをつけて、なんだか握っているボールペンで、一語一語に下線を引くみたいだ。

彼はボールペンを置き、彼はゆっくり息を吐き、わたしは悪かったわと言い、そんなつもりじゃ、わたしただ、つまりお兄さんのことわたしよくは知らなくて、ちょっと言っただけで、とわたしは言う。

あの、悪かった、と彼は言い、もう帰るよ、いったい僕ここで何してんだろう、と彼は言う。

彼はドアの前に立ち、でもドアに鍵がささっていないので、彼は外に出られない。

彼は待ち、わたしは彼の後頭部を見て、わたしは彼が振りむいて、いったいどうしたのか話してくれればいいのにと思う。

そして突然、ほかのことはどうでもよくなり、とにかく帰ってほしくないと思う。

鍵あるかな、ドアに鍵がかかってて、と彼は言い、彼はまだ振りむかずにいて、彼はドアに向かってしゃべっていて、彼の声が聞き慣れない声に聞こえる。

いかないで、とわたしは言う。

兄は人見知りなんかしやしない、でもみんな、ちっとも兄に機会を与えようとしないんだ、みんな兄という人を知ろうと努力しない、誰も兄のこと本当には知らないんだ、と彼は言う。

僕自身、兄のこと知っているか自信がない、と彼は言い、そう言いながら、彼はまだドアを睨んでいて、わたしはまだ彼の後頭部を見つめている。

いかないで、とわたしは言う。

彼は振りむき、僕もいきたくない、どこにいったらいいかわからない、と彼は言う。

彼は椅子にすわり、わたしたちのあいだには、長い時間、静けさだけがある。

悪かったよ、と彼は言い、失礼な口をきくつもりはなかったんだけど、ただ、ときどき兄のことを守ってやらなくちゃと思うことがあって。

兄のほうが僕より何分か先に生まれたんだけど、小さいころからずっと、自分が兄の兄であるような気がしてて、なぜかは僕にもよくわからないけど、と彼は言う。

あのね、あなたがお兄さんのことを話すたびにね、あの街に住んでたとき、お兄さんとちゃんとした知り合いにならなかったの、失敗したなって気がどんどんしてきて、せっかくの機会を逃しちゃったような、なんだかわたしがいけなかったみたいな、謝らなくちゃいけないみたいな気がしてくるの、とわたしは言う。

わたしは自分の片手をもう片方の手でつかみ、お兄さんは電話するってことしないの？　ここに電話してもらうことできると思う？　わたし話させてもらえないかな？　とわたしは言う。

いや、兄は電話しない人なんだ、と彼は言い、あっさりと、説明抜きでそう言うから、ひょっとしてこの人のこと、また怒らせちゃったかな、とわたしは思い、ひょっとして荷が重すぎるのかな、わたしなんかの手に負えないことなのかな、とわたしは思う。

ほら、前に話したよね、兄はいろんなものを集めてたって、写真撮ってたって、僕、兄がね、それをみんな預かってくれって僕に渡してったんだ、それでね、僕が君に見せてもね、兄は怒らないと思うんだ、ていうか、喜ぶと思うんだけど、見てくれるかな、と彼は言い、彼はもう立ちあがっている。

突然彼の機嫌が直ったのをわたしは見て、わたしは微笑み、ええと言い、ドアを開けてあげ、車に向かう彼の後ろ姿をわたしは見おくる。

　わたしはわたしの部屋を見て、お茶の入ったポットと花がのったテーブルを見て、ふたつのティーカップを見て、テーブルにふたつカップがのったところは、なんて素敵なんだろうとわたしは思う。

影がひとつ、通りを横切り、それは薄く押した印影のようで、歩道から車道へと短時間で動いていき、それに気づいたのはただひとり、手の痛む男の幼い娘で、彼女はいつもこうしたものに気をつけていて、その影が震えのように素早く通っていくのを彼女は見て、彼女は見あげ、頭上高くに一対の翼を見つけ、それは広大な空にあって純白で、後ろにひと筋、細いリボンのような蒸気を引きずっている。

彼女が見あげたとき、一枚の雲が滑るようにして視界に入ってきて、それは重そうで、洗っていないレースのカーテンのような灰色をしていて、彼女は飛行機が消えていくのを眺め、彼女は空が暗くなるのを眺める。彼女は振りむき、見ると父親が立ちあがるところで、父親はすわっていた椅子を持ちあげ、腕を曲げて椅子の背に通し、ひじのところから買い物の袋のように椅子をぶらさげる。彼女が見ていると、父親は家の玄関から中に入りかけ、振りかえって肩越しに空を見る。突然、冷たい風が通りを吹きぬけ、彼女の髪がうなじから持ちあがり、通りの牛乳ケースはひっくり返り、投手は、まだ手にボールを持っているのに、おまえアウトね、と叫び、打者は牛乳ケースをふたたび積みかさね、ノーカン、ノーカン、投げてもいないじゃん、まだアウトじゃないね、と怒鳴っている。

彼女は見あげ、見るとさらに多くの雲が、足を引きずるようにして南から近づきつつあり、雲がふくれあがり、黒くなっていくのを彼女は見て、空全体が、お父さんが手を洗ったあとの、洗面台にたまった水みたいだと思う。彼女は興奮し、彼女はあたりを見まわし、彼女は歩道から車道に飛びおりる。彼女は年上の女の子を見つけ、年上の女の子というのは天使の話をしてくれた女の子で、この年上の女の子を通りの入口に彼女は見つけ、年上の女の子はその角を走って曲がってきて、歩道を真っすぐこちらに向かい、片腕を高く差しあげてやってきて、後ろに黄色いリボンをたなびかせたのが、車のラジオのアンテナに結びつけたペナントみたいで、年上の女の子は真っすぐ走って通りすぎ、ひとことも言わずに通りすぎ、その靴がぴしゃりぴしゃり歩道に鳴って、なんだかゆっくりとした拍手みたいだ。

スケッチブックと鉛筆を持った男の子、つまり住んでいる十一番地の前にすわって通りの絵を描いている男の子は、まだ描きおえていないのだが、しかし彼は空を見あげ、彼は道具をかき集め、家の中に戻っていく。

はしごの男は、住んでいる二十五番地の家の壁面にはしごをかけなおしていて、彼は気温が低くなったのを感じ、頭上にちらりと目をやって、急いでペンキの缶のところにいってふたをして、ペンキの缶を持ちあげて、玄関ホールに運びこみ、湿ったぼろ切れで刷毛を包み、上っ張りを脱ぎ、家の中に入っていく。

通りの反対側では、洗車をしている男が、ちくしょうと小さくつぶやき、降りだす前に金属ボディを拭きあげようと、大きな布を広げて両手で押さえ、それで屋根からボンネット、そして側面のパネルとこすっていって、彼は頭上を見あげ、彼は洗剤で泡立ったバケツの水を排水口に流しこみ、彼はぽつっと一滴の水が、首筋に落ちたのを感じる。

そして、あるにおいが空気中に漂っていて、それがふくらみ、うねり、それは錆をきれいにこすり落とした金属のようなにおいで、それは硬い清潔さで、それで空気は張りつめ、反りかえり、それは地面から空へとゆらゆら立ちのぼる電気的なちりちりで、のどの奥で広がりだす、ねっとりとした密なにおい、名前はついていないけれども、ああこれねと誰でもすぐにわかるにおいで、通りの人たちも、子供を別にすればみんなが知っているにおいで、みんな空気のにおいをかいでいて、上を見あげていて、雨の降りだしそうなにおいだと、みんな言ったり考えたりしている。

十八番地の玄関前の段々にいる男の子は、両目の赤い縁を左右の人差し指でさすっていて、大きな水の粒が目の前の地面に落下するのを彼は見て、水の粒はつぶれてひしゃげ、それは埃を吸いこんで、それは薄い色のコンクリートに染みをつくる。人々がふらふらと家の中に入っていくのを彼は見て、通りに渡ってきた静けさを彼は見て、双子の兄弟さえが言い争うのをやめ、いつ降りだすかと上を見あげている。

彼は真っ黒になった大気を見て、彼は息を凝らす。

こんなに大きく腹をふくらませた雲ができあがるまでのあいだ、どうしてそんなに多くの水が、どうしてそんなに大きな重力に抵抗しつづけていられるのかと、彼は不思議に思い、雨が降りはじめる瞬間はどんなふうなのかと彼は思い、それまでふくらみつづけていたものが、降りだす変化の一瞬、臨界量に達する瞬間の、空の物理におけるわずかな沈黙の合い間、最初のふくれた一滴が、大粒のまま、易々と、地面めざしてひゅーと落ちてくる寸前の、ためらいのことを彼は思う。

一滴、二滴、三滴が同時に落ち、一滴は寝室の窓にゆっくりと筋をつけ、一滴はぼそっという湿った音を新聞紙の上で立て、一滴はしゅっという音をバーベキューの炭の上で立てる。

そしてこれらキスに似た最初の予告がすんだあと、全面的な抱擁が訪れて、空の水気が突然に、この通りに、これらの家々に、この街に注がれはじめ、最初は奇妙な静けさで降っていて、それがゆっくりと勢いをつけていき、ついに突如として、砂利を窓に投げつけるような音がして、雨は強く、大量に降りはじめ、舗装路ではあんまり激しく跳ねあがるから、路面すれすれのところでは、雨が上から下に向かっているのか、下から上に向かっているのかわからないほどで、歩道の敷石を叩きつけ、通りの熱く乾いた表面を滑っていき、屋根をだくだく伝い、樋からひび割れた排水管へと流れこみ、窓ガラスとくたびれた窓枠とを洗い、屋根に覆われていないものすべてを執拗に乱打する。

そしてまだ外にいた人々は不意をつかれ、彼らは読んでいた濡れた新聞をかき集め、首をすくめて玄関口に飛びこんで、突然の変化に声を立てて笑い、風呂に入れられた犬みたいに首を振り、彼らは顔を見あわせて、こんな雨、いったいどこからきたんだろうと言いあって、その雨の中、濡れていく子供たちを彼らは眺め、子供たちはすでにびしょ濡れで、ぐしょ濡れになって大喜びで、つきだした舌をぴらぴらさせて雨をとらえようとして、三輪車の男の子に十六番地の幼い女の子、それに双子の兄弟がいて、双子の兄のほうはバットを振りまわしていて、子供たちはみんな踊っていて、たがいに向かって金切り声をあげていて、まるでこれが何ヶ月ぶりかの雨みたいだ。

そして双子の兄弟の妹が、通りの先のほうからふたたび現れ、彼女は走っていて、リボンを後ろに引きずっていて、顔には尼僧のような無表情が輝いていて、手を火傷した男の幼い娘の横で彼女は立ちどまり、彼女は何かをささやいて、ふたりは一緒に駆けだして、左右に並んで駆けだして、ふたりで持ったリボンは雨を切っていき、何も干していない洗濯紐のようにも見えて、決勝線のテープのようにも見えて、ふたりは通りの端まで駆けていき、ふたりは向きなおり、ふたりはまた駆けもどってきて、年上の女の子は、自分だけの秘密があるために、顔には出さない喜びに浸っていて、年下の女の子は当惑していて、でもうきうきしていて、年下の女の子はくすくす笑い、一緒に走りながらスキップをしようとする。

年下の女の子の父親が、玄関口から彼女を呼んで、父親は彼女の名前を呼んで、もう中に入れ、濡れてるじゃないかと父親は言い、彼女はリボンの端から手を放し、父親のところまで走っていき、年上の女の子は走りつづけていて、目には何も入らない。

そして降る雨の量が突然倍になり、嘘のようだが倍になり、先を見とおせない水の幕が街全体に落ちてきて、今度は双子の兄弟さえも、屋根の下に退却し、いまはただ、女の子だけが残っていて、寝室でたがいの体に浸っている夫婦のひとり娘だけが残っていて、彼女はリボンを捕虫網のように使っていて、彼女は赤ちゃんを、妹を捕まえようとしていて、彼女は父親に、わたしどこから生まれてきたのと聞いたことがあり、そりゃおまえ、おまえが宙をふわふわしていたところをな、ひょいと捕まえてきたんだよと父親は言ったので、だから彼女はいま、同じようにしようとしていて、彼女は車道に立ち、彼女は雨につっこむように体を傾け、雨の激しさに目をつぶっていて、やがて一台の車が角を曲がって通りに現れ、路面にたまった水を除雪車のようにじゃーじゃー左右にはねのけていて、女の子は車を見て、彼女の頭の中の音楽がやみ、車はぎゃーぎゃークラクションを鳴らし、車輪がロックして、車は水の表面にのってわずかに滑走する。彼女は車を見て、車は牛乳ケースでつくった三柱門につっこんで、牛乳ケースはひっくり返り、彼女は体の向きを変えると家に走りこみ、落としたリボンが車道に残る。

車は車道にうずくまり、ワイパーが怒ってぶりっぷぶりっぷ左右に振れていて、クラクションは雨の轟きに負けて聞こえない。

そして雨は強く大量に降っていて、通りの色と感触とを変えつつあり、あらゆるものの表面を、磨いて黒光りさせていて、空中の埃を吸いこんで、雨以外の音をすべてかき消していて、だから人々はただ眺めることしかできずにいる。

雨は降り、目の痛む男の子に降りかかっていて、男の子は自分の二階の窓から身を乗りだして、雨をポラロイドで撮っていて、何枚も何枚も、角度も変えず、焦点も変えず、つぎつぎと生まれてくる画像をカメラから引っぱりだして、まだ乾いていないそれらをわきに並べ、それらはフレームは同じでも絵は毎回違っていて、雨は逃した機会のように、ファインダーの向こうを上から下へと通りすぎていき、彼は眺め、シャッターを押し、彼は瞬きをせず、そして

雨は降り、二十二番地の屋根裏部屋の、裏にフェルトを張った天井のひびをしみとおり、髪を短くした眼鏡の女の子が、こんなことをするのもこれが最後だと、アイスクリームの空の容器を置きなおしていて、眺めていると侵入してきた水のしずくが、染みの広がった天井からひと粒落ちてくるたびに、池みたいにさざ波がそっと広がってはまた縮み、彼女は袋や箱に荷物を詰めていて、彼

女は出ていく準備をしているのだが、これから自分がどこにいくのか、これからいったいどうなるのか、自分でもよくはわからなくて、彼女は棚に並んだCDをおろし、ベッドの下にもぐりこんだままになっていた、本や服を引きずりだし、それやこれやをどこに入れたらいいか彼女にはわからず、彼女の動きののろさは、部屋を片づけなさいと言われた子供なみで、そして

雨は降り、二十三番地の庭のバーベキューはサウナ状態で、しゅうしゅう音を立てる炭から煙は山のように盛りあがり、腕をすりむいた、髪の毛の多い男の子が突然家から飛びだしてきて、虹色の縞々のゴルフ傘をバーベキューの上にかざし、角度をつけて差しだして、腕が焼けそうなので忙しく手を持ちかえて、そして

雨は降り、十九番地の寝室の窓に当たり、それで双子の兄弟の母親は目を覚ますことになり、それまで彼女は、顔を夫の顔に押しつけて眠っていて、ふたりの手足がからみあったのが、二本のイチイの木の枝のようで、ふたりは眠っていたのだが、彼女は窓に叩きつける水の音で目を覚ます。彼女は身動きせず、彼女はカーテンの隙間から、窓ガラスをさざ波が伝いおちていくのを眺め、彼女はいまこの時の満足を、体を走る物理的な感覚として感じていて、息をすることが、まるでチェロを弓でゆっくり弾くみたいに感じられ、ぶーんという振動と、満たされた望みとが、体の中で鳴っているみたいに感じられ、そして

雨は降り、外に垂れたレースのカーテンの端を雨はとらえ、開いた窓からレースのカーテンがだらりとはみでたのが、舟の後ろに引きずられた漁網のようで、外と内とで真っぷたつになった漁網、もがきのたうつ秘密をしっかりと包んだ漁網のようで、そして

雨は降り、次第に弱まり、音も小さくなりつつあり、雲の薄くなったところから、光が漏れてふ

たたび通りに射しはじめ、十一番地に住む建築学の学生は、窓ガラスに顔を押しつけ、水と水のあいだから光が落ちてくるのを見つめ、彼は春に働いた職場のことを思い出し、その事務所では、水彩絵の具の空びんが窓辺に積みあげられていて、日の光が、迷路を進むみたいに屈折を重ねてくるのを彼はすわって眺めていたもので、その美しさに見とれたもので、彼はそれを自然発生の数学と呼び、そんな建築物をつくりたいと思ったもので、彼はいま、向かいに並んだ家々を見つめ、その家々がプラスチックとガラスだけでつくられたところを思い描き、もしも住まいが、光の無限の反射で震えるようになったなら、人々の生活はいったいどんなふうに変わるだろうと想像し、そんなことが可能かどうかわからないけれども、いい考えではあると思い、そして

雨は弱まり、まだ彼女は身動きせず、彼女というのは双子の兄弟の母親で、彼女は深い喜びを覚え、彼女は夫のほほの上でキスを吸いこみ、吸ったキスが、ひとつの記憶のように、ゆっくりとした波となって体を伝わっていくのを彼女は感じ、彼女は口と目を閉じ、その柔らかな音を体の中に閉じこめ、それがのどの奥でくるくる回る感触を楽しみ、それを静かに飲みこんで、そして

雨はさらにゆっくりとなり、車の中の男はようやくドアを開け、ふたつの牛乳ケースをどけ、彼はそれをわきに放りなげ、ふたりの家の玄関口に隠れている双子の兄弟を睨みつけ、彼はふたたび車に乗って去り、通りは空っぽになり、通りはこの予期しなかった新しい変化に洗われていて、満たされていて、そして

雨は降り、いまはそっと降り、二十一番地、屋根裏のフラットの小さな窓の前を落ちていき、刺青の男はふたたびベッドの中にいて、煙草を吸っていて、ヘナで染めた赤い髪の女が、バラの入った花びんのまわりから、落ちた花びらを手ですくっていて、バラはもう捨てるべき時期が過ぎてい

るのに彼女が捨てずにいたもので、彼女は落ちた花びらを手にとって、ジャムの空きびんにぎっしり詰めて、男のほうが、そんなことしてどうするんだい、と言い、彼女はびんを窓敷居にのせ、彼女は男のほうを向き、男は雨で暗い部屋の陰の中にいて、こうしとくと日が当たるでしょ、と彼女は言い、光が通りぬけるみたいになってね、花びらが生きて見えるの、輝くの、と彼女は言い、そして

雨はあがっていき、じっと動かない静けさが訪れ、光は急速に通りにあふれ、窓や開いたままのドアから射しこみ、すでに湯気を立てている歩道の上に、最後の数滴が落ちるのがはっきりと見え、手入れの悪さの程度はまちまちの、樋や排水管からは、水があるいはざあざあと、あるいはたらたらと、あるいはぽとぽとと流れでて、緊張をゆっくり吐きだすような静けさが訪れ、しかしそれもつかのまで、子供たちがふたたび車道に現れ、水たまりに飛びこんで、戻ってきた太陽の熱により、子供たちの濡れた服や髪は急速に乾きつつあり、男の子たちはふたたび三柱門をたて、用意は整いプレーは再開され、大雨は街全体を通りすぎ、向こうの丘陵地帯へと移っていく。

部屋に戻ってきた彼は、さっきより顔が明るくなったようで、彼の体を興奮が包んでいて、箱は持ちづらそうで重そうで、でも彼は、ぜんぜん重みがないみたいに抱えている。

彼は箱をテーブルにのせ、すぐに中身を出しはじめ、きっと気に入ると思うんだ、と彼は言い、気に入ると思うんだ、きっと、と彼は言う。

お兄さん怒らないかな、自分だけの宝物みたいなものじゃないの、とわたしは言い、でもそう言いながら、もうわたしは彼のすぐ横に立っていて、箱の中を覗きこんでいる。

いや、そんなことないよ、と彼は言い、かえってあいつも喜ぶと思うよ、あいつ、いつだってこの箱のもの、嬉しそうに人に見せてるからね、と彼は言い、前面がガラスになった木の箱をとりだして、ほら、これのこと、前に話したよね、と彼は言う。

わたしは箱の中に並んで立った注射針を見て、それはいろいろな長さの注射の針で、針の一本は真ん中で折れていて、どれも根元のプラスチック部分には、半透明の茶色い膜がへばりついていて、それはまるでパイプ掃除のブラシについたタールをガラスになすりつけたみたいで、箱の裏には日付が記されていて、それから地図の中の位置を指定するときに使うみたいな、番号のようなものも書いてある。

わたしはこの注射針について質問しはじめて、けれども彼はもう、いろんなものをわたしに渡しだしていて、つまり、くしゃくしゃに丸められた手書きの手紙、そのしわを伸ばして葉っぱみたいにフレームにはさんだもの、食器洗い用の手袋の片一方、割れたワインのびんの底のほう、いくつも鍵のぶらさがったキーホルダー。

わたしはこれらのものを見て、こういうの集めてどうするつもりなんだろ、とわたしは言い、あいつは都会史料の蒐集と呼んでいてね、と彼は言い、あいつの話では、これもあいつが言うところの考古学の一環らしいんだけどね、ちょっと待ってよ、割れたガラスでつくった例のネックレスね、ここらへんにあったんだけど、と彼は言う。

わたしはまたお茶を淹れにいき、やかんのお湯が沸くまでのあいだ、わたしはキッチンのドアのわきに立ち、彼が箱の中をかきまわしているのを眺め、彼の声に耳を傾け、あなた本当にお兄さんが自慢なのね、わかるもの、とわたしは言う。

彼は手を休め、彼は首をよじってわたしのことを見て、そりゃそうさ、と静かに言う。

わたしはまたポットでお茶を淹れ、ドアを通って彼のところに持っていき、テーブルの上、注射針の箱や手紙をはさんだフレームの横にポットを置き、そこはワインのびんやキーホルダーの横でもあり、手書きの字のびっしり連なる何枚もの絵葉書の横でもある。

彼はもう腰をおろしていて、彼は絵葉書の裏を読んでいて、さっきまでの興奮はもう静まったみたいだ。

彼はさらにいろいろと箱からとりだして、煙草の空き箱にまだ開けていないラガービールの缶、白いビニールの財布もあって、二箇所の留め金に金のチェーンが通してあって、彼はひとつひとつを手にとって、光にかざしてひっくり返し、じっと視線を注いでいる。

多すぎると思うかい、と彼は言う。

さあ、どうかな、とわたしは言い、そうね、なかには、なかにはちょっと、なんていうのかな、あまり大事そうじゃないものもあるみたい。

あいつはよくそう言ってたんだ、と彼は言い、いってしまう前にね、多すぎるってね、こんなふうにいろいろ集めるのは、あいつのやろうとしてるのは、つまりそういうことで、あいつはね、多すぎるのを、すこしでも吸収しようとしてたんだ。

多すぎるって、何が、とわたしは言い、何もかにもが多すぎる、と彼は言い、物も多すぎるし、場所も多すぎる、情報も多すぎるし、人も多すぎる、いろんなものが多すぎるから、それぞれのものがあんまり多く存在するわけにいかないくらいで、知るべきことも多すぎて、僕はどこから手をつけていいかわからないけど、とにかく僕はやってみたい。

わたしは顔をあげ、彼が絵葉書の一枚に書きこまれた言葉を読みあげているのだと知り、彼の声がいつもとすこし違っていて、これは彼がものを読むときの声なのかな、それともお兄さんの声を真似ようとしているのかな、とわたしは思う。

彼はもう一枚の絵葉書をとりあげて読み、この世界には本当にたくさんの人がいる、と彼は言い、そして僕はその人たちみんなと知り合いになりたいのに、僕はとなりに住んでいる人の名前さえ知らない、と言い、そして彼は絵葉書を置き、わたしはそれがじつは写真であることを知り、それはとなりに住んでいた老夫婦の写真で、二階の窓から撮ったもので、ふたりは通りを歩いている。

わたしは絵葉書を手にとってみて、するとそれはみんな写真であって、裏に厚紙が貼ってあり、どの写真にも、あの通りに住んでいた人たちが写っている。

一枚には、何軒か先に住んでいた、傷だらけの手をした男の人が写っていて、お嬢さんを持ちあげているところで、お嬢さんは、交差させたお父さんの両腕を椅子にしてすわっている。

厚紙の裏には、この人の名前はアヴターというのだと思う、火事はどのくらい前のことだったのだろう、お嬢さんはいつも不安そうでびくびくしている、お嬢さんの名前は知らない、と書いてある。

別の写真を見てみると、通りの反対側に住んでいた、双子の兄弟が写っていて、ふたりはどこかよその家の裏庭にいて、ごみ箱からごみ袋を引っぱりだしていて、写真の裏には、この子たちの名前は知らない、いつも大声を張りあげている子供たちだ、この子たちの妹は静かで、いつも、背中に何か隠して持つかっこうをしている、と書いてある。

二十三番地の男の子たちの写真もあって、みんなで通りの真ん中を歩いていて、裏にみんなの名前が書いてあり、まずジェイミー、ジェイミーとはマイケルも知り合いで、それからロブ、これがスケートボードの人、それにジムとアンディで、このふたりのことはわたしはあんまり知らなくて、知っているのはただ、このうちのどちらかがギターを弾くということだけだ。

どの写真でも、写っている人は誰ひとり、写真を撮られているとは知らないようで、みんなきまってすこしだけ、知らないね、関係ないよ、という顔をしている。

写真はみんな隅っこに、窓枠とかカーテンとか、玄関ドアの一部とか、そんなものが写っていて、写真はどれも秘密めいた感じがする。

一枚わたしの写真もあって、わたしは自分の家を後ろにして通りを歩いていて、わたしは首をよじって振りかえり、何かを見ようとしているところで、そして裏にはわたしの名前が書いてあり、それからほかにも何か書いてあり、その上から太い線が何回も引かれて消してある。

わたしは一枚一枚写真を見ていって、ほとんど通りの人みんなが写真を撮られていて、みんな何か書かれていて、わたしは一枚ずつ順に見て、見おわった写真から、きれいに重ねて山にしていく。


通りの反対側に住んでいた女の人、双子の兄弟のお母さんが、二階の窓を開けて立っていて、通りを見おろしていて、微笑んでいて、ずいぶん若々しく見えるけど、本当はもっと年だったんじゃないかとわたしは思う。

となりの家のおじいさんが、脱いだ帽子を片手に持って、もう片方の手をくしにして髪を梳いていて、裏には、この夫婦はどこかに菜園を持っているのではないかと思うが、いっているのは奥さんのほうだけだと思う、と書いてある。

おばあさんを見かけたことをわたしは覚えていて、おばあさんは買い物用のカートを引っぱっていて、カートのてっぺんから鋤が飛びだして揺れていて、ごろごろ通りすぎていき、おばあさんは最初から園芸用の手袋をはめていて、わたしたちのほうを見て、ほーいと声をかけていく。

年がら年じゅう車を洗っていた男の人が空のバケツを手にさげて、シャツの前が上から下まで濡れていて、マラソンでもしたみたいに見える。

通りの向こうの最上階の若いカップルは、しょっちゅうふたりで言い争っているのが聞こえてきたものだけど、写真のふたりは手をつなぎ、男の人のほうは口を開けて笑っている。

写真はほかにもあり、人の写っていないものもあり、厚紙に貼ってあるのだけれど、裏には何の説明もなく、たとえば路地に出されたひじ掛け椅子とか、赤と緑のペンキで塗られた街灯とか、くちばしに小枝をくわえた鳩が目の前を飛んでいくところとか。

バス停近くの歩道の写真もあって、吐き捨てられたチューインガムがあばたのように、灰色の点々をつけている。

でもたいていは、写真は人を写していて、そしてたいていは、あの通りに住んでいた人で、眉にピアスの男の子に、三輪車の子のやせたお父さん、それからお店のおじさんも写っていて、おじさんはカウンターの向こうに立って、カメラに向かって大にこにこに笑っている。

その裏には、この人にだけは聞くことができた、名前はロージーさんという、と書いてある。


その人たちみんなのこと、君知ってた、と彼は言い、見覚えはあるけど、とわたしは言い、どの人も本当の知り合いだったとは言えないな、と言い、そうだよね、と彼は言う。

彼はさらにいろいろ箱からとりだして、ひと握りのカーテンフック、それからジャムの空きびんいっぱいの煙草の吸殻。

彼はジャムのびんを見て、彼はわたしの顔を見て、彼は声を立てて笑いだし、このうちのいくつかは、ちょっと、どうなのかな、と彼は言い、カーテンフックをいくつか手にとって、手から手へと移しはじめ、高くした片手から、ドミノみたいにかたかたと、下のもう片方の手へと落としている。

旅をしているあいだもこんなにいろいろ集めてたら、帰ってくるころは、きっとトラックを運転しているね、とわたしは言い、彼は顔をあげ、半分だけ微笑んだような顔をして、するとちょうど電話が鳴る。

わたしは立ちあがって電話に出て、ねえ、どういうことなの、信じられない、とセアラが言う。こんにちは、元気? メッセージ聞いたよ、どうしたの、信じられないって何が、とわたしは言う。

たったいま、お母さんと話したのよ、あなたの電話番号なくしちゃって、だから教えてもらおうと思って電話かけたの、そしたらお母さん、娘のことが心配だって、あなたももう知ってるもんだと思ってたって、おっしゃるじゃない。

知ってるって何を、とわたしは言い、わかってるでしょ、と彼女は言い、わたしは目をつぶり、まったく、とつぶやき、くるりと向きを変えて部屋を出て、そしてわたしがそうすると、マイケルがティーカップを集め、キッチンまで持っていく音がする。

そうか、母が話しちゃったのね、とわたしは言い、そうよ、信じられなかったわ、と彼女は言い、悪かったわ、そのうち話すつもりだったの、ただもうちょっと、ただもうちょっと先にしようと思ってたの、とわたしは言う。

いつからわかってたの予定日はいつ誰なの父親なぜ教えてくれなかったの、だってだって、と彼女は言い、彼女の言葉はもつれあい、せきたてられてこぼれてきて、まるで文字化けしたEメールだ。

悪かったわ、セアラ、もっと早く話さなくて、とわたしは言い、でもいまはね、どうしても話したくないの、いまこの電話ではね。

そう、悪かったわ、とセアラは言い、彼女の声はパンクしたタイヤみたいにしぼんでいる。

わたしは彼女を落ちこませるのが嫌で、近いうち会おうか、こっちに遊びにくる？　とわたしは言う。

いいよ、と彼女は言い、そうしよ、この週末はどうかな、と彼女は言い、いいよ、週末なら、とわたしは言い、話すことといっぱいあるものね、最近会ってないから話したいこと、聞きたいこと、いっぱいあるものね、とわたしは言い、彼女はちょっとだけ、そわそわしたみたいな笑い声をあげる。

それはそうと、だいじょうぶなの？　と彼女は言う。

お母さんね、心配してたよ、あなたのことほんとに心配しているみたいだったよ、と彼女は言う。だいじょうぶ、元気だよ、マイケルがきてるの、遊びにきたとこで、どこかにお昼を食べにいこうと思ってるの、だいじょうぶだから、電話くれてありがとうね、感謝してる、ほんとだよ、とわたしは言う。

彼、いまそこにいる？　彼なんじゃないでしょうね？　と彼女は言ってから、ああ、違うね、そんなわけなかったね、と彼女は言い、彼女はくすくす笑って、じゃあね、と彼女は言い、また電話する、とわたしは言う。

わたしが受話器を置くと、ちょうどキッチンから彼が戻ってきて、だいじょうぶかい、と彼は言い、だいじょうぶよ、ちょっとね、たいしたことじゃないの、とわたしは言う。

テーブルの上、箱の横にちらかった、いろんなものをわたしは見て、わたしは箱の中を覗きこみ、ポラロイド写真の束をとりだしてみる。

ママがね、ママがセアラに話しちゃったの、わたしが妊娠してるってこと、わたしまだセアラに話すつもりなかったのに、とわたしは言う。

わたしはポラロイドの写真を見て、これも彼の部屋の窓から撮ったもので、大雨の日に撮っていて、レンズに水滴がぽつぽつついていて、通りが濡れて光っている。

彼女には話さないつもりだったの？　と彼は言い、ううん、話すつもりだったけど、まだと思ってたの、こんなふうな知られかたでなく、もっとあとにね、どのくらいあとのつもりだったかは自分でもわからないけど、とわたしは言う。

写真の一枚に双子の兄弟が写っていて、ふたりとも頭をのけぞらして顔に雨を受け、ふたりの服はぐしょ濡れで、片方の子はクリケットのバットを振りまわしている。

まあ、すくなくとも、これで話せる相手が見つかったね、と彼は言い、つまり、なんていうかな、失礼な言いかたするつもりはないんだけど、妊娠のことを話せる相手が君には必要だよ、きちんと話せる相手がね、と彼は言い、わたしは一瞬、彼の顔を見る。

わたしは残りのポラロイドも見て、それは双子の兄弟の妹がリボンを振りまわしているところだったり、二十三番地の庭のバーベキューから煙がもくもくあがっているところだったり、雨でいっぱいの暗い空だったり、ガラスのように光っている通りだったりして、わたしはその全部を最初から、じっくりと見なおしていく。

わたしは双子の兄弟の写真を眺め、すると片方の子が着ている服に見覚えがあり、クリケットのバットを振りまわしているほうの子のことだけど、それでこのポラロイド写真が、いつ撮られたものなのかわたしは気づき、花びんが窓敷居から落っこちるみたいに、わたしの胃袋はひっくり返る。

彼は残っていたいくつかのものを箱からとりだし、それは螺旋とじのノートを何冊も紐で結わえた分厚い束、ポラロイドカメラ、雑誌から切りとったページ、本からのコピーといったもの。

これはほとんどが論文のためのものだったんだろうな、と彼は言い、火葬に使う積まれた薪や棺の写真、それからグレースランドについての記事を彼は手にとり、ページの裏に残っているブルータックを彼は指ではがしている。

あいつは何か葬祭儀礼のことを書いたんだ、と彼は言い、歴史上の葬祭儀礼と現代のものとを比較してね、あいつ、ほんとにはまってた、と彼は言う。

わたしはいちばん最後に残ったものを箱からとりだし、それは小さな素焼きの人形で、それがふたつに割れていて、それも論文関係だろうな、と彼は言い、きっと東洋のものだね、と彼は言う。

わたしは割れたふたつの部分を合わせてみて、すべすべとした丸い頭を肩のほうに押しつけてみて、そのまま持ちあげてじっと見る。

それは姿が美しく、穏やかで、とてもよくできていて、両目を閉じ、鼻はほんのちょっぴりひねりあげただけで、肩から下は形があるようなないような。

わたしは人形をひっくり返し、わたしは人形を置き、わたしは肩から下の体の横に頭を置く。

割れちゃったのは残念ね、とわたしは言う。

きっとあいつが落としたんだよ、と彼は言う。


彼はすべてを箱に戻しはじめ、積みかさねたり並べたり、ぴったり収まるように注意深くやっている。

どこかにお昼食べにいかない、とわたしは言い、彼は顔をあげ、ていうのはね、とわたしは言い、その、うち食べ物ぜんぜんないんだ、とわたしは言う。

いいよ、気にしなくて、そのほうがいいよ、僕たち、僕そのほうがいいよ、と彼は言う。

じつは僕今日は一日何も予定がなくてね、と彼は言い、よかったら午後どこかに出かけない？国民の祝日なんだからね、と彼は言う。

彼はわたしのことを見つめていて、彼の手は動くのをやめていて、わたしは顔をあげ、彼は瞬きし、わたしは目をそらし、もちろん君に予定がなかったらだけど、と彼が言う。

ないわ、とわたしは急いで言って、わたし今日は何も予定ないの、うん、いいよね、外の空気を吸って、ちょっと体を動かして、とわたしは言う。

彼は微笑んで、ようし、そうしよう、と彼は言い、彼は箱を詰めおわり、彼は箱を持ちあげて、じゃあ、でかけようか、と彼は言う。

いいよ、とわたしは言い、微笑んで言い、外で待ってて、いくつか持ってくものそろえなくちゃいけないから、とわたしは言い、わたしはドアを開けてあげ、車まで歩いていく彼の後ろ姿を見おくって、わたしは奇妙な感じ、頭がくらくらする感じがする。

わたしはバッグを拾いあげ、わたしはコップに一杯水を飲み、ボトルにも水を詰め、わたしはもう一度花を見て、表に踏みだし、光の中に踏みだして、待ちうける車へとわたしは向かう。

十九番地の寝室では、双子の兄弟の母親が、ベッドに横になったまま目を覚ましている。夫は眠っていて、そのままそっとされていて、彼女は夫の横でじっと身を横たえていて、絶対の喜びを知った心の中に閉じこもっていて、こんなふうではなかったころのこと、ふたりがひとつになる瞬間というものに、暗い影が落ちていたころのことを考えていて、影というのはあることが起こらないことからきていた影で、家族の人たちがふたりのことを、というか彼女のことを、よく思わないことからきていた影だった。

彼女は小さなお腹を手の先でなで、このことが苦痛の種、涙を流す種であったころのことを思い出す。

祈りを捧げたくなる種ですらあった。

お腹から腰にかけての皮膚のたるみを引っぱり、お腹の中にいたものが残していった痕跡の、体がゆっくりふくれあがっていって張りつめた、その結果として残った痕跡の、ちっちゃな凹凸を親指のわきでなぞる。

彼女はその重さ、その巨大さを思い出し、彼女は奇跡のようなそれを思い出し、自分の体が変化して、別の新しい体のために、いや、ふたつの新しい体のために、居場所をつくったことを思い出す。

そしてそれが不可能であった年月のこと、恵まれなかった年月のことを彼女は考え、夫の母親が使った言葉のこと、恵まれないのはシェイムだね、と言われたことを考える。

そして夫の母親は、そのシェイムという言葉を、ときどき人が使うような使いかた、つまりちょっと残念だくらいの意味、雨が降ってシェイムだ、と言うときのような意味で使ったのではなく、夫の母親はそんなふうに使ったのではなく、言葉のもともとの使いかたで、シェイムという言葉に屈辱、赤面、不当といった意味を持たせて使ったのだ。シェイムという言葉を、おまえは目を伏せなさい、わたしの顔を見るな、わたしの息子の家庭におまえは恥をもたらしたのだ、といった意味を持たせて使ったのだ。

夫の母親はそこまではっきりとは言わなかったが、夫の母親が口にする言葉が意味したのはそういうこと、酷くて意地の悪いことであり、夫の母親がそんな言葉を口にするのは、ふたりの男がどちらも家にいないときと決まっていた。

それはもう何年も前のことだけれども、いまでも彼女は、夫の母親を許す理由を見つけるのに苦労していて、夫の母親があのころ言ったこと、夫の母親のあのころの態度をなかなか許せずにいる。

眠っている夫がうめき声をあげ、体を動かし、寝がえって彼女のほうを向き、目があるわけでもない腕を彼女の胸の上に置き、口を彼女の肩にすりつけてくる。彼女は夫の手をとって、指を夫の指にからめ、するとそれはちょうど、双子の息子たちが生まれたときに、つま先とつま先が向かいあうように寝かされた息子たちが、体を動かして、脚と脚とをもつれあわせたかっこうとよく似ている。

そしてその瞬間のことを考えると、つまり生まれたばかりのふたりの息子を眺めたときのことを考えると、彼女の体の中で心が花開き、それは息子たちが生まれたときに、心が花開いたのとちっとも変わらない。ふたりが生まれるまでにかかった手間ひまのことを彼女は考え、手間ひまというのはつまり、さまざまな手続きや儀式、薬や特別の食事、カレンダーに体温計にきりのない検査のことで、検査には血液検査や尿検査、そのほかいろいろな検査があった。

彼女は夫のかいた恥のことを考えて、夫がプラスチックのびんの中に精液を出させられたことを考えて、そのことが夫の母親の知るところとならなくてよかったと思う。そのことがあったあと、だから検査結果について医師から夫に対して話があったあと、夫はしばらく口数がすくなくなり、自分がひと回り小さな男になったような、男としての価値が下がったような気がすると夫は言った。けれども彼女は夫にキスをして、そして彼女は夫を抱きしめて、そして夫に、あなたはわたしにとって昔からのあなたのままなんだからと彼女は言い、そしてしばらくすると、夫も彼女の言葉を信じるようになり、夫は医師に言われたこと、医師からアドバイスされたことを彼女に話した。

不可能なことをすこしでも可能にするために、いってみれば神の恵みを無理やり引っぱりだすために、ふたりがしなければならなかったことの数々を思い出すと、七年、いや八年が経ったいまでさえ、彼女は微笑まずにはいられない。それはあまりにも当たり前、あまりにもありきたりのことばかりで、まるで六つの数を当てることにより、宝を手に入れようとしているみたいな気がしたものだ。

彼女はそれらのことを考えて、彼女は夫の手にキスして微笑む。

温かい風呂、公園でのジョギング、脂肪の摂取を減らすこと。

もっとゆったりとした下着をつけること。

聞かされたときには、どうにも役に立たなさそうに思われて、不妊という事実を前に、なんともささやかな抵抗に思われて、まるで砂漠の真っただ中で小さなコップ一杯の水を渡されたような、巨大な鉄のドアをたった一本の指の関節でノックしているような、そんな気がしたものだった。だからふたりはあまり多くを期待せず、ふたりはほかのいろいろなこともやめずに続け、それは各種のグラフや計算であり、体温と体重の測定であり、もっとも適切な時期の推定だった。妊娠が可能な期間のことを医師は受胎の窓と呼び、受胎の窓がいつくるか計算することです、そしてその窓を精一杯利用することです、とその女性の医師は言い、そう言われた彼女はおかしな言い回しだと思い、その言葉を聞くたびに、人の住まなくなった田舎家を彼女は想像し、その割れた窓ガラスから、伸びた蔦や苔が中に入りこんだところが目に浮かんだものだった。

それでもふたりはふたりの受胎の窓を計算し、その窓を精一杯利用した。いま、彼女は微笑んで、彼女の体は喜びのため、喜びの記憶のためにふくらんで、彼女はすこし体の向きを変え、体を夫に押しつける。彼女は覚えているのだが、あるとき夫が乗り気でないふりをして、なあ、おまえ、ひょっとして俺たちは、この受胎の窓とかいうやつを、過大評価してるんじゃないだろうかと言ったことがある。そのとき彼女は、ええそうですともと言い、そしてふたりはその窓を精一杯利用した。

彼女はいま夫のことを見て、夫の目は閉じていて、口は開いていて、夫の顔の細かいところまで、部屋にどっと戻ってきた日の光に照らしだされている。夫のほほは荒れていて、ほほ骨のあたりがすこしたるんで、一日分の無精ひげが早くもちくちく肌からつきでていて、黒っぽい点々のあいだに銀色のものが散っている。この短いひげを彼女が手のひらでこすったならばするはずの音、ナツメッグをおろすときみたいな、じゃりじゃりいう音のことを彼女は考える。彼女は夫の肌に触れ、そっと夫の肌に触れ、夫の両目と唇の輪郭を彼女は指でなぞり、夫の額のしわに沿って彼女は指を動かし、夫のふさふさとした眉毛を彼女は親指と人差し指でつまみ、それを引っぱりあげて小さな毛の房をつくる。夫は何かつぶやいて、眠ったまますこし顔をしかめ、ちょっとだけ体を離すようによじり、顔だけまたもぞもぞと彼女のほうに向きなおる。彼女はしいっとささやいて、夫の額に中指を滑らせ、鼻筋を上から下までたどっていって、最後に指を夫の唇に置く。

彼女はあの瞬間の夫の顔のことを考えて、夫に告げたとき、夫の顔が本当に突然変わったことを思い出し、それはこの上なく暗い夜に打ちあげられた、この上なく巨大な花火のようで、彼女の目の前でひらめき、きらめき、炸裂して、夫の目は大きく見ひらかれ、口はぽかんと開き、歯は白と金色とに光り、夫の体の奥のどこかから、ぱちぱち、しゅーしゅーいう歓喜の音が飛びだしてきた。それは本当か？　と夫は言い、本当なのか？　本当に本当か？　ありがたい、と夫は言い、嬉しいぞ、ありがとう、ありがとう、と夫は言い、夫が自分に向かって言っているのだと彼女は気づき、そこで彼女は声を立てて笑い、こちらこそありがとう、ありがとう、だぶだぶズボンの旦那さま、と言い、夫も声を立てて笑い、ふたりは抱きあい、医師からの通知を何度も何度も読みかえし、喜んで興奮して夜遅くまでおしゃべりし、まず最初に誰に話そうか、いつ話そうかと話しあい、服やベビーベッドや乳母車のこと、納戸を模様替えしなくてはならないこと、ぐっすり眠り、いい食べ物を食べなければいけないこと、お金がかかるということ、それから名前のことについておしゃべりした。どんな名前がいいかについて、何週間も何ヶ月も話しあい、そのあいだに彼女のお腹はふくらんで、彼女の足どりはゆっくりになり、つわりの時期がやってきて過ぎさって、興奮はますます高まって、親戚や友人の訪問を受ける回数が増え、そのあいだずっと、名前のことを考えていた。名前の表を何回もつくり、気に入った名前を声に出して呼んでみて、もっと別のはないかと本を何冊もひっくり返した。

彼女は最後の数週間のことを思い出し、そのころには彼女は外に出ることを許されず、なにやかやと世話を焼いてくれる人たちに囲まれて、自分のときはこうだったといういろいろな人の話に囲まれて、アドバイスは彼女のまわりに積みかさなって、部屋の隅に積みかさなっていく贈り物と張りあっていた。

そのころどんなに大変だったかを彼女は思い出し、動きまわるのもつらければ、眠るのも難しかったこと、自分のお腹のとてつもない大きさに圧倒されたこと、早くすんでほしいと願う一方で、最後に待ちかまえているものがこわくて仕方なかったことを思い出す。いまでも覚えているのだが、夫が幅のある手をふたつ広げて彼女のお腹にのせて、親指と親指をくっつけて、すると左右の小指を伸ばしても、彼女の腰骨に遠く及ばなかった。どんな感じだい？　いままでなったことのない初めてのかっこうになってみて、どんな感じだい？　と夫は言い、哺乳動物になった気がする、と彼女は言い、夫は声をあげて笑い、でも哺乳動物じゃないか、人間も哺乳動物だろう、と夫は言った。

いえ、違うのよ、わたしが言いたいのは、と彼女は言い、でも本当に言いたいことは説明できなかったが、言いたかったのはつまり、嫌な象だとか、それとも鯨だとか、体が大きくて立派で、風船みたいなものになった気がするということで、それと同時に、ぜんぜん人間じゃないみたいで、動物みたいで、自分をはるかに超えたプロセスに組みこまれ、ひとりの人間だという以上のものになったみたいだということで、彼女が言いたかったのはつまり、自分が種の一部であるという感じ、彼女にはどうすることもできない自然の営みの一部になった感じがするということだった。

そのことが起こる前の晩、夫はまた両手を広げ、手のひらをぴたりと彼女のふくれたお腹に押しつけ、お腹の皮膚は張りつめて、半透明のようにも見えて、夫は両手を置いたまま、こりゃ、馬鹿でかい赤ん坊が生まれてくるぞと、そう言った。

そう夫が言ったのをいま彼女は思い出し、彼女は微笑み、彼女は首を振り、なんで自分は思いつかなかったんだろうと不思議に思い、なんでふたりともその可能性を、ちらとも考えることがなかったんだろうと不思議に思う。

とうとう知ったとき、夫が恐れかしこまり、呆けたようになったことを彼女は思い出し、お産が終わって部屋に連れてこられたとき、夫はただただ彼女の顔を見て、えっ、ふたりいるじゃないか、と言うことしかできなかったのを思い出す。

彼女はまた一本の指で夫の唇に触れ、上唇、そして下唇の、ひび割れた縁を指の関節でさすり、夫は口を動かして、夫のまぶたがすこし持ちあがり、まるでそよ風で持ちあがった紙のようだ。ねえ、起きて、と彼女はささやき、彼女は顔を寄せて夫の口にキスをして、彼女は寝返りを打つようにして体重を夫に預け、日差しの温かさを背中に感じつつ、頭をひょこひょこ動かして、夫の目の上に影を落としたり外したりする。夫は目を覚まし、夫は目を開け、彼女は指を広げた手のひらを夫の胸にぴったりと置き、腰を適当に動かして、夫の腹を軽く左右に揺らしてやる。

もうたっぷり眠ったわよ、休めた？　と彼女は言う。

まだうちの中、誰もいないから、と彼女は言う。

そして夫は眉をつりあげて、そしてふたつの体が揺れだして、もつれた寝具がこすれだし、古いベッドスプリングがきしりだす。

そして息を詰め、動きをとめた一瞬に、つまり瞬きしながらたがいの顔を見つめあい、一方は早くも額の汗を拭いはじめるそのときに、彼女が何を思い出しているかといえば、ふたりが人の二倍の恵みを受けてわずか数ヶ月後、ふたりに訪れたさらなる驚き、つまり心の準備がまだできていなかった、予定外の第三子の懐妊のことであり、だから、さらにこの上の可能性を封印しようというう決断、夫の体の上に医師にはさみと針とを使わせて、ふたりの受胎の窓にシャッターを下ろそうという決断は、正しかったと彼女はいまでも自信がある。四人目なんてお金はないし、わたしの体ももう疲れているし、と彼女は言い、彼女の願いに夫は嫌とは言えなかった。わたしたちは求めた以上のものを与えられたのだから、もうこれで十分よ、と彼女は言い、夫は彼女に同意した。

そのことはふたりだけの秘密とされて、というのも夫の両親が、それをよしとするとは必ずしも思えなかったためで、しかしふたりがもうけた子供たちに、さらに兄弟姉妹をつくってやりなさいとは、夫の母親ももう言わなかった。ひょっとして、夫の母親も同様に、三人で十分と思っているのだろうか。ひょっとして、夫の母親は、必要がなくなったいま、ふたりがこんなふうに一緒に体を動かすことは、もうないはずだと思っているのだろうか。

彼女は夫の背中に立てた爪をゆっくりと下ろしていき、自分が夫の口から引きだすことのできる音に彼女は耳を澄まし、ならば、すくなくともそのことだけは、夫の母親は間違っていると彼女は思う。

✡

今朝は起きるのが遅かったから、シャワーを浴びずに勤めに出なくてはならなくて、一日じゅう体がべとついて、頭にわらでも詰まっているような感じがした。

家を出る前に、割れた素焼きの人形を、マイケルが忘れていったことに気がついて、それはまだテーブルにのっていて、さびしそうに横倒しになっていた。

わたしは人形を手にとって、もう一度それをじっと見て、もげた頭を肩の上に置いてやり、長くて薄い耳、首のまわりのちっちゃなビーズの連なり、静かな表情をじっと見た。

どういうふうにして割れたんだろうとわたしは思った。

わたしに直すことができるかな、直してもいいのかな、このままにしておいたほうがいいのかな、とわたしは思った。

瞬間接着剤を探してわたしはうろうろして、キッチンでは、輪ゴムやセロテープやアルミホイルの入った引きだしの中を見て、するとそこには、病院でもらったパンフレット類が入っていて、それはいつだったか、そこにわたしがつっこんだものだ。

あの日マーカーでしるしをつけはじめた部分をわたしは読み、そのほかの部分もわたしは読んで、どういうわけか、前よりはすこし別世界のことでなく思え、時計を気にしながらわたしはもうちょっと読み、お腹をさすりながら、わたしは体の中で静かに泡立つ奇跡のことを想像した。

でも結局は、パンフレットをもとに戻し、口にトーストを詰めこんだまま、バス停まで走らなければならなかった。

そしてわたしは一日じゅう、コピー機の前に立ちつづけ、紙で手にちっちゃな傷をいくつもつくり、昨日の午後のことを考えていた。


昨日の午後、歩きまわって、おしゃべりして、おしゃべりをやめて、考えて、何を考えているのか教えあって、ただそんなふうにして時間を過ごしたのが、なんて素敵だったんだろうとわたしは思った。

わたしたちは公園にいき、すると下のお店の女の子がいて、女の子にもわたしのことが見えたと思うけれど、こんにちはと言ったものかどうか、わたしにはわからなくて、わたしが誰なのか彼女にわかっているか自信がなかった。

つつじの植え込みの陰でわたしは吐き、それでも会話はほとんど途切れなかった。

湖の見えるカフェでわたしたちはお昼を食べ、わたしたちは窓際に席をとって湖面を見わたして、そのとき彼が話してくれたのは、湖水地方にキャンプ旅行に出かけたときに、彼と彼のお兄さんが泳ぎを覚えた顛末で、ふたりはおたがいをけしかけて、沖に向かってじゃぶじゃぶ歩いていったということだ。

暑い日でね、と彼は言い、でも水はまだ氷のように冷たかった、と彼は言う。

彼の話では、ふたりは水の中に立ち、ぶるぶる震えながらおたがいを弱虫と呼び、もう一歩、さらにもう一歩と進んでいって、やがて水がちゃぷんちゃぷん、ふたりの食いしばった歯に当たるまでになったという。

話す彼は湖と、手漕ぎボートに乗った人たちとを眺めていて、僕たち黙りこんじゃってね、と彼は言い、僕たちはおたがいの顔をじっと見てね、これからどうしようかなって思ってね、そして突然ね、僕たちはおたがいの腕をつかんで前のほうに引っぱってね、もう背の立たないところにね、ふたりとも顔から水につっこんでってね、と彼は言った。

それでどうなったの、とわたしは言い、よくはわからないんだけどね、と彼は言い、自分がしばらく水の中にいたことだけは覚えていてね、腕と脚をめちゃくちゃに動かしててね、そしたら、どういうわけか頭がまた水の上に出てね、僕たちふたりとも泳ぎだしてたんだ、と彼は言う。

わたし泳げないの、とわたしは言い、彼はわたしのお腹を指さして、じゃあ、水中出産は無理ってわけだと言い、彼は微笑み、わたしは声を立てて笑った。


そしてもうすこしおしゃべりしてから、わたしたちはまた歩いて公園の中を引きかえし、街の中を歩いて美術館にいった。

美術館は特別展の最中で、たったひとつの作品なのだけど、わたしたちは一時間そこにいて、見つめて、見つめて、作品についてささやきあい、わたしたちのまわりでも、恐れかしこまった人たちが、ひそひそ声でしゃべっていた。

作品はひとつの部屋の中にあり、それは広い部屋で長い天窓がいくつかあって、わたしたちは部屋の入口に立って作品を見て、作品というのはたくさん並んだ全体でひとつの作品で、わたしたちはそれを見わたして、十五センチほどの赤い素焼きの人形が、何千体も何万体も並んでて、つくりが大雑把なのは幼稚園児のつくった粘土の人形なみで、目は指の太さの穴がふたつきりで、形があるようなないような体の上に、上向きの顔がのっている。

どれもこれもほとんど同じで、どれもこれもみんな特別。

わたしたちはそこにひざまずき、わたしたちのことを見あげている人形たちを見て、何千何万もの人形を見て、どれくらいの時間、とか、これみんな、とか、いったい何を、とかわたしたちは言いあった。

小さな男の子が、大声を張りあげながらわたしたちの後ろから駆けてきて、そして突然じっと静かになり、舞台にあがったみたい、と男の子は言った。

わたしはひとつ盗みたくなって、ベッドの横のテーブルに置くのにいいな、朝、目を覚ましたときに、人形がやさしく微笑みかけてくるのはいいなと思い、でもマイケルは、それは悪いよと言って盗ませてくれなくて、ひとりだけになったら人形がさびしがるかもしれないよ、と彼は言った。

わたしは人形をかぞえたくなって、人形みんなに名前をつけたくなって、人形ひとりひとりにお話をつくってあげたくなって、でもやりはじめることさえ不可能な気がした。

だからわたしたちは黙ってただそこにひざまずき、わたしたちのことを見ている人形たちを見て、人形たちは瞬きをせず無表情だった。

外に出ると、太陽は空に重く低くかかっていて、わたしたちはふたりともお腹をすかせていて、けれどわたしは家に帰りたくなかった。

わたしたちは喫茶店にいってスープをもらい、窓に面したカウンターの止まり木に腰をかけ、おたがいの顔を見ないでおしゃべりし、わたしたちの姿が薄くガラスに映っていた。

くたくたなんじゃない？　歩きすぎちゃったかな？　と彼が言った。

ううん、だいじょうぶ、とわたしは言い、ちょっとくたびれたけど、でも平気、とわたしは言い、今日は楽しかったとわたしは言った。

そしてふたりして熱いスープをすすってすわっていて、この人、わたしなんかを相手にして何になるんだろうとわたしはまた思い、わたしはこの数日のことを考えて、なぜこの人はここにいるんだろう、この人は誰なんだろう、そもそもなぜわたしを探しだしにきたんだろう、何を期待していたんだろう、いまこの人は何を考えているんだろう、と考えた。

兄がね、と彼は言い、僕ね、君と会ってまだほんの一週間だけど、僕、君のこと、兄が知ってたより、ずっとよく知ってるような気がもうしててね、と彼は言い、なぜかわからないけど、悪いような気がしてるんだ、と彼は言った。

あら、でも、わたしお兄さんのこと知ってるような気がしてきた、とわたしは言い、あんまりたくさんお兄さんの話聞いたから、本当の知り合いだったような気さえしてきちゃった、とわたしは言い、すると彼は、それは同じじゃないと思うけど、と言った。

道路をちょっといったところに横断歩道があり、信号が赤になっていて、信号が変わるのを待っているたくさんの人たちのことをわたしは眺め、人がいっぱいで大きな人だかりになっていて、みんなじっとしていて、表情がなくて、信号機を見あげていた。

ちょうど美術館の人形たちみたいに見えた。


外に一台、白いバンがとめてあり、蛍光ジャケットを着たふたりの男の人が、ケーブルを巻いたすごく大きなのをいくつも積みこんでいて、シャベルや工事中のしるしのコーンも積みこんでいた。

いままで君に起こったことで、いちばんこわかったことって何、と彼が言った。

わたしは口を開き、わたしが言うつもりだったのはあの日のこと、あの日の午後のこと、あの瞬間を見たこと、彼のお兄さんがそこに向かうのを見ていたことなのだけど、でも彼が、僕が言ってるのは本当に君の身に起こったことだよ、見たとか読んだとかじゃなくて、君自身の身に起こったことだよ、と言った。

わたしは口をつぐみ、そしてわたしは彼の顔を見て、そしてそれがとても大事な違いであることにわたしは気づいた。

何かな、子供のころ遊園地で迷子になったことかな、とわたしは言い、でも自分でもはっきりしないな、ちょっと考えさせて、あなたは何なの？　とわたしは言って、わたしは赤い濃いスープを吸い、わたしは温かい紙コップを両手で包んだ。

大型のバンの後ろに入れられたことがあってね、バンはがたがたしたところを走っていって、と彼は言い、どこを走っているのか僕にはわからないんだ、誘拐されたと思ったよ。

わたしは彼の顔を見て、わたしは冗談だと思ったけれど、でも彼は微笑まず、なーんてね、とも言わなかった。

こういうふうに話すと実際より悪く聞こえちゃうんだけど、それでもそのときはこわくてたまらなくてね、殺されると思ったよ、と彼は言った。

わたしは彼の顔を見て、彼は外のバンを見つめていて、悪かったね、と彼は言い、思い出しちゃったもんだから、それだけなんだ、あのバンでね、ちょっと思い出しちゃったんだ。


それ何だったの？　どうしてそんなことになったの？　とわたしは言った。

あるとき家まで人の車に乗せてもらおうと思ってね、ヒッチハイクみたいにね、それでずうっと道に立ってたら、バンがとまってくれてさ、男がふたり乗ってたんだけど、後ろになら乗せてやってもいい、って言ったんだ、と彼は言った。

後ろは窓がなくてね、天井に細長い隙間みたいなのがふたつあるだけで、入ってくる光の筋が、車が角を曲がるたびに暗いなかをさーっと走って、なかに積まれているものがちらっちらっと見えるんだ、レンガとかロープとか、鋤も一本あったな、と彼は言った。

ブレーキはいつもすごい急ブレーキで、すごく甲高い笑い声が運転席から聞こえてくるんだ、と彼は言った。

それに乗せられている時間が長すぎるんだよ、と彼は言い、そのうち運転席のふたりは笑うのをやめてね、車は何か未舗装路みたいなところを走りだして、がったんがったん揺れだして、いったいどこを走ってるのか僕にはわからないんだ。

えーっ、それでどうしたの、どうなっちゃったの、とわたしは言い、それが、別にどうにもならなかったんだ、と彼は言い、僕んちのある通りの角でおろしてくれてね、ただの冗談か何かだったんだ。

彼はそのころにはほんとにゆっくりと、息を凝らすみたいにしゃべっていて、それでね、と彼は言い、何がいちばんこたえたと思う？　不思議なんだけど、いちばんこたえたのは、自分の身に何が起こるんだろうっていう不安なんかより、男たちが何をするつもりだろうとか、どうしたら逃げられるだろうとかより、死んでも誰にもわからないんだって考えたらね、自分はただの行方不明になるんだって、神隠しみたいに消えちゃうんだって考えたらね、それがいちばんこたえたよ。

彼はわたしの顔を見て、そういうの想像できる？　と彼は言った。

それ以上にさびしいことって想像できる？　と彼は言った。

夕方フラットに帰ってくると、留守番電話のメッセージランプが緑色に点滅していた。

わたしは立ったままそれを見つめ、なんだか催眠術にかかったみたいで、玄関ドアも閉めないまま、電気も点けないまま、小さな緑のランプをわたしは見つめ、ランプは暗いなかで瞬きしていた。

母が電話してきたのかなとわたしは思い、母はあのあとゆっくり考えて、もう怒ってもいないし取り乱してもいないから、おまえが話してくれたことを嬉しく思っているから、近いうちに泊まりがけで遊びにいっていいかしら、そう母は言ってきたのかな、とわたしは思った。

電話は父からだったのかなとわたしは思い、心配するなと父は言ってきて、母さんはこんなふうに思ってるんだが、なかなか口に出しては言えないだけで、母さんは父さんと同じくらいおまえのことを愛してるんだ、そう父は言ってきたのかな、とわたしは思った。

そしてわたしはランプを見つめ、ランプは点いては消え、点いては消えしていて、まるで閉じられたドアをしつこくノックしているみたいで、わたしはさらに電話に近づいて、でもなぜか、メッセージを聞く、と書かれたボタンをわたしは押せなかった。

わたしは突然思いつき、スコットランドにいる知り合いに、きっと両親は電話をかけて、お清めをしたホテルで働いていた男の子のことを、どうにかして両親は探しだし、あの人にわたしの番号を教え、わたしに電話するように言ったんだとわたしは思った。

わたしは彼の豊かな声を想像し、声は電線や機械のせいでか細くなり、金属的になり、それがわたしのフラットに急に入ってきて、やあ、ひさしぶりだね、元気かい、そんなことを言うのをわたしは想像した。

その声を耳にしたら自分はどうなるだろうとわたしは思い、自分はひるむだろうか、立ちあがるだろうか、わたしの体の中、心臓の下のどこかで、聞き覚えのある声に何かがぱたぱたし、ぴくぴくするだろうかとわたしは思った。

わたしはマイケルに向かって言った言葉を思い出し、あの言葉をふたたび、返事として、自分は言うことができるだろうかと思い、悪いけど、たまたまあんなふうになっちゃっただけのことで、それ以上のことじゃないの、それだけのことだったの、と自分は言えるかなとわたしは思った。

そしてわたしは小さな緑のランプを見て、わたしはマイケルのお兄さんのことを考えて、マイケルのお兄さんの静かな声が機械から、ためらいがちに流れでてくるのを想像した。

マイケルがお兄さんと連絡をとっているところをわたしは想像し、彼女と会ったよ、いつかおまえに会いたいって言ってたよ彼女、とマイケルは言っている。

マイケルのお兄さんが公衆電話のそばにいるところをわたしは想像し、そこは地球の裏側で、マイケルのお兄さんは電話のまわりをうろうろし、手を伸ばしては引っこめて、まるで決心のつかないチェスの棋士みたいだ。

マイケルのお兄さんは何と言うだろうとわたしは思い、もしもマイケルのお兄さんがまた電話をかけてきて、話すことになったなら、自分は何と言うだろうとわたしは思った。

マイケルに見せてもらった写真のことを聞こうかな、マイケルのお兄さんが集めて、ためこんでいたいろんなもののこと、なぜあんなに集めたのか、どういう意味があるのか、聞いてもいいなとわたしは思った。

そして割れた人形のことを聞いてもいいなとわたしは思い、あの人形は何なのか、どこでつくられたものなのか、どうして割れてしまったのか、そんなことについておしゃべりすることができるかな、とわたしは思った。

そしてもちろん、マイケルのお兄さんとは、あの日の午後のこと、あの瞬間のことを話したいとわたしは思い、あのことを記憶している者同士、話してみたいとわたしは思い、マイケルのお兄さんは、あのですね、もう何か別のこと話しませんか、と言う人ではなさそうに、なぜかわたしには思われた。

わたしはボタンを押し、一、件のメッセージがあります、一、番目のメッセージです、と機械が言い、わたしは耳を傾けた。

ちょっと間があって、人がしゃべろうと口を開くときの、ちっちゃなキスもどきの音がして、続いて受話器を置く強い衝撃音がした。

わたしはメッセージを何回か聞きなおし、何か手がかりはないかと耳を澄まし、推測し、説明をつけようとした。

かけ違い、間違い電話、という可能性。

それとも、かけてきたのはセアラで、遊びにこようかどうか迷っていて、たまたま近くまできていたのだけど、メッセージを残すほどのことはないと思ったのかもしれない。

あの無言の間、短くて巨大な間、息づかいさえ聞こえなくて、背景の音もなくて、部屋の中に何の動きもなかった。

そしてあのキスもどき、上唇と下唇の離れる音、その開いた唇から音が出てこなくて、開いた唇から空気が出てこなくて、ただ口が開いて、そして電話が閉ざされ、がちゃん。

じつはあれは何でもなくて、別に誰でもなくて、ただどこかの子供が、退屈して、でたらめに番号を押して、とわたしはそんなふうに考えて、気にしなくてすむようにして、まあ、ときどきあることだと考えた。

でも本当は、あの人からの電話だったらよかったのにとわたしは思い、あのよく知りもしない、かつて同じ通りに住んだ人、あの人がどこかよその国からかけてきて、弟に聞いたんですがとか、ひょっとしてとか、なんでしたら近いうちに帰ってもいいんですがとか、そんなことを言ったのならよかったのにとわたしは思う。

あの人と特別な関係になりたいわけではなく、あの人と並んでベッドに寝ている自分を思い描くことはできなくて、あのキスもどきに耳を澄ましていたからといって、それを味わいたいと思っていたわけではなく、わたしはただ、わたしはただあの人と話がしたくて、わたしは知りたくて、わたしはありがとう、悪かったわ、と言いたかった。

でも電話は彼からではなくて、誰からでもなくて、わたしはベッドに入り、わたしの知っている人たちやわたしの知らない人たちのこと、そしてその中間にいるいろんな人たちのことを考えて、わたしはなかなか眠れなかった。

傷だらけの手をした男が、そろそろと玄関口から出てくると、玄関ポーチに腰をおろし、湿ったドア枠にもたれかかり、彼は黒光りしている舗装路を眺めていて、彼は光沢のあった妻の髪のことを考えている。

考えまいと努めるのだが、難しい。

ある日のことを彼は思い出していて、それはふたりが結婚してまだほんの数ヶ月、本当にお金のないころで、彼は妻に許されて、妻の髪を切ったのだった。

あのころは、はさみを持つのもじつに容易であったことを彼は思い出し、じつに微妙に正確に、手を動かすことが可能であって、親指と人差し指の柔軟さは、地面すれすれに体をたわめ、獲物に忍びよる猫にも負けなかった。

まだ傷ついていなかった手のひらに、妻の髪の柔らかな重みを感じたこと、一回一回注意深くはさみを入れて、そのたびにじょりっという音のしたこと、いくつかみもの切られた髪が、妻の背中を転げて床に落ち、それはちょうど折れた枝が、風に吹かれて丘を転げおちていくようだったことを思い出す。

妻は目を閉じていて、その素晴らしい美貌を台なしにされないかと心配しもせずに、黙って彼に任せていた。夫婦ふたり、がらんとしたキッチンにいて、よろい戸を閉めた窓から世の中の音が流れこんでいて、ふたりのあいだに会話はなく、彼は一心不乱で、そして終わったときには、むきだしの床の上の、妻のすわっていた椅子のまわりは、真夜中の湖のように、じっと静かで、黒々として、輝いていた。

彼はこうしたことを人に話さず、それはそうしたことを話せる人がここにはいないからで、妻のことを知っている人がいないからだ。たずねられれば彼は、たいがいのところだいじょうぶ、だいじょうぶですたいがいのところ、だいじょうぶ、だいじょうぶ、と答えることだろう。でもときどき、あまりにも多くのことを感じてしまうことがあり、もし誰かに言うことができるのならば、とてももう耐えられません、壁紙を引っぺがし、両ひざをつき、このめちゃくちゃになった使いものにならない手でこぶしを握り、床をどんどん叩きたい、そう言いたいときもある。

居間から聞こえてくるテレビの音に彼は耳を澄まし、テレビは娘が見ているテレビで、若い人たちが音楽やサッカーについてしゃべっていて、すると後ろで娘の声がして、ねえパパ、パパは天使を見たことある？　と娘は言う。

彼はためらい、彼の顔はきゅっとすぼまって、かすかなしかめっ面となり、この子は何を考えているんだろうと彼は思う。彼は振りむき、だっておまえのこと毎日見てるじゃないか、と彼は言い、彼は両腕の手首からひじまでを使い、娘の顔をきゅっとはさみ、娘の額に唇を押しつけてぶーっと鳴らす。娘はもぞもぞと身を振りほどき、やだ、気持ち悪い、と言い、そうじゃなくて本物の天使のこと、と言い、娘はスキップで玄関から門までの小道に出て、片足で立ち、彼の顔を見て、答えを待っている。

彼はゆっくりと肩をすくめ、あり得ないことなんてないからね、と彼は言い、にっこり微笑む。娘の目が大きく見ひらかれ、パパ見たの、見たのパパ？　と娘は言う。彼は娘の顔を見て、娘が生まれた瞬間のことを思い出し、看護婦さんが娘を宙に持ちあげて、それが海から引きあげられてしずくを垂らす宝物のようで、到着を知らせるあの叫びの前の、長い沈黙の間を彼は思い出し、あのとき娘のちっちゃな顔はくしゃくしゃになり、濡れたしわの固まりになり、ちょうど桃の種みたいだった。

天使をかい？　と彼は言う。さあ、どうかな、見たことないと思うけど、でも気をつけて見ていよう、と彼は言う。いないかなって探してるのかい？　と彼は言い、娘は目をそらし、そして娘ははにかんでうなずく。

おい、おい、恥ずかしがることないよ、そういうもの探すの悪いことじゃないよ、いいことだよ、わかる？　と彼は言い、娘は彼の顔を見る。

見ることできたのはどんなもの？　と彼は言い、娘は何も言わず、娘はすこし近くに寄って立ち、あたし空にね、お空のてっぺんにね、翼を見たの、と娘は言う。

そりゃあ特別なもの見たね、パパがこれまで見てきたより、おまえのほうがいろんなもの見てる、たいしたものだ、と彼は言い、娘は微笑み、娘の顔はまるで、包装された贈り物から、引っぱってほどいたリボンみたいだ。

もうひとつ特別なもの見たいかい、と彼は言い、彼は向かいの屋根を指し、パパの代わりに手をぽんと叩いてくれるかな、と彼は言い、そして言われたとおりに娘がすると、棟木の端から端までとまっていた鳩たちがいっせいに飛びたって、風船玉のような群れをつくって通りに沿って飛び、旋回し、また別の棟木に、さっきとそっくりに、一列に並んでとまる。

見たかい？　鳥同士ぶつからないのを見たかい、これ特別なことと思うかい？　と彼は言い、娘は彼の顔を見て、うなずいたほうがいいのだろうと娘は思い、だから娘はうなずいてみせる。

あのな、おまえが生まれたところではな、と彼は言い、パパたちの国では、とは彼は言わず、それはそんなふうに娘に考えてほしくないからで、でも彼が言っているのは本当はそういうことで、パパたちが三人そろった家族として、土地の人間として暮らしていたあの国では、ということで、おまえが生まれたところではな、と彼は言い、何千羽という鳥の群れがいて、夕暮れどきに集まってきて、そんな鳥の群れが空中で方向を変えると、空全体が暗くなって、まるでアラーの神が一瞬ぱっとよろい戸を閉めたみたいになるんだ。それでいて、その何千という鳥の一羽だって、仲間とぶつかったりしないんだ、これ特別なことと思うかい？

娘よ、と彼は言い、そしてこの言葉を口にするときには、彼のありったけの愛が声の調子にこめられていて、娘よ、ものはいつもそのふたつの目で見るように、ものはいつもそのふたつの耳で聴くようにしなければいけない、と彼は言う。この世界はとても大きくて、気をつけていないと気づかずに終わってしまうものが、たくさん、たくさんある、と彼は言う。奇跡のように素晴らしいことはいつでもあって、みんなの目の前にいつでもあって、でも人間の目には、太陽を隠す雲みたいなものがかかっていて、その素晴らしいものを素晴らしいものとして見なければ、人間の生活は、そのぶん色が薄くなって、貧しいものになってしまう、と彼は言う。

奇跡も語る者がいなければ、どうしてそれを奇跡と呼ぶことができるだろう、と彼は言う。

彼は娘の顔を見て、娘に理解できないことは彼にもわかっていて、理解できる歳になるまで娘が覚えているとも思ってはいない。しかし、こうしたことをそれでも彼は娘に話し、こうしたことを声に出して言うのはよいことで、こうしたことは人々が考えないことで、だから彼はこうしたことを宙に漂わせておきたいと思う。

天使のことね、と彼は言い、娘は秘密を伝授されるのを期待するように身を乗りだす。天使のことパパ知らないけどね、と彼は言い、ひょっとするとたくさんいるのかもしれないよ、ひょっとするといまここにもいるのかもしれないよ、と彼は言い、娘はあたりを見まわして、彼にすこし寄って立ち、彼は微笑む。でも人間もいるからね、と彼は言い、そこらじゅうに人間はいるからね、天使とよりも、人間と手をとりあうほうがやさしいと思うよ、違うかい?

彼は言葉を切って息をつぎ、娘を混乱させているということ、もしかしたら退屈させているということは彼にもわかっていて、じつはこうしたことは自分に向かって言っているのだとわかっている。

悪かった、パパしゃべりすぎだね、と彼は言い、こっちきてパパをぎゅっとしておくれ、と彼は言い、娘は彼の胸に体を押しつけ、彼は両腕を回して娘を抱きしめる。

さあ、また遊びにいっておいで、と彼は言い、雨あがったから、いってさっきの友だち見つけて、あきらめずに天使を探しておいで、と彼は言う。

娘は彼からすこし離れて立ち、娘は背中を見せて歩きだし、娘は引きかえしてきて彼の口にキスをして、娘は通りを走っていく。

ある家の前庭の、積みかさねられたハンガーに、雨の宝石を散らした蜘蛛の巣が、レースのようにかかっていて、彼女はその前を走っていく。

鳩が一羽、水たまりにいて、翼でばたばた水を叩いていて、彼女はその前を走っていく。

彼女は十八番地の前を走っていき、そこに住んでいる男の子が、一軒おいたとなりの女の子としゃべっているのが見え、その女の子は髪が短くて眼鏡をかけていて、礼儀正しく微笑んでいて、男の子のほうはたくさん瞬きしていて、じゃあ越していくんだ、と言いながらも、ちゃんとは女の子の顔を見ていなくて、ひと抱えもありそうな、ふたりのあいだの空気は重くて濃くて、何をもってしても貫けない。

そのさきでは、次の家の老人の前を彼女は走っていき、老人は前庭に立っていて、老人の呼吸はまるで、ひびの入ったハーモニカに誰かが無理やり息を吹きこんでいるみたいだ。

スニーカーをこすっている若い男の前を彼女は走っていき、若い男はまだ汚れを落とせずにいて、いらいらした若い男は手を水に叩きつけ、洗剤の泡がいくつも宙に舞いあがり、漂っていき、紙吹雪みたいというか、ダイヤモンド吹雪のようだ。

彼女は走って通りを渡り、斜め前、屋根裏の窓からは、女の人が身を乗りだしていて、赤い毛布を外に垂らし、飛行場の交通整理の旗みたいに毛布を振っていて、それから二十五番地のおじいさんの前を彼女は走っていき、おじいさんはまたはしごにのぼっていて、雨の筋がついてしまったところに重ねてペンキを塗っていて、くるっと何かが動くのが、おじいさんの目に入り、おじいさんは首をよじり、となりの家の寝室の開いた窓から中を見て、すると男の子と女の子がいるのが見えて、男の子は眠っていて、ふたりとも素っ裸で、たがいの体にからみあい、部屋の中の明かりは清潔で金色で、幸福が窓から外にしみでていて、女の子はおじいさんと目を合わせ、微笑んで、こんにちはと小声で言う。

そして幼い女の子は、通りの端まで走っていき、リボンの友だちはまだどこにも見つからず、彼女は上を見て、すると屋根の向こうに、クレーンが首を差しだしているのが見える。

さほど遠くはないところ、通り二、三本を隔てた地上三十メートルのところでは、よく手入れした口ひげの男が、目を閉じてじっと立っている。目を開くと、足もとに街が広がって見え、傾斜地にテラスハウスの屋根がいくつも平行して並んでいて、屋根裏の窓が午後の日差しを受けてきらきら光っていて、列をつくった車がラウンドアバウトを回っていて、公園では人々が寝そべっていて、地面に貼りついたのが蝶の標本みたいだ。彼にはそのすべてが見え、そして街全体があんまり揺らめき輝きしているものだから、まるでプールの上の飛び込み台に立っていて、いよいよこれから宙返りして、ひねりも入れ、澄んだ青い水につっこむところみたいだ。けれども真下を見れば、プールの底のタイルが屈折し歪んで見えるわけではなく、見えるのはただ、舗装にひびの入ったクラブの駐車場だけで、その石のような地面に輪を描いて、ちょっとした人だかりができていて、みんな下から彼のほうを見あげている。

彼の後ろにいる若い男が、どうぞ、心の準備ができたらいつでも結構です、と言い、力を抜いて自然に前に倒れこんでください、と言う。この若い男を彼は気に入っていて、それはとても礼儀正しくて、とても信頼できる男だからだ。この若い男に向かって彼は、間違いないね、準備完了、万事オーケーね、そうね？　と言い、そして若い男はためらわず、もちろんです、何もかも確認し、再確認しました、と言う。

ようし、じゃあ、と彼は言い、よく手入れした口ひげと完璧に真っすぐな蝶ネクタイの男は言い、ようし、じゃあ、信用するぞ。彼は唾を、どろりと飲みこむ。まずちょっと眺めを楽しんでからにしていいかな、と彼は言い、もちろん結構です、急ぐことはありません、と若い男は言う。いい眺めだね、おあつらえむきにいい天気だし、と口ひげの男は言い、若い男は静かに同意して、とてもいい天気です、と言う。

彼は自分の住む通りを見て、口ひげの男は自分の住む通りを見て、すると通りの手前の端に幼い女の子がひとりいるのが見え、男の子たちがクリケットをしているのが見え、はしごにのぼっている男とそれぞれの玄関前にすわっている人たちとが見える。奥の角を曲がって入ってきたところに自動車が一台見え、それが動いているのかとまっているのか、彼にはよくわからない。

ようし、じゃあ、と彼は言い、そして彼はすり足ですこし端に近づいて、ようし、と言う。後ろにいる若い男が、ではいきましょう、力を抜いて自然に前に倒れこんでください、と言う。それから目はつぶらないでください、と若い男は言い、もったいないですからね。

そして、よく手入れした口ひげと薄くなりつつある髪の男はうなずいて、真っすぐ前方を見つめ、体を前に傾け、台から落ち、空きびんのように音もなく落下して、たっぷりとふくらんだ大雨の最初の一滴さながら、回転しつつ加速しつつ地面へと向かっていく。

✡

彼、もうきているはずの時間なのに。

わたしは窓の外を見て、わたしは時計を見て、わたしはまた窓の外を見て、通りにいるどの人も彼ではない。

今日街に出かけてね、と母は言い、服屋さんに入ってね、ほら、あのベビーなんとかっていうの一枚買ったわ、白いのをね、ほんとに小さいのね、と母は言う。

選ぶのにちょっと暇がかかっちゃった、と母は言い、最近はすごくいろいろ種類があるのね、最後に三つか四つ残って、どうしても決められなくなっちゃった、と母は言う。

わたしは電話を耳に押しつけ、わたしは母の声をもっとよく聞きたいと思う。

フリースみたいな素材でね、と母は言い、ほんとに着心地がよさそうで、フードにテディベアの耳がついてて、あなたの気に入るんじゃないかと思ってね。

どうかな、ママ、とわたしは言い、いまの話からすると、わたしにはちょっと小さいんじゃないかなって気がするんだけど、とわたしは言い、母は笑わず、母は間を置き、そうね、あなたが喜んでくれるんじゃないかと思って、と言えばよかったのかしら、と母は言う。

ごめん、悪かったわ、嬉しいわ、ママ、本当よ、ごめんなさい、とわたしは言い、とっても素敵そう、ありがとう、ママ、とわたしは言う。

母の声が明るくなり、白にしておいたわよ、どっちかまだわからないんでしょ、と母は言う。

彼、もうきているはずの時間なのに。

彼は七時と言って、だいたい、とは言ってたけど、でももう八時近くて、彼はまだきてなくて、外は雨で、彼は今日、車じゃなくて、外は暗くなりかかっている。

それで、いつごろわかるの、と母は言い、もうじき？　そうなんでしょ、いまはいろんなことできるんでしょ？

あなたを産んだころとは違うものね、と母は言う。

もうじき診てもらうの、とわたしは言い、裏の駐車場で音がして、ちょっといいかしら、ごめんね、とわたしは言う。

わたしはドアを開けて覗いてみて、でも彼ではなくて、彼はいない。

わたしはまた電話を手にとって、診てもらうって、どういうふうに診てもらうの、と母は言い、スキャンなの、とわたしは言い、すべて順調か確かめてくれるの、男の子か女の子かも見てくれるの。

そうわたしは言いながら、わたしはお腹の中にいる男の子だか女の子だかを思い描き、その子はまだわたしの親指の半分くらいの大きさで、その手足の一本一本を、指の一本一本を、まだできはじめたばかりの、薄く押した印影のような爪をわたしは思い描き、爪のひとつひとつは針の先より小さくて、わたしはいまから一年後、二年後、三年後の自分を思い描き、わたしのひざに子供がのっていて、じっとしてとわたしは言っていて、わたしが思い描いたまさにその爪を、注意深く切っている。

ああ、男の子だといいわねえ、ずっと男の子が欲しかったのよ、と母が言う。

彼、もうきているはずの時間なのに。

彼は時間に遅れるような人には思えなくて、普通だったら遅れるはずがなくて、何か事故でも起こらなければ遅れるはずがない。

ひょっとして道に迷ったかな、もう暗いし、雨が降ってるし。

ひょっとして電話をかけてきてて、つながらないのかな。

ねえ、ママ、悪いんだけど、もう切らなくちゃ、人がくることになってるんだけど、その人が電話をかけてきてるかもしれないから、とわたしは言う。

あら、そうなの、わかったわ、と母は言い、そう、誰がくるの?

別に誰っていうんじゃないの、友だち、とわたしは言い、職場で一緒の人、とわたしは言い、それはややこしい説明をしたくないからだ。

そう、わかったわ、じゃあ切らせてあげなくちゃね、と母は言い、母はがっかりした声のように聞こえるけれど、でもなぜか、ほっとした声のようにも聞こえる。

電話くれてありがと、ママ、嬉しかったよ、本当にわたし、とわたしは言いかけ、母はもう受話器を置きかけている。

わたしは窓の外を見て、わたしはドアを開け、わたしは時間を確認する。

誰かのうちにいこうとしているときに、起こりうるいろいろなことをわたしは考える。

濡れた路面で車が横滑りする。

かっとなった男たちがパブの入口から飛びだしてくる。

針みたいに細い腕の少年が金をくれと言い、少年の手に銀色のものがひらめく。

この天気のなか、暗い空から雨がどうどう落ちてくるなか、彼が道に迷っているところをわたしは思い浮かべ、彼がぐしょ濡れになって震えているところをわたしは思い浮かべ、彼は不安げに目をぱちぱちさせ、通りの名の書かれた板や道路標識、見覚えのある建物を探してきょろきょろしている。

わたしはタオルをラジエーターにのせて温め、わたしはやかんにお湯を沸かしだし、わたしは分厚いベールのような雨を窓から覗きこみ、わたしは彼を待つ。

そしてわたしは、どうしてこんなにすぐ、こんなふうになっちゃったんだろう、こんなに最近知りあったばかりの人のこと、なぜこんなに心配できるんだろう、と不思議に思う。

そしてわたしはなぜなのかを知っていて、そうであってほしくないとわたしは思う。

お湯が沸き、やかんがかちっと切れ、静かになる。

通り何本か先にサイレンの音がして、体の中で心臓が、こぶしのように固まって、わたしは外を見てこようと飛びだして、でも何も見えない。

わたしは窓をぱっと開けて彼の名前を叫びたい。

もし彼の身にいま何かが起こっても、もしもあのサイレンが、雨の中で倒れている彼のところに急行しているのだとしても、誰もわたしに教えてはくれないのだと、わたしは気づく。

彼の両親が探しだされ、知らされ、すぐにきてくださいと言われ、彼のお兄さんはどこにいるのか知らないけれど、やっぱり探しだされて、知らされて、いちばん早く乗れる飛行機に乗ってくださいと言われるのだ。

でもわたしは探されず、知らされず、そしてそうする理由はなくて、わたしはずっと知ることができないのであって、そんなのおかしいとわたしは思う。

わたしはお湯を沸かしなおし、わたしはタオルを裏返し、両面とも温かくなるようにして、わたしはドアを開け、夜の闇を覗きこむ。

駐車場を駆けてくる彼が見え、頭の上にかざした片手がちっちゃな傘みたいで、顔は下からわたしのことを見あげている。

彼は階段を駆けのぼり、悪かった、悪かった、遅くなって悪かった、道に迷っちゃって、と彼は言い、彼は玄関口に立つ。

だいじょうぶ？　ぐしょ濡れじゃない、とわたしは言い、入って、入って、こっちきて、とわたしは言い、わたしは彼のコートの袖をつかんで引きよせて、そしてわたしはドアを閉める。

彼の腕、彼の全身ががたがた震え、水はぷるぷる震えながら、彼の服から雨みたいに落ちてきて、洗濯紐を揺すったみたいだ。

彼の歯が、彼がしゃべろうとすると彼の歯が、かたかたかたかた、箱の中の磨かれた骨みたいに鳴り、迷っちゃった、一生懸命、でもどうしても、つまり、迷っちゃった、と彼は言い、しーっ、もういいんだから、いいの、いいの、とわたしは言う。

ぐしょ濡れね、そりゃそうよね、着るもの持ってくるね、タオル持ってくるね、とわたしは言い、わたしは自分の部屋からVネックのセーターを、ラジエーターの上からタオルをとってくる。

わたしは彼にタオルを渡し、わたしは彼の前に立ち、両手でセーターを捧げもち、わたしはお店の売り子さんみたいだ。

彼は髪から拭きはじめ、だめよ、まず上半分を脱がなくちゃ、まず濡れていない服を着なくちゃ、とわたしは言い、ああ、そうだね、わかった、と彼は言い、彼はわたしにタオルを返し、わたしは立ったまま彼の顔を見る。

わたしたちふたりの息づかいは、暴風雨の中を駆けてきたみたいだ。

彼はコートを脱ぎ、彼は引っぱるようにして上半分を脱ごうとして、でもそのシャツは頭でひっかかり、彼はしばらくもぞもぞして、ものが見えなくなり、両腕を高く差しあげていて、わたしは彼の濡れたすべすべの胸を見て、彼の乳首、むきだしの肩、おへそから下に向かってうっすら生えた毛をわたしは見る。

彼はシャツから頭を引きぬき、彼はシャツを床に落とし、わたしはセーターを落とし、わたしは彼に向かってタオルをつきだす。

わたしは彼の胸にタオルをぐいと押しつけ、すると突然、わたしは温かさを感じ、拭かなくっちゃとわたしは言う。

わたしは両手を広げ、タオルを彼の体に当てておき、片手はじっと動かさず、もう片方の手でゆっくり弧を描くようにして、わたしの小指は彼の肩の曲線をなぞってから、彼の胸のわきをおりていく。

わたしの親指はコンパスの針のようで、彼の乳首を押さえている。

でもわたしは彼に触ってなくて、本当には触ってなくて、わたしは彼の肌に触っていない。タオルが手袋の役目をしてくれて、おかげでわたしがいましていることが、構わないこと、罪のないことになっている。

わたしは彼の顔を見て、彼の目は閉じられていて、固く閉じられていて、彼の下唇はぴんと張っていて色がない。

わたしは続け、わたしはタオルで彼のお腹をこすっていき、腰のまわりを拭き、胸の両脇へとあがっていく。

わたしはタオルを上のほうに持っていき、ゆっくりと、そっと、持っていき、肩から肩へかけてあげ、落ちないように両手で押さえておいて、両手の指先は丸まって、でっぱった彼の鎖骨にかかっている。

そして湿ったタオルの生地越しにも、わたしは彼の心臓を感じることができ、心臓の速い鼓動がわたしの右手、親指の付け根に伝わってくる。

わたしは彼の顔を、彼の閉ざされた顔を見あげる。

すこしはまし？　とわたしは言い、わたしは静かにそう言って、わたしはそう言いながら彼に近づく。

彼は目を開け、彼は何か言おうとして口を開け、そして彼が口を開けるとき、キスもどきの音がして、わたしは聞き覚えのある音だと思う。

うん、よくなった、ありがとう、と彼は言い、わたしはさらに近づいて、まるで言葉が聞こえなかったというふうだ。

わたしは彼の顔を見て、わたしはわたしの顔をあげ、彼は彼の顔をさげる。

彼はわたしの顔を見て、彼はひと息ぶん近づいてきて、彼の両手がわたしの顔の両側で、ふわふわ漂っているのをわたしは感じる。

わたしたちふたりの口は、蝶の閉じた二枚の羽くらいの近さにある。

ふたりともさらに近づいて、わたしたちのあいだの距離はますます薄くなり、シルクのベール一枚ぶん、そして吐く息ひとつぶん。

何もかもがとまっている。

わたしは目を閉じ、わたしはためらいの甘みを吸いこむ。

彼は体を離し、突然解き放された息が彼の口からあえぎとなって出て、彼は身を引き、タオルが床に落ち、彼は目をそらし、彼はうつむき、彼は両手を自分の髪につっこむ。

ごめん、悪いけど、だめだ、と彼は言う。

兄が、と彼は言う。

彼は床からわたしのセーターを拾いあげ、それを着て、それは彼には小さすぎて、彼がタオルを拾って髪を拭きだすと、袖はひじのちょっと先までしか届いていない。

セーターの襟ぐりから白い肌が三角形に覗き、そこをわたしが見つめていると、ピンク色に染まっていく。

悪いけど、兄のことが、と彼は言う。

わたしは何も言わず、わたしは彼の顔を見て、彼はわたしの顔を見て、彼は目をそらし、彼はわたしの顔を見て、悪いけど帰らなくちゃと彼は言い、彼はコートを拾いあげ、次の瞬間、彼はいなくなっている。

床の上には、水たまりがひとつとくしゃくしゃに丸まったTシャツが一枚、濡れた足跡、タオル。

よく手入れした口ひげの男は、すこし離れたクラブにおいて、重大なる落下の最中で、それが眉にピアスの男の子の目に入る。落ちていくのが誰なのか、眼の当たりにしているものが何であるのか彼にはわからず、彼に見えるのはただ、ひとりの人間がクレーンから落下していく姿であり、その人間は宙を落ちていき、家並みの向こうに姿を消す。

ほんの一瞬、衝撃を受けた彼はのどが詰まり、人間が落ちていく空のカンバスに彼の注意は吸いこまれ、そしてその瞬間、というのはつまり、彼の口もとにあったパックから、オレンジジュースがあふれだし、あごの先から流れおち、宙でねじれて光を受けて、ひざに散るのに要した時間にということになるのだが、その瞬間、彼の血流にはアドレナリンが、ダムが決壊したようにどっと流れこみ、彼の目は見ひらかれ、彼の指はアドレナリンのエネルギーでぴくぴくする。

が、次の瞬間には、あとに続いて一本の綱が、だらりと空に垂れるのを彼は見て、それは落下する人間と上のクレーンとをつなぐ臍の緒で、その綱が伸びきって、また巻きあがり、ふたたび先ほどの人間を、引っぱりあげるのを彼は見て、彼は微笑み、輝く空を背景に、たるんだ綱が疑問符みたいだ。

彼はジュースのパックを下に置き、引っぱりあげられた人間が、また落ちていくのを眺めていると、アドレナリンは退いていき、分解し、ため息のように消散する。いったいどんな感じがするんだろうと彼は思い、つまり綱が伸びきって、また巻きあがる前の瞬間、心の中にどれほど大きな疑念があるのかな、いろいろな可能性について想像する時間はあるのかな、と彼は思う。ほっとする気持ちはそのときまでの不安よりも大きいのかな、と彼は思う。そしてニュースで聞いた話を思い出し、それは慈善事業で飛び降りをして、パラシュートが開かなかった男の話で、その二分か三分の時間は、その自由落下は、いったいどんなふうだったんだろうと彼は思い、風の唸りと一緒に死神の、狂乱のわめき声が耳に入ってきて、と彼は思う。そして眼下に広がる風景は幻のようで、畑や木立や川が絵本のようで、車は糸のような道路をゆっくりと動いていて、あの人たちには頭の上につっこんでいくこの自分が見えるのかな、と思っていて。自分だったらどうするだろうと彼は思い、恐慌をきたすだろうか、抵抗するだろうか、峡谷に向かって真っ逆さまのマンガの中の人物のように、足で宙をかくだろうか、と彼は思う。手足を大きく広げ、空気の上に真っ平らになり、降下のスピードを減じようとするだろうか、それとも体を縮こめて、矢のように地面に向かい、手をぴたりと合わせ、目を閉じて、さあ、さあ、さあ、とつぶやいて、さっさとすませたいと思うだろうか。

彼はそのことを考えて、自分だったらどうするだろうと考えて、自分にそんな覚悟があるだろうかと考えて、ニュースに出たその男みたいに、自分にもツキがあるだろうかと考えて、というのもその男が落ちたのは木立の中で、枝と骨とは折ったけど、死なずにすんだということだ。

彼は玄関前の段々にすわり、顔に日を浴び、またジュースを飲み、どんな感じがするんだろう、いったいどんなものなんだろう、自分が生きていること自体が、奇跡なのだと知ることは、と彼は思う。


空から降ってくる人の姿が、車の中の若い男の目に入り、若い男の車はいま、奥の角を曲がって通りに入ってきつつある。

角の曲がりかたがちょっと急すぎると思いました、そうみんなは言うことになる。

車は角を曲がり、人間がひとり、宙を切って落ちてくるのを車の中の彼は見て、後ろに伸びた弾力性のある綱は目に入らず、広げられた手足を彼は見て、彼は肝をつぶし、彼は空を凝視して、上から下へと目で落下を追う。

彼は前方の路上を見ておらず、この瞬間だけは見ておらず、彼は目の前にいる子供を見ていない。

あの人は前を見て運転していなかったんです、見ていてわかりました、ひと目でわかりました、そうみんなは言うことになる。


子供は顔をあげる。そのときまで彼はテニスボールに意識を集中していて、彼のクリケットのヒーローを真似たいものだと思いつつ、指を縫い目に合わせていたところで、彼はいよいよ助走に入ろうとして、彼は首をもたげ、そして車を見る。それは白い車で、小さな白いフィアットで、それは彼のほうを向いている。それは彼に向かって動いていて、しかし、その車が彼のところまでくるのに要した時間のうちには、距離と運動に対する彼の知覚は満足に働かず、車が動いているという事実は意識されずにおわることになる。車が自分のほうを向いている、ということしか彼にはわからない。

左の前照灯にひびが入り、そのひびに泥が入りこんでいて、そのためひびはプラスチックのカバーに浮かびあがり、黒いジグザグの稲光みたいに見える。ナンバープレートの文字は光沢のあるイタリックで、普通みたいにボールド体の黒い大文字ではなく、そのことに気づく時間は彼にもあるが、文字を読むだけの暇は彼にはない。車はきれいで、とてもきれいに洗ってあって、ワックスがかかって磨かれていて、日の光を浴びて輝いている。彼には運転者の顔が見え、運転者はサングラスをかけていて、太陽の当たったフロントガラスがちらついて、運転者の顔は半分隠れているけれど、それでも彼には運転者の顔が見え、それは彼の知っている顔で、それは十二番地の男の子、今朝ふたりとクリケットをして、それから友だちと出かけていって、気をつけて貯めたお金で車を買ってきた男の子だ。

子供は顔をあげ、そして子供は車を見、そして子供は運転者を見る。

子供は動かない。

あとになり、この瞬間のことをみんなが話すとき、なぜ動かなかったのか、その理由についての意見は分かれることになる。動く時間はあったはず、と一部の者たちは言い、飛びのくこともできたはず、走って逃げることもできたはず、ほんの五十センチか一メートル、右にでも左にでも動けたはずだと言うことになる。いや、その時間はなかったろう、とほかの者たちは言い、本当に目の前にきたときに、車が目に入ったかどうかくらい、ひょっとすると、ぜんぜん目に入らなかったかもしれない、と言うことになる。また一部の者たちは、というのは彼ら自身、そのことが起こったときに口を開くことさえできなかった者たちかもしれないが、その者たちは、動く時間はあったけど、男の子は動けなかったのだ、見てから起こるまでの肝心な一瞬、男の子は金縛りにあったのだ、と言うことになる。

男の子は顔をあげ、男の子は車を見、そして男の子は動かない。

車の後ろに車道が伸びていて、それを男の子は見ることができ、まだ濡れている路面が黒々と光っていて、両側に並ぶ家々も彼は見ることができ、恐慌に襲われた彼の視野の中、家々は拡大され歪曲されて、怪物のようにぬーと立ちあがり、窓の目が横目を使い、ドアの口が唸っている。通りの人たちが彼のことを見ていて、それを彼は見ることができ、変な手をした男の人の娘が、一本足で立っていて、そして女の子の後ろ、女の子の家の庭では、そのお父さんが両手を前に差しだしていて、ちょうどいま、立ちあがりつつあるのだが、あまりに遠く離れていて、十八番地の変な男の人も彼は見ることができ、ボールをキャッチできないこの人が、彼に向かって飛びだしてきて、男の人の体全体が宙に浮いたみたいで、それから彼の家のおとなりの、庭の塀に腰かけた人たちのことも彼は見ることができ、それはいつも騒々しい人たちで、その人たちが突然振りむいて、彼のほうに手を差しのべていて、三輪車に乗った小さな男の子のことも彼は見ることができ、男の子は通りをちょっといったところにいて、彼のほうに向かっていて、いつもどおり足を猛烈に上下させていて、お店の平らな屋根の上に人がいるのも彼は見ることができ、屋根の上に人がふたりいて、片方の人は両手を頭の両側に押しつけていて、空を背景にひじを左右に張りだして、大きなOの字をつくっていて、彼は空を見ることができ、青い空を見ることができ、空を右と左に裂くようにして、ぴんと張った一本の、白い飛行機雲が伸びていて、しかし飛行機は小さくなりすぎて見えなくて、雲があり、それはほんのいくつか、薄いのばかりで、太陽は輝いていて、空の一角に大きく手足を広げていて、老夫婦の家の前の木の、高いところにある枝の上では、一羽の鳥が翼を広げて体を安定させていて、彼の家の前では、埃を立てて一匹の猫が転がりまわっていて、それは白い猫で、十五番地の屋根の詰まった樋の中では、朽ちた葉を土壌として野生植物が花を咲かせていて、樋からあふれ、レンガの壁に垂れていて、ちっちゃな白い花が花束みたいになっているのもあれば、大きな黄色い花もあり、ヒナゲシもある。

彼は、つまり車道の真ん中にいるこの男の子は、これらすべてを見ることができる。

彼は通りを、人々を、空を見ることができる。

しかし彼は何も見ていない。これらはすべて存在し、すべては彼の視野の中に存在し、さまざまな色、さまざまな明るさがいっぺんに、彼のまだ若々しいふたつの網膜の、桿状体と錐状体にぶつかっていて、しかし時間があまりにもなく、彼は何も見ていない。

彼は顔をあげ、その子供は顔をあげ、彼は車を見、そして彼は動かない。

そして、車の中の若い男はその子供を見、彼はブレーキを踏みつける。

彼は運転席にすわっていて、彼は車をとめたくて、彼は車をいますぐとめたくて、だから彼はこうするのであり、彼はブレーキを踏みつけて、その動きは突然で、馬を盗まれてしまってから、あわてて閉める馬小屋の扉の音くらい突然だ。

彼はブレーキを踏みつける。

そして、彼はブレーキを踏みつける、と言うのに要する時間のうちに、すべてが起こる。

いくつもの電気的なインパルスが、彼の脳細胞を大あわてでいったりきたりして、それはニュース放送網の本局で働く使い走りみたいで、やがてそれらが収束してただひとつのインパルスとなり、それは炸裂するひとつの意思となり、ダストシュートよろしく脊柱を真っ逆さまに下っていき、最短ルートを求めて跳んだり避けたりしながら下っていき、それは一方通行の道を逆走するバイク便のようで、やがてインパルスは足首の筋肉に到着し、足をぐいと床に向かわせ、いつものフィードバック抑制を今回は無視し、足に思い切りペダルを踏みこませ、あまりに力が入るものだから、この日のあと数日間、足の皮膚は紫と黄色に腫れあがることになるほどで、そして脳の仕事はここまでで終わる。

これが交通規則集で反応時間と呼ばれているもので、しかしこれがもし、CNNで実況中継されていたならば、だめです、ブレーキがまだ作動していません、だめです、ぜんぜん作動していません、いったんスタジオに返します、と記者は言っていたことだろう。

彼はブレーキを踏みつける。

というのはつまり、彼が恐慌状態で反応し、彼に可能なかぎり強く、速く、足でペダルを床に押しこむということだ。

そしてペダルを踏みこむと、ばね仕掛けの装置が引っぱられ、ブレーキオイルの入った小さなシリンダーにピストンが押しこまれ、オイルが圧縮され、その油圧が分厚いゴムでできたブレーキホースを通って瞬時に伝わり、この緊急のエネルギーはカーブしたゴム管を血流中のアヘン剤のように流れていって、二枚のキャリパーに到達し、キャリパーは油圧に押されて即時に動き、ドリル孔をあけた鋼鉄製のディスクを二枚のブレーキパッドがはさみつけ、どんどん強く締めつけて、その力の入りようは、フリークライミングをしている人が、いよいよ岩壁のてっぺんに手をかけた、その手に入る力のようだ。しかしブレーキがどんなに必死にディスクを抱きしめようと、車はまだとまりはしないのであり、こうした状況下で即時に停止する車など、世界に一台もありはしない。

というわけで、これが交通規則集で制動時間と呼ばれているもののはじまりで、だからCNNの記者は、だめです、クリスティーナ、車はまだ停止するにはいたっていません、依然として乗用車が動いているのをここから確認することができます、今後も続報をお伝えする予定です、ではいったん返します、と言っている。

ブレーキを踏みつける、ということを彼はする。子供は彼の顔を見ていて、みんなが彼のことを見ていて、制動時間の果てしなさの中、みんな恐慌状態で凍りついたようになっていて。

彼はブレーキを踏みつける。彼がペダルを踏み、ブレーキオイルが圧縮され、ブレーキパッドがブレーキディスクを押さえつける。ブレーキホースがよじれだす徴候を見せ、ブレーキパッドは新品ではなく、ディスクは一点の曇りもないというふうではなく、乾ききってもおらず、それやこれやで生死を決する何分の一秒かぶんだけこの瞬間が伸び、そしてそれやこれやについては、後日の調査報道は触れることがない。

というわけで彼はブレーキを踏みつけ、車輪がロックし、車は動きつづけ、脂っぽく濡れた路面を引きずられていき、タイヤはその黒っぽくて毒性のある粉塵を路面にこぼしはじめ、そしてあの音、あの音がして、通りの人々はいま、あの音を聞いている。

その音がすることを、タイヤが鳴るなどと言うことがあるけれど、そんな言葉は実際とは遠くかけ離れている。

この日のことについて人々があとになって語るとき、半分くらいの人たちが、この音のことから話すことになる。何から何までを見ずにはすんだ幸運な人たちは、ブレーキの音がしてね、音がしたから振りむいて窓から見たんだ、と言ったり、読んでいた新聞から顔をあげたんだ、と言ったり、立ちどまって振りかえったんだ、と言ったりすることになる。そう人々は友だちに言い、手紙に書き、日記に書き、パブでなんとなく話がそっちにいくとまわりの人に話すことになる。ブレーキの音がして、音が体をつきぬけていくみたいでね、チェーンソーで頭を真っぷたつにされるみたいでね、きーという音が片方の耳から飛びこんできて、もう片方の耳から飛びだしていくみたいでね、本当に突然でね、永遠に続くんじゃないかって気がしたな。突然で永遠と人々は言うことになり、つまりその音をいろいろと言い表してついに種ぎれになったとき、つまり黒板を釘で引っかく音とか、花火が打ちあがるときの音とか言ってみて、どれも実際とは遠くかけ離れているとわかったとき、本当に突然でね、永遠に続くんじゃないかって気がしたな、と人々は言うことになる。

永遠という言葉を使うとき、意味するところは人によってまちまちになる。ある者たちが言いたいのは、その音がはじまったとたん、時間が引きのばされたみたいな感じになったということで、つまり振りかえって音の源を見たとたん、恐ろしい不可避性の感覚が通りにどっと流れこみ、まるで日食でもはじまったみたいで、その音がやむのを待つほかしようがなかったということだ。ほら、ジェットコースターで最初に落ちていくときね、あのときみたいだった、とその人たちは言うことになり、ほら、浮きあがった胃袋が戻ってくるのを待つじゃない、一生このままになっちゃうんじゃないかなって思ってさ、あのときみたいだったとその人たちは言うことになり、言ったその人たちは目をそらすことになり、なぜなら実際はちっともそんなふうでなかったからだ。

そしてほかの者たちは、永遠という言葉を使うとき、その音はやんだあともずっと続いている感じがしたと、耳の奥でわんわん鳴って、頭の中で反響して、夢の中で何度も再生されたと言いたいのだ。耳にこびりついてしまって、とその人たちは言うことになる。その音がくり返しくり返し聞こえてきてね、ぶるぶる振動する鋭く恐ろしいその音がね、部屋がしんとすると、必ずまた聞こえてきてね、どこまでもどこまでも道を滑っていく音がね、だからその音を消すために、いつも音楽をかけておかなくちゃならなかった、とその人たちは言うことになる。

あの音。車が、道を滑っていき、車輪はロックして、湯気を立てている路面にタイヤは黒い筋をつけながら引きずられていって。子供が、顔をあげて、動かずにいて。そしてみんなが見ていて、みんなの首が同じほうを向いたのが磁石みたいで、羅針盤の針みたいで、みんなの心臓が飛びあがっているのが地震計みたいで、目で見てから頭で理解するまでに要する時間の中にみんな捕らえられていて、何もできずにいて。輝く太陽が沈みだしていて、音楽がかかっていて、花が咲いていて、通りの先の大きな道路を車が流れていて、そしてすべてが、この瞬間の中心へと流しこまれている。

車道の真ん中にいる子供、空から降ってくる人の姿、車、その音。

そして十八番地の若い男が、中心に向かって移動中で、中心までの距離を地面に足もつけずにすっ飛んでいくところで、何も考えずにそうしていて、めぐりあわせによって、無意識にひとつの役割を演じていて。

そしていまここにすわっていて、待たされていて、なんとか落ち着きをとりもどしたいと思っていて、いろんなことが頭の中でじゃらじゃら回っていて、乾燥機の中でポケットから出てきた小銭みたいだ。

✡

わたしのセーターを着て、また雨の中に飛びだしていったマイケルのこと。

はじめて会った晩、それであいつの名前も知らなかったって？　と言ったマイケルのこと。

電話の前でくっつかんばかりの顔をふたりして紅潮させて、これでわたしも安心できると母は言い、父は何も言えずにいたという、両親のこと。

フードにテディベアの耳がついててね、あなたの気に入るんじゃないかと思ってね、とどうにか言った母のこと。

大きく目を見ひらいて、教えて、教えてよ、と言い、わたしがマイケルのこと、マイケルのお兄さんのこと、お葬式のあとのことを話すのを聞いていたセアラのこと。

わたしが出てくるとき素っ裸で美しく眠っていた、そしていま、わたしの中に蒔いた種が芽をだしていることも知らずにバーで働いている、アバディーンの男の子のこと。

マイケルのお兄さん、あの人のメモや写真や集めたもの、あの人の意見、あの人の沈黙。

あの恐ろしい午後の中心へと移動中の、両腕を前に伸ばしたマイケルのお兄さん。


彼が出ていったとき、彼が急いで駐車場を横切り、振りかえらずに角の向こうに姿を消すのを見おくったあと、あとは追わないと決めたあと、わたしは床から彼のTシャツを拾い、乾かそうとラジエーターの上に広げた。

わたしはタオルを拾いあげて顔に当て、わたしはその温かな湿り気の中に顔を埋め、このにおいが彼のにおいかなとわたしは思い、自分は泣くと思ったけれど、わたしは泣かなかった。

わたしは彼のところに電話して、それは彼とは話さずに謝りたかったからで、わたしは留守番電話の声を聞き、もしもし、わたし、とわたしは言った。

さっきは悪かったわ、あんなことするつもりじゃなかったの、とわたしは言い、いまあなたが怒ってるのか困ってるのかわからないけど、でもどっちにもなってほしくない、謝るから、とわたしは言った。

あれは間違いだったの、あんなことするつもりじゃわたし、とわたしは言い、あのことはおたがい黙って忘れることにできないかな、とわたしは言う。

友だちになれて嬉しいなって思ってたの、友だちでなくなっちゃうのは嫌なの、とわたしは言い、そこで言葉が続かなくなって、バイバイとわたしは言い、電話を切った。

あとから彼も電話をかけてきて、わたしがもうベッドに入りかけていたときで、留守番電話が作動しだして、話しはじめた彼は、もしそこにいてもとらないでほしいんだ、ちょっと言っときたいことがあってかけただけだから、と言った。

悪かったなんて思ってほしくない、僕がいけなかったんだ、困らないでほしい、素敵だったけど僕には無理なんだ、と彼は言って言葉を切って、僕たちには無理なんだ、と彼は言った。

君のセーター預かってるからね、返しにいくよ、いつか、と彼は言った。

マイケルがきて、いってしまった日の翌日、わたしはまた母と話した。

母はお金のことを言っていた。

最近お店を覗いているんだけどね、近ごろは本当にものが高くなったわねえ、全部計算してみたんだけど、うちにはとてもそんな余裕はないのよ、と母は言った。

わたしの仕事はお給料が悪くないこと、節約すればいいこと、リサイクルの商品を買うことだってできること、わたしはそんなことを母に話し、そうね、と母はゆっくりと言い、そんなふうにそうねと母が言うときは、そんなことはないという意味なのだ。

でももちろん、ほかに助けてくれてもよさそうな人がいるわよね、と母は言い、やめて、ママ、とわたしは言った。

母さん電話をいくつかかけてね、お清めをしたところの番号がわかってね、聞いてみたら従業員はあのころと変わっていないって話だったわ、と母は言い、やめて、ママ、お願いだから、とわたしは言った。

その人の名前がわかっていたらってことだけど、と母は言い、もちろん名前は知ってるけど、とわたしは言い、ママに教えるつもりはないよ、とわたしは言った。

あなた間違ってますよ、同じことをわたしがあなたのお父さんにしていたらどうなってたか、考えてごらん、と母は言い、わたしたちはふたり同時にがちゃんと電話を切り、関係の修復には少々時間がかかりそうだとわたしは悟り、これからは心の中にいろいろとためこまないこと、あとにつけを残さないことに集中すべきだとわたしは悟った。

そしていま、受付の女の人が名前を呼び、わたしは顔をあげ、でもそれはわたしの名前ではない。

そして週末にセアラが遊びにきて、ついにという感じで遊びにきて、彼女はすべてを知りたがった。

最初は気まずくて、電話で話すよりは話しやすいだろうと思ったけど、でも彼女と同じ部屋にいることに慣れるまですこし時間がかかり、彼女はいつもと違って見えて、いつもより年とって、いつもよりきつい感じがした。

でも彼女が声を立てて笑い、彼女の目がくしゃくしゃくしゃになり、すると彼女がいつもと変わらなく見え、わたしたちは昔と同じようにおしゃべりしだして、言っていることを言いきらずに相手に締めくくらせたり、手を振りまわして力説したり、おかしな話にむせるほど笑ったりした。

わたしがどんなことをしたらマイケルが逃げていったか彼女に話し、彼女は呆れた顔をしてみせて、けれどもいくらでも細かいことを聞いてきた。

その後彼女と会ったかと彼女は聞いてきて、ううん、でもわたしは会いたいの、とわたしは言い、彼まだわたしのセーター持ってるの、とわたしは言い、彼女は声を立てて笑った。

母のこと、母の反応、母について父から聞いたことは彼女に話さなかった。

どうしてこんなことになったのか、相手は誰だったのか彼女は聞いてきて、わたしは彼女に話し、たくさん話し、相手が誰だったのか、わたしたちがどんなことをしたのか、彼の顔つきや姿かたち、彼の声についてわたしは話した。

彼女は仰天し、彼女は大喜びし、すごい、でもこれからどうするの、と彼女は言い、さあ、わからない、とわたしは言った。

そしていま、彼がわたしのほうを見て、だいじょうぶ？　心配なの？　と彼は言い、ううん、平気、ちょっと考えてただけ、とわたしは言う。

それからマイケルのお兄さんのこともわたしはセアラに話さず、お兄さんについてマイケルから聞いたこと、わたしが知ったいろいろなこと、わたしが知りたいと思っているいろいろなことを話さなかった。

あの写真のことをわたしは彼女に話さず、通りの人たち、わたしや、あの日、雨の中で跳びまわっていた双子の兄弟が写っている写真のことを話さなかった。

いまでもわたしのうちにある割れた素焼きの人形のことをわたしは彼女に話さず、人形はいまわたしの部屋にあり、ふたつに割れたのがベッドのわきのテーブルにのっていて、もとどおりにくっつけてもらうのを待っている。

彼女に理解してもらえるかわたしには自信がなかったのだ。

受付の女の人が名前を呼び、わたしは女の人の顔を見て、女の人はまた呼んで、それはわたしの名前で、わたしは立ちあがり、女の人のほうに歩いていく。

女の人はわたしに書類の束を渡し、あちらですと女の人は指さして、わたしが振りかえるとマイケルはまだすわったままで、わたしのことをじっと見ている。

ねえ、きて、とわたしは言い、一緒にいてもらいたいの、とわたしは言い、彼は立ちあがり、わたしと一緒に診察室に向かう。

お医者さんはカルテを見て、いかがですかとその女の先生は聞き、たくさんもどしましたと答えると先生はにっこり微笑んで、先生はわたしの血圧を測り、脈をとり、先生は箱から聴診器をとりだしてわたしの呼吸音を聴く。

マイケルは横に離れてすわり、すこし目をそらしていて、困っているみたいで、自分はここにいていいのかな、という顔をしている。

よしと、じゃあ見ましょうか、赤ちゃんが元気にしているか、と先生は言う。

わたしはベッドに横になり、先生はわたしのシャツのボタンを外し、三人して、すこしだけ盛りあがったわたしのお腹を見て、なめらかにぴんと張った皮膚、やがて大きく丸くなる最初の徴候を三人で見る。

わたしはお腹を見て、わたしは先生を見あげ、わたしはマイケルのことを見て、わたしは自分の体に起こりつつあるこのことに、奇跡のようなこのことに、奇妙にすっきりとしたこのことに、突然誇りを覚える。

先生は薄緑色のジェルをわたしのお腹に薄く塗り、心配することは何もありませんよ、と先生は言い、体から力を抜いてじっとしているだけでいいんです、と言う。

わたしはすこし離れているマイケルの顔を見て、見たくないの？　とわたしは言い、彼は見つめかえしてきて、お願い、こっちきて横にすわってて、そうしてほしいの、とわたしは言う。

彼はどぎまぎした顔をして、彼は椅子を持ちあげて、それを彼はベッドの横に置き、彼は腰をおろし、悪かった、失礼な真似をするつもりはなかったんだ、僕はただ、と彼は言う。

先生はワゴンをベッドのほうに引きよせて、上にはモニターがのっていて、コードや装置がのっていて、先生はワゴンの向きを変え、わたしに画面が見えるようにする。

これでいいかしら、と先生は言い、わたしはうなずく。

先生はスキャナーを持ちあげて、それは小さくて白くて、先生の丸みを持たせた手にすっぽり入り、ちょっと冷たいかもしれません、と先生は言い、それを先生はわたしのお腹に押しつける。

わたしは画面を見て、画面には、白と黒の線が、模様が、動きが見える。

なんだか博物館で世界最初のテレビ画像の展示を見ているみたいで、わたしは見つめ、わたしはこわくなり、見たくないとわたしは思う。

わたしは温かさを感じ、そして自分がマイケルの手を握っていることにわたしは気づき、握っているおかげですこし安心して、目をつぶらずに、ぼやけた画面を何とか見ていることに気づく。

わたしは驚き、でもわたしは嬉しくて、先週のあの晩に、自分が求めていたのはこれなんだ、こんなふうにただつながって、つながったままでいたかったんだ、とわたしは気づく。

彼は何も言わない。

彼はわたしの顔を見ず、画面も見ず、彼はどこか天井のほうを見あげていて、瞬きをしている。

彼は忙しく瞬きして、ぎゅっぎゅっと強く瞬きして、そわそわと落ち着かないようで、彼のお兄さんみたいだ。

悪いけど、と彼は言い、静かに言い、僕には見られない。

彼の手を、わたしはぎゅっと握る。


先生が光の気配のようなものを指さして、それは画像の左下で、三日月みたいに丸まっている。

ほらここ、と先生は言い、見える？　これが手ね、ほらここ、と先生は言い、これが頭ね。

わたしは見つめ、わたしは口をきかず、先生の指さしているものがわたしにはわかり、ちっちゃな胎児が新しい命を抱えているのがわたしには見える。

わたしは見つめ、わたしは口をきかず、わたしに考えられるのは名前のことだけで、いろんな名前が頭の中を、小惑星みたいにぴゅんぴゅん飛んでいる。

先生が光の気配のようなものを指さして、それは画像の右下で、ふたつ目の三日月みたいに丸まっている。

ほらここ、と先生は言い、見える？　これがきょうだいの頭ね、これがきょうだいの手ね。

わたしは一瞬先生の言葉が聞きとれず、先生が何を言っているのかわたしには理解できない。

マイケルのもう片方の手がわたしの手に伸びてきたのをわたしは感じ、彼の両手がわたしの手をぎゅっと包んできて、すごいことになったぞ、と彼がささやくのが聞こえる。

さあ、ふたりとも元気か確かめましょうね、と先生が言う。

外に出て、道路の端に立ち、これからどうしようと思い、自分たちがまだ手をつないでいることにわたしは気づく。

自分が妊娠していることを、またはじめて知ったような気がしている。

わたしは衝撃を受け、興奮し、混乱し、涙がこぼれそうだ。

わたしは瞬きし、目をぎゅっと強く閉じてからまた開けて、この世界の輝きと色とを見る。

わたしはアバディーンの男の子を思い出し、その柔らかくて温かな声が、あれはね、めぐりあわせで決まった持ち場に呼ばれるって感じなんだ、と言ったのを思い出し、わたしは父さんが、みんなに喜んで迎えられる神様からの贈り物、と言ったのを思い出す。

わたしはママが、名前はもう考えたの、と言ったのを思い出し、横になって画面を見ていたとき、頭の中をぴゅんぴゅん飛んでいったいろいろな名前をわたしは思い出す。

わたしは微笑み、プリントアウトしてもらった画像をわたしは目の前に持ちあげ、ふたつの三日月形がおたがいのこだまのように見え、わたしは微笑み、あなたとあなたのお兄さんの名前、この子たちにもらおうかな、どう思う？　とわたしは言う。

突然タイヤの鳴る音がして、横滑りした音がして、わたしたちが振りむくと、車が一台交差点でとまっていて、タイヤから煙がふわふわ流れている。

話しとかなきゃいけないことがあるんだ、と彼が言う。

そして十八番地の若い男がその場に着く前に、車は子供をはねる。

どしんという音がして、それは車のトランクに、誰かが手を叩きつけたみたいな音だ。

男の子の両脚が体の下からくるっと持ちあがり、体全体が宙に舞いあがり、それはクリケットで三柱門の横木が飛ばされたときみたいで、体はボンネットの上で半回転して、横ざまにフロントガラスに叩きつけられる。ほとんど音はしなくて、絨毯を敷いた床にワイングラスが落ちて割れたとき程度、スリッパを履いた足でカタツムリをぷすっと潰した程度の音しかしない。

男の子の手からテニスボールが飛びだして、車のはるか上に弧を描き、歩道で三回弾んでから、転がって車道に戻ってくる。

フロントガラスにひびがぱりぱり走り、それは渦を巻いた蜘蛛の巣みたいで、ガラスの表面に細かいひびは入るけれども割れはしない。

車はとまり、男の子はボンネットの上でまた半回転し、顔から先に舗装路へと落ちていく。

そして男の子の体が路面にぶつかるその瞬間に、十八番地の若い男がそこにきて、あと一歩のところに彼はいて、伸ばした両手に男の子の体がかするのを彼は感じ、じっとりとしたTシャツが男の子の体に張りついているのを、すべすべした男の子のほほを自分の手がなでたのを、彼は感じる。遅かった。もうすこしで男の子を受けとめられたのに、でも遅かった。

彼は男の子を見おろして、彼は男の子の横にひざをつき、彼は見つめ、彼の呼吸は荒くなっていて、彼の両手は男の子の体の上でぶるぶる震えている。彼はこわくて男の子に触れない。どうすればいいのか彼にはちっともわからない。もしもし、聞こえるかい、と彼は言う。

ああ、なんてこった、と彼は言う。

彼のまわりに雷のような足音がして、その子だいじょうぶかと誰かが言い、わかりません僕には、僕にはわかりませんと彼は言い、みんな男の子のまわりにかがんだりひざをついたりして、この子あお向けにするの手伝ってくれ、と誰かが言い、四本の手が男の子の体の下に差しいれられ、男の子はひっくり返されて上を向く。

男の子はほとんど無傷に見え、目をつぶっていて、頭をそっと片方の肩にのせるようにしている。しかし血が出ていて、顔の左側をずうっとこすっていて、額のてっぺんから土気色をしたほほまで皮膚がはがれていて、血はそこからしみだしている。そして血は、眉と耳のあいだに雲のように集まってきて、こぶしを握りしめるみたいに皮膚の下でふくれていく。そして彼の様子には少々静かすぎるところがあり、ただじっと路上に横たわり、どうしていいのかわからない人たちによって、ただじっと見まもられている。

さほど遠くはないところ、通り二、三本を隔てた地上二十メートルほどのところでは、二十番地の、よく手入れした口ひげの男が、たったいま起こったことを目にしていて、彼はふたたび地面に向かって落下中で、目にしている事態を彼にはどうすることもできない。彼は上にあがり下に落ち、次にはその上下する幅がすこし小さくなり、補助の者たちが彼を捕まえて、結わえてあった綱を解き、こわばった彼の体を地上におろし、彼は補助の者たちの顔を見て、彼は口を開き、しかし彼は口がきけない。

二十四番地の若い女性が、通りの真ん中に駆けつけて、彼女の手にはいろんな色のインクがついていて、それは午後中ずっと図を描いていたからで、わたしに見させてくださいと彼女は言い、医学部の学生なんです、ですから、見せてください、と彼女は言い、彼女は男の子の横にひざをつき、その長い髪をかきあげて、男の子の胸に耳を当てる。

みんな彼女のことを見て、男の子のまわりの人々は彼女のことを見て、みんなじっと待つ。

十八番地の若い男は彼女のことを見て、瞬きするばかりで、彼は遅かったのであり、彼はどうすればいいかわからなかったのだ。

彼女は頭を持ちあげて、二本の指を男の子の口に沈め、彼女は指を抜きだして、男の子の鼻をつまみ、口を男の子の口に押しあてる。

さらに足音がして、いま救急車がこっちに向かってる、と誰かが言う。

双子の兄弟の弟のほうが、人だかりの後ろに立っていて、隙間から中を覗きこみ、両手の指をからみあわせている。弟の口は動いているが、音はまったく出てこない。弟の目の縁から、涙がこぼれだしている。

車の中の若い男はまだ体を動かしておらず、彼は動くことができず、彼の足はこわばって、依然としてブレーキペダルを踏みこんでいて、顔は突然の衝撃を受けたみたいに横を向き、目は閉じている。彼は息もほとんどできずにいて、小さな喘ぎが忙しく口を出入りして、必死に肺にたどりつこうとしている。彼の両手は依然としてハンドルを握りしめていて、彼の両腕は真っすぐ伸びたまかたまって、何かを押しのけようとしているみたいだ。彼は動くことができず、彼はいま起こったことを見ることができずにいる。

二十四番地の若い女性は、ひざをついて男の子に覆いかぶさり、彼女の口は男の子の口に押しつけられている。

そして十八番地の若い男は、この場に最初に駆けつけたこの男は、この場を最初に離れる人間となり、彼は片手で頭の髪をつかんだまま後ずさりしていき、彼は見ているけれども、彼は見たくないと思う。彼は自分の家の玄関口に立ち、すると息が詰まるような一種の痛みを全身に感じ、それは彼の胸と両腕に広がる激しい衝撃、締めつけてくるような痺れであり、彼は回れ右をして家に入る。

彼女は男の子の口から顔をあげ、彼女は左右の手を重ね、その手をピストンにして男の子の胸を押す。ふたりのまわりの人たちは静かで、ぎこちなく、衝撃を受けている。

ペンキ塗りをしていた男が、十九番地の閉じられた玄関ドアに向かって歩いていて、彼は依然として片手に刷毛を持っていて、彼の歩いたあとの歩道には、淡い青のペンキのしたたりが点々と続いていて、彼は集まった人たちを見て、彼は閉じられた玄関ドアを見る。

ちょっと、呼んだ救急車、いつまでかかるの、と彼女は言い、人々は通りの先の大きな道路のほうを見て、人々は何も言わない。

刷毛を持った男が、通りでひとつだけ閉じられたままのドアをノックして、彼は待ち、彼はその長いあごひげを引っぱり、彼はもう一度ノックして、ドアが開くと、きていただいたほうがいいと思います、と彼はとても静かに言う。

そしてこのとき、当惑してか苦しくてか、人々は顔を横に向け、このとき、母親は泣きわめきながら通りに飛びだし、このとき、救急車の音が遠くに聞こえ、このとき、父親は自分の頭をなぐりつけながら立っていて、そのひざには、声を立てずに叫んでいる息子がしがみついている。

二十番地の老婦人は顔をそむけ、彼女はさっきから夫と並んで窓の前に立っていて、ずっと見まもっていて、背の高い夫は片腕で彼女を抱いて立ち、もう片方の手で窓敷居をつかんでいる。彼女は背を丸め、夫の胸に顔を埋め、夫の顔を見あげ、何やら、ああ神様、神様、あの子が可哀想です、ああ神様、といった言葉を、声にならない声でくり返しくり返しつぶやいている。夫は体の向きを変え、彼女を窓辺から引きはなし、夫は彼女の両肩に、彼女を守るように両手を置く。

十八番地の若い男は回れ右をして家に入り、彼はほとんど息ができなくて、彼はよろけながらソファーに倒れこみ、頭をのけぞらせて天井を見る。胸にロープを巻きつけられたような感じがして、遅かった、ということだけを彼は考えていて、遅かった、と考えると、その考えが万力のように彼のことを締めつけてくる。

手を火傷した男が回れ右をして、男の子の父親のところにいき、父親の左右の手首をつかみ、父親の頭からはがしてやる。そうすると彼の手は痛むのだが、激しく痛むのだが、つまり握るときに力が入り、彼の傷だらけの皮膚をひきつらせ、ひび入らせるのだが、しかし彼はそうして、彼は父親の左右の手を体のわきにおろしてやり、父親の目を真っすぐ見つめ、もう十分、そんなことしても仕方ない、息子さんのためになるわけでない、と彼は言う。すると父親は歪んでいた顔を直し、息子のことを見おろして、息子のことを抱きあげて、静かにしておいで、だいじょうぶだから、とささやきかける。

息子を抱きあげた男の娘は、部屋の窓の前に立っていて、しかし見てはいない。彼女はまた別のリボンを持ってきていて、それを顔に巻いていて、目の上に巻いていて、だから目があるはずのところにすべすべした絹があり、彼女は身動きひとつしない。

そして救急車が到着し、救急救命士が男の子の上にかがみこみ、彼の蛍光ジャケットがかさかさきゅっきゅっ音を立て、彼は大工道具の箱みたいなプラスチックのケースを下に置き、彼は二本の指を男の子の首に押しあてる。お母さん、お子さんの名前は？　と彼は男の子の母親に言う。その子の名前はシャヒードです、と彼女は言い、その名前を救急救命士はくり返し呼びはじめ、死にかけている男の子の目にライトを当てて、おーい、シャヒード、聞こえるかシャヒード、おーい、シャヒード。

そして彼の後ろに立って見まもりながら、男の子の母親もその名前をつぶやいている。シャヒード、その子の名前はシャヒードです。その子の名前はシャヒード・モハメッド・ナワーズです。その子の名前はシャヒードです。

通りじゅうの窓に顔が見えていて、窓枠の中の顔が美術館にかけられた肖像画のようだ。刺青の男、すなわちヘナで染めた赤い髪の女のボーイフレンドは、高いところにある窓から首を伸ばし、花びらの詰まったびんを片手に持っている。十一番地の前にいる建築学の男の子は、一本のペンを耳にはさみ、もう一本を口にくわえ、ふたつのこぶしを重ねた上にあごをのせ、なんだかギリシャの円柱みたいだ。二十七番地の女の子と男の子は、素っ裸で、掛けぶとん一枚をビーチタオルみたいにふたりの胸に当て、小さな真四角の窓の中で押しあうようにしていて、あんまり長いことベッドにいたものだから、ふたりの皮膚にはしわが寄っていて、ふたりとも口に手を当てている。

というわけで救急隊員たちは彼を抱きあげ、つまりシャヒードを抱きあげ、救急隊員たちは彼を担架にのせ、救急隊員たちは担架を転がして救急車に入れる。そして彼の母親が一緒に救急車に乗り、そして救急車の運転士がドアを閉めるとき、運転士と救急救命士は目を合わせ、ふたりのあいだにひとつの了解が成り立つ。救急車は通りを出て、サイレンを鳴らしてはいるが、車は目一杯の速さでは走っていない。

スポンジを持った男が、広げた白いハンカチで額を軽く叩いていて、彼は父親と子供たちを車で送っていこうと申し出て、父親は娘を呼び、娘は家から走りでてきて、みんな体を小さくして、輝く彼の車に乗りこんで、車は角を曲がって姿を消す。

そしてこれだけ。これでおしまい。一時停止も巻き戻しもなく、画像強調もなく、この瞬間の記録といえば、路面になすりつけられた黒いゴムの太い筋だけであり、この汚れもまた、やがて消えていくことになる。あとになれば警察がきて、いろいろ測り、いろいろ計算して衝突速度を求め、考えられる原因について仮説を立てるかもしれない。通りに住む人々に警察が、今日の午後何を見ましたか、見たところを正確にお願いしますとたずねることもあるかもしれない。あとになれば、裁判が開かれ、事実と意見とを聴いた上での沈思黙考があり、いまは依然として車の中ですわっている若い男に判決が下されることになるかもしれない。しかしこの瞬間は二度とふたたび現れることはなく、この瞬間はもう過ぎている。

二十二番地の玄関前にいるふたりの女の子は、すわったまま見ていて口はきかずにいて、ふたりは長いストレートの髪の女の子のことを見て、唇に幼い男の子の口の味がまだ残っている女の子のことを見て、ふたりが女の子のほうを見ていると、女の子はふたりのほうに歩いてくる。彼女は立ちどまり、彼女はふたりのわきにしゃがみこみ、だめ、望みはないわ、あの子、さっきからもう、見込みがなかったの、と彼女は言い、そして彼女は立ちあがり、歩いていって彼女の家に入り、すると洗剤だらけのスニーカーを持った男の子も立ちあがり、彼女のあとから入ってドアを閉める。

十八番地の若い男は、ソファーからずり落ちそうにすわって胸を押さえていて、彼にはほかのことは考えられず、彼は二度とほかのことを考えることはない。助けることもできたはず、ということを彼は考えていて、そうすることもできたはず、何かやりようがあったかもしれない、と考えていて、こう考えているその奥に、恥ずかしいことに、彼女が見ていたのに、彼女に見てもらえたのに、という考えがある。

やせたひげの男は、つまり十三番地の男は、息子を地面から抱きあげて、彼はそっと息子のほほにキスをして、何か息子にささやいて、彼は息子を胸に抱き、もう片方の手で三輪車を持ちあげて、彼は家に息子を連れかえる。親子が十七番地の前を通るとき、白シャツにネクタイの男の子が玄関口に立っていて、父親は男の子と目が合って、しかし言葉は交わされず、ふたりとも目をそらす。そして息子は父親の、肩から顔だけつきだして、それは塹壕から様子を窺う兵士みたいで、息子は通りの先を見て、息子は一度瞬きして、息子はじっと凝視する。

通りの端では、手がめちゃくちゃになった男が、両腕で娘を包むようにして立っていて、目の前の大きな道路では、救急車が通ったあと、ちょうど石が投げこまれた池の水面がやがて静けさをとりもどすように、車の流れがもとに戻りつつあり、彼はそれを眺めている。

彼は男の子の母親がその子の名前を言っていたことを思い出し、彼は母親に倣い、シャヒード・モハメッド、シャヒード・ナワーズと、彼はその言葉を言う口の形をつくり、彼はその名前を大声で呼びたく思い、彼は顔をあげ、唇をその言葉の形にし、シャヒード・モハメッド、シャヒード・

ナワーズと絶叫する真似をして、ああ、アラーの神よ、慈悲を垂れたまえ、この声を全世界に聞かせたまえ、と彼は思う。もし全世界に聞こえたなら、いったいどうなるだろうと彼は想像し、もしこの通りに住む者たちみんなで、母親の小さな声に加勢して、あの子の名前を呼んだなら、この通りのみんなでその言葉を飛ばし、言葉は街全体へと広がって、つまり夕暮れどきの鳥の群れのように飛びたって、空を暗くして、みんなの声すべてが聞こえ、言葉は畑や牧草地や森や海を渡り、BBCやCNNで、発信され、送信され、放送されて、衛星放送に地上放送、国際光通信にも乗せられて、街角の広告板にもバスの車体にも、ビデオの画面にも現れて、ちらしやポスターにも印刷され、新聞や雑誌にものり、この情報、この言葉が、電子の雨のように空から降りそそぎ、このひとつの通りを発信地として、よくつながっていないこの世界の、邸宅から掘っ立て小屋まで、いたるところに林立する、避雷針から吸いこまれ、ついに名前を呼ぶひとつの合唱となり、たとえ短くはあっても、日ごろの無関心をあがなう時間となったなら、と想像する。

そんなことを彼は想像し、その名前を彼はひとりでささやいて、シャヒード・モハメッドとささやいて、するとその声は、通りかかった車の音にさえかなわない。

しかしそれでも彼はささやいて、祈りのようにささやいて、彼に信仰心はないけれど、それでも言葉は出つづけて、ああ、アラーの神の許したまうなら、この声を全世界に聞かせたまえ、ほんのひととき、全世界に耳を傾けさせたまえ、あの子の名前はシャヒードです、シャヒード・モハメッド・ナワーズです、そしてあの子は死にかけています。

街を半分いったところでは、救急車の中で、ミセス・ナワーズが息子の手を握っている。彼女は息子に話しかけていて、おまえはわたしにとって特別なものなんだよ、これから先もずっと特別なものなんだよ、と息子に言っていて、彼女は彼女の両親の言葉と息子の言葉、ふたつの言葉で話していて、彼女は息子の手をぎゅっと握りしめ、話しながら彼女は息子の手をすこし揺すっている。

十八番地では、ドライアイの若い男が、何か変だと気づきはじめていて、何かが非常に変であり、左腕全体から胸にかけて焼けつくような痛みがあり、肋骨に包まれた胸の空間が押しつぶされそうで、そのうち骨がぽきんぽきん折れだしそうだ。彼は息をしようとするのだが、まるで口いっぱいにぼろきれや紙でも詰めこまれた感じがする。

救急車の中では、救急救命士が、男の子の母親の顔をちらりと見あげ、そして彼自身も、男の子の手を握る。彼は男の子の手をぎゅっと握りしめ、そして彼は男の子の名前を呼んで、シャヒード、と言う。ミセス・ナワーズは息子の手をさらに強く握りしめ、出産のとき夫の手を握ったのと同じくらい強く握りしめる。

自分の部屋で、ドライアイの若い男は、力の入らないこぶしで胸を乱打する。突如として、ほとんど音も立てずに、彼は死にかかっており、彼は立ちあがり、死から逃れようと部屋じゅうをのたうちまわり、カーテンを引きずりおろし、集めた品々を詰めた箱をひっくり返し、小さな素焼きの人形を床に払いおとす。

そしてめぐりあわせによってひとつの途切れが、ひとつの小休止が訪れ、それは雨でぐしょ濡れになった蛾の羽の震えのようにかすかなもの、予期せぬもの。奇跡のように素晴らしいもの。

救急車の中では、シャヒードが突然、そして激しく、鼻から息をして、母親と救急救命士の手の上に血と粘液とを飛びちらせ、この息の吹き返しによって各種の感知装置や警告装置に反応が起こり、突然サイレンの音が大きくなり、救急救命士は母親をわきにのかせ、仕切り越しに運転士に声をかける。

自分の部屋で、若い男は床に横たわっていて、身じろぎもしない。彼のまわりには、割れた皿やマグカップ、破れたポスターが一枚、そしてカーテンフックが散らかっている。彼はこれから三日間、この場所にいつづけることになり、やがて彼の弟が電話をかけてきて、それからドアを叩きにきて、とうとう家主を呼んできて、そうしてはじめて彼は発見され、運びさられることになる。

そして街の中を先へ先へと救急車は走り、その前で車たちは、モーセの前の海のように左右に分かれ、救急車は街そのものに運ばれて、この午後の中を敏速に、両側にパブや商店の立ちならぶ、まだ湯気を立てている穴ぼこだらけの通りを抜け、看板の字が消えかかった古い工場の前を通りすぎ、メーカーのネオンサインを出した販売代理店の前を通りすぎ、映画館とボーリング場、二十四時間営業のガソリンスタンドの前を通りすぎていく。

ドアをだらりと開けっぱなしにしたタクシーの列。

子供と親と犬でいっぱいで、上半身裸の庭師たちが雑草を引っこぬいている公園。

街の中を先へ先へと救急車は走り、赤信号をつっきって、停止した車の列の横をすりぬけて、中央分離帯のある幹線道路に入り、コンクリートの橋脚で高々と持ちあげられたこの道路では、住宅や商店を見おろして、ふたつの高層ビルのあいだを通りぬけ、ふたたび地上におりてきて、シャツ姿の客が群がるパブを過ぎた角で左に曲がり、スーパーと車のひしめく駐車場を過ぎた角で右に曲がる。

重しを入れたリュックサックを背負った男が走っていて。

路地では、三人の男の子がバスケットボールをしていて、スポークのなくなった自転車の車輪をバスケットのリングにしていて。

店のウィンドーに小さなビー玉くらいの大きさの穴があいていて。

スキップしている男の子が、骨だけになった傘を頭の上で振りまわしていて。

この街の中を、先へ先へと救急車は走り、それらすべての中を先へ先へと進み、後ろにつかのまの注視を引きずって、それは暑い午後を貫くそばから冷めていく熱の移動で、川を越えて先へ先へ、連なるアーチを過ぎて先へ先へ、大きな工場や小さな工場、大型ショッピングセンターを過ぎて先へ先へ、名もないテラスハウスが幾重にも並んだのを過ぎて先へ先へ、そして先へ先へもこれが最後の道路となり、いくつかの駐車場や道路標識、いくつかの門を過ぎ、真っすぐ抜けて待ちうける病院の、救急病棟の玄関へと向かう。

そしてこれらの通りを進むうち、ひとつの手が握られてその手が放されるのに要する時間のうちに、シャヒード・モハメッド・ナワーズはそっと目を覚まし、めぐりあわせによってできたひとつの隙間からすくいあげられる。

そして病院の敷地の入口では、十字をつくる車の列がじっととまって向かいあい、それというのは救急車を通すため、両方向ともそろって赤になった信号に捕まったからで、何十もの足がアクセルペダルから浮き、何十組もの目が信号機に貼りついている。

誰もが黄色になるのを待っている。

誰もが青になるのを待っている。

謝辞

理由はまちまちですが次の方たちにお礼を申しあげます。

トム・デイヴィス。マギーとデイヴィッドのジョウンズ夫妻。クリス・ボウランド。コーマックとジェイン。ベク。ジタン。マークとキム。アリス。スクウィークのみんな。ロウズ・ガイアテ。マリアン・マカーシー。ロウズマリー・デイヴィッドスン。

そして僕の両親姉兄弟。

けれども、なかでも特別、七区にお礼を言いたい。

訳者あとがき

本書『奇跡も語る者がいなければ』は、イギリスの新鋭ジョン・マグレガーのデビュー長篇 *If Nobody Speaks of Remarkable Things* (Bloomsbury, 2002) の全訳である。この作品が同年のブッカー賞候補となり、弱冠二十六歳のマグレガーは一躍文学界の寵児となった。

この小説に何が描かれているのかと尋ねられれば、現代都市の匿名性に埋もれた普通の人々の日常と答えることになるだろう。ずいぶん退屈に聞こえるかもしれないが、それは違う。

作品中、ある通りに住む人々として三十人ほどが登場する。そのほとんどが名前を与えられず、「十六番地の手を火傷した男」とか「十八番地のドライアイの男の子」、「二十番地一階のよく手入れした口ひげの男」、「二十二番地の四角い小さな眼鏡の女の子」というふうに呼ばれるのだが、不思議な存在感を持って立ちあがってくる人物が何人もいる。しょっちゅう一本足で立っては両手を広げ、新体操の選手みたいなことをしている十九番地の幼い無口な女の子のことが、訳しおわったいま、ぼくは可愛くてしかたないし、不治の病に罹っていることを妻に打ち明けられずにいる二十番地二階のおじいさんのことが心配でならない。

この小説は、いわば二本の糸をよりあわせてつくられている。

一本目は三人称の語りで、現在時制が用いられる。語られるのは地方都市のある通りに住む人々の一日。一日というのは一九九七年八月三十一日、日曜日。ダイアナ妃がパリの自動車事故で亡くなる日だ。九七年は、サッチャーとメージャーを合わせて約十八年に及んだ保守党政権がついに倒れ、労働党のブレア新首相が誕生した年である。

街の名前は出てこないが、著者の頭にあるのは大学時代を過ごしたブラッドフォード。ブラッドフォードは人口が五十万近い工業都市で、移民やその第二、第三世代がすくなくない。現在、イギリスの全人口に占める非白人の比率は約八パーセントだが、ブラッドフォードでは約十八パーセントに達する。だからこの小説にパキスタン系の家族が三世帯（十二番地、十六番地、十九番地）と東欧系の独身男性（よく手入れした口ひげの男）が登場するのはけっして不自然なことではない。

八月三十一日の午後遅く、この通りの住人たちの目の前で何か非常に悪いことが起こったことだけが、最初のほうで読者に知らされて、あとは朝から夕方まで、住人たちの行動が時間を追って事細かに記されていく。八月三十一日なので、通りに住む大学を卒業したばかりの若者たちは、翌日には借りていた家を出ていくことになっている。

そんな大学卒業生のひとり、二十二番地に住んでいた四角い小さな眼鏡の女の子が、三年後に一人称で語るのが二本目の糸。

彼女はいまは別の街でひとり暮らしをしており、予定外の妊娠に動揺している。友人にも母親にも電話はかけるのだが、なかなか妊娠の事実を打ち明けられない。そして三年前に目の当たりにした出来事をなぜかよく思い出す。後半、彼女と、お腹の中の子供の父親とは別の男との、ちょっと変わったラブストーリーが展開する。

二本の糸はきれいに互い違いに現れて、最後には三年前の出来事と、現在の語り手の妊娠と、現在進行中の恋愛とが、三組の双子によってつながる仕掛けになっている。

構成がじつに凝っている。冒頭に八月三十日から三十一日にかけての夜を描写する章があり、そのあとは二本の糸が交互に十八回ずつ現れる。そして一人称の語りの部分は、各章とも、九つの文からなるかたまり九つずつでできている。これは英語圏の読者もたいてい気づかないらしいから、種明かしをしてしまってよいだろう。つまり、日本でなら十月十日《とつきとおか》というところを、始点のとりかたが違うのか、英語では the nine months of pregnancy といい、妊娠期間は九ヶ月ということになっている。その九であり、双子だから掛ける二で十八、なのだそうだ。

二本目の糸の語り手は、大学時代の友人とも、両親とも、ほとんど電話でしかつながっていない。近所の人とも深いつきあいはない。知っているはずの名前を思い出せないこと、顔は知っていても名前は知らないままのことが多い。しかしマグレガーは人々のつながりの希薄さ、たがいに対する無関心を嘆くだけではない。「よくつながっていないこの世界」の中の小さなつながりを拾ってみせる。

読んでいると、ある箇所に出てきたちょっとしたもの、仕草、言葉が、また別のところに出てきて、はっとさせられる。「あのさ、もう、なんか別のこと話さない」と言うのはセアラだけではない。チューインガムがあるのは十八番地の家だけではない。親指の関節をかむ癖があるのはひとりではない。蛍光ジャケットを着ているのもひとりではない。たしかにこの世界は広すぎて、しかも都市化の進んだ現代社会は匿名性が高く、隣人の名前も知らないことがままあるけれども、人間はやはり同じ人間で、似たようなことをして生きている。名前はおろか顔も知らないよその人のことが、すこし近く感じられるマグレガーの世界観は悪くない。

美術館での場面、おそらくイギリスの彫刻家アントニー・ゴームリーのFieldという作品だと思うのだが、素焼きの人形が何千、何万と並んだのを見て、語り手の眼鏡の女の子は思う——「どれもこれもほとんど同じで、どれもこれもみんな特別」。眼鏡の女の子はその人形たちみんなに名前をつけたくなり、ひとりひとりにお話をつくってあげたくなる。

「名前」はこの小説のキーワードだ。そもそもこの小説の執筆のきっかけは、ダイアナ妃の交通事故死とそれに続いたマスコミの大々的な報道であった。そのときマグレガーは報道されない無名の人々の死と生とを思った。最初は作中のところどころに、ダイアナ妃の死を報じるテレビの音声や、そのことについての人々のおしゃべりを入れたらしい。それを結局はすべて削り、一九九七年八月三十一日という日付のみを、それも一箇所だけ残すにとどめたのだ。

本書のタイトルは火事で妻を失い、両手と顔をひどく火傷した十六番地の父親が、四歳のひとり娘に向かって語る言葉からきている。名も無い人々の平凡な生活の中に、奇跡と呼べるような素晴らしいことがじつはいくらでも起きている。ただ人間の目は曇りがちで、見えないことが多いだけだ、と話す父親は続けて、

奇跡も語る者がいなければ、どうしてそれを奇跡と呼ぶことができるだろう

と言うのである。

この作品の文章そのものの魅力についてもひとこと述べておきたい。マグレガーは不必要な副詞を使わず、難語に頼らず、関係代名詞を極端に減らし、しかしときに分詞を重ねて息の長い文をつくることを恐れず、反復によってリズムをつくっていく。これは詩のような小説である。また、引用符やダッシュなど、余計なものを使わないから、どのページを開いても非常にすっきりとした印象を受ける。何を語るかと、どう語るかは、結局ひとつのことなのだ。言葉は意味を担った音なのだ。そんなことを思いながらぼくは読んだ。


ジョン・マグレガーは一九七六年、司祭である父の任地であったバーミューダで生まれた。半年後、一家の帰国にともなってイギリスに移り、子供時代をノーフォーク州の、最初は州都ノリッジで、次にずっと小さな町セットフォードで過ごす。その後、北部のブラッドフォード大学に進み、メディア・テクノロジー&プロダクションを専攻して九八年に卒業した。大学でビデオを製作し、その脚本を書いたことから出発して短篇を書くようになり、卒業の時点では作家になることを決意していたという。

卒業後は、やはり北部のシェフィールドとノッティンガムで、レストランの皿洗いなどのアルバイトをしながら書きつづけ、二〇〇二年、本作を発表して長篇デビューを果たした。この作品は前述のとおり同年のブッカー賞のロングリストに入り、翌二〇〇三年にはベティ・トラスク賞およびサマセット・モーム賞を受賞している。現在は、ソーシャル・ワーカーである妻アリスとノッティンガムで暮らし、執筆中の長篇第二作は完成も間近らしい。

今年五月下旬から六月上旬にかけて、マグレガーさんが日本にやってきた。ベティ・トラスク賞も、サマセット・モーム賞も、賞金を外国旅行に使うこと、という条件がついているので、夫人のアリスさんとロシアから日本へと旅行してきたのである。日本に関心をお持ちであることはこの小説を読んでもわかる。これが二度目の来日とのこと。

東京は飯田橋のホテルにマグレガーさんを訪ねた。本作執筆のきっかけや意図についてはもちろん、生い立ちや、影響を受けたかもしれない作家についても伺った。この訳者あとがきは、そのとき伺った話に多くを負っている。細々とした不明点についても教えていただいて、ぼく自身の作品に対する理解も深まり、訳文もより正確なものにすることができた。

その話しぶりは丁寧で、気負いもないし、自己韜晦もない。奇跡とか祈りとか天使とか、この作品からはかすかに宗教のにおいがするように思ったので、父上が司祭であることと関係があると思いますかと質問してみると、「宗教を持ちこむつもりはなかったのですが、もしかするとそうなのかもしれません。父の仕事と関係があるのかもしれません」と考え考え答えてくれる。

器用な小説は書きたくない、誠実な小説を書きたいと言って、それがちっとも気取って聞こえない物静かな人だった。ものを書くことで、あなたのいう「よくつながっていないこの世界」をよりよい場所にすることができると思いますか、と尋ねると、「本で世界を変えられるというのは、たぶんものを書く人間の傲慢、勘違いでしょう。わたしが大事にしたいのは、わたしの本を読んだ人が手紙をくれる、そんなひとつひとつのつながりです」という返事だった。

自動車は嫌いでサイクリングが好き、イギリスに比べて日本は自転車に乗っている人が多くて嬉しいと言っていた。

最後に、お名前を存じあげている方、存じあげていない方を含めて、この本をつくることに力を貸してくださったみなさんに厚くお礼申しあげます。

なお、翻訳の底本としたのは、二〇〇三年にブルームズベリー社から刊行された改訂されたペーパーバック版です。

真野　泰

二〇〇四年十月十日

If Nobody Speaks of Remarkable Things

Jon McGregor

奇跡《きせき》も語《かた》る者《もの》がいなければ

著 者

ジョン・マグレガー

訳 者

真野泰

発 行

2004 年 11 月 25 日

発行者 佐藤隆信

発行所 株式会社新潮社

〒162-8711 東京都新宿区矢来町 71

電話 編集部 03-3266-5411

読者係 03-3266-5111

http://www.shinchosha.co.jp

印刷所

株式会社精興社

製本所

株式会社大進堂

価格はカバーに表示してあります。乱丁・落丁本は、
ご面倒ですが小社読者係宛お送り下さい。
送料小社負担にてお取替えいたします。

©Yasushi Mano 2004, Printed in Japan

ISBN4-10-590043-9 C0397

CREST BOOKS
Shinchosha